Judith Gridl

Das Leben meines besten Freundes

DAS LEBEN MEINES BESTEN FREUNDES

JUDITH GRIDL

KNESEBECK

Deutsche Originalausgabe

Ein Unternehmen der La Martinière Groupe

Vermittelt durch Mohrbooks AG Literary Agency, Zürich
Umschlaggestaltung: Formlabor, Hamburg, unter Verwendung zweier Motive: Brilliant Eye/photocase.de und Tim T./photocase.de
Satz, Layout und Herstellung: VerlagsService Dietmar Schmitz GmbH, Heimstetten
Druck: CPI Moravia Books
Printed in EU

ISBN 978-3-95728-063-3

www.knesebeck-verlag.de

ERSTER TEIL

I.

»Na, wird das heut noch was?«

Jacob zuckte zusammen, als er die Stimme hinter sich hörte. Es war hier oben sowieso schon alles so wacklig und die Stimme gab ihm den Rest. Das Sprungbrett unter ihm zitterte und federte. Jede Schwankung übertrug sich auf seine Knie, kroch in seinen Brustkorb und setzte sich in seinem Kopf fest. Jacob fühlte, wie ihm ein Schweißtropfen das Rückgrat hinunterlief.

Er hatte eine Scheißangst, zehn Meter waren einfach zu hoch. Er hatte überhaupt nicht nachgedacht, als er den Sprungturm bestieg, sondern es einfach nur seinem besten Freund Samir nachgemacht. Von der Badewiese sah es ganz einfach aus, wie Samir ohne Spritzer ins Wasser glitt und lachend wieder auftauchte. Aber hier oben war alles anders. Nichts war leicht. Jacobs Beine waren schwer und lösten sich kein bisschen vom rauen Belag des Sprungbretts. Der Wind blies seine Haare nach vorn, die sofort an seiner Stirn festpappten. Angstschweiß als Klebemittel. Jacob hielt es nicht mehr aus, die zehn Meter nach unten zu blicken, in dieses lächerlich kleine Viereck, das er als Einziger bestimmt verfehlen würde und in dem das Wasser so hart wie Beton aussah. Glatt und böse.

»Soll ich nachhelfen?« Wieder die Stimme. Sie kam von Henri, einem Jungen, der um einiges älter war als Jacob und schon Haare auf der Brust hatte. Wenn Henri die Arme verschränkte – und das tat er oft – dann zeichneten sich seine Oberarmmuskeln deutlich ab – huggelig wie Doppelbrötchen. Jacob kannte Henri und seine Gang nur vom Hörensagen, aber er wusste: Mit denen war nicht zu spaßen und hatten sie sich einmal ein Opfer ausgesucht, ließen sie so schnell nicht mehr locker. Warum mussten sie sich ausgerechnet hier oben zum ersten Mal begegnen? Vielleicht ließ sich Henri noch herunterhandeln? Auf den 7er-Sprungturm? Oder einen noch kleineren? Jacob drehte sich um und setzte dabei ein Grinsen auf, das verschwörerisch sein sollte. Als ob er und Henri die besten Kumpels wären. Aber als er in Henris eisblaue Augen blickte, wusste er, er hatte keine Chance.

»Is nicht. Umkehren verboten.« Henri grinste. Nur zwei Meter trennten die Jungen, aber im Gegensatz zu Jacob stand Henri breitbeinig auf dem soliden Betonsockel, an dem die Vorrichtung für das Sprungbrett befestigt war. Dort war auch Platz für mehrere. Leider. Denn jetzt versammelten sich dort Henris Bluthunde, wie man die Jungs nannte, die Henri um sich zu scharen verstand. Diese Bluthunde witterten schon das Schauspiel, das gleich beginnen würde, und drängelten sich dicht hinter Henri um die beste Aussicht auf ihr Opfer zu haben.

»Denk nicht mal dran. Es gibt nur einen Weg. Hier ist ne Einbahnstraße«, sagte Henri süffisant. Seine Bluthunde jaulten vor Freude auf.

Jacob versuchte es dennoch: »Ok, Deal: Wir einigen uns auf das 5er-Brett, und danach …«. Henris Jungen klatschten rhythmisch und grölten im Chor: »Es geht los, es geht los …«

»Ich zähl bis drei. Eins …«

»Warte!« Jacob musste Zeit schinden, denn er sah aus den Augenwinkeln, wie sein Freund Samir die Sprossen zum Sprungturm erklomm. Er hatte zuerst nur seine neongelbe Badehose gesehen, die gleiche, die er auch anhatte; sie hatten sie im Doppelpack gekauft und Spaß daran, dass man sie – sobald sie gleich angezogen waren – auf den ersten Blick für Zwillinge hielt, obwohl sie sich einfach nur sehr ähnlich sahen. Beide hatten sie glänzend schwarze Haare, einen dunklen Teint und die gleiche schmächtige Figur.

... »zwei«.

Was hatte Samir vor? Noch hatte niemand Samir bemerkt. Alle starrten zu Jacob. Jacob presste mühsam hervor:

»Warte, ich – du springst zuerst, und dann ich.«

Samir stand nun auf dem Betonsockel, hinter den Jungs. Jacob dehnte seine Worte. Wertvolle Sekunden.

»Also, was hältst du von dem Vorschlag, oder traust du dich nicht?«

»Nee, wer vorne steht, springt. So ist die Regel«, entgegnete Henri. Jacob schielte zu Samir, der sich bereitmachte, für was auch immer. Jedenfalls spannte sich sein Körper an. Kurz kreuzten sich ihre Blicke. Samir zwinkerte ihm zu.

Jacob zwang sich weiterzureden, obwohl die Angst seine Zunge schwer machte. Hauptsache sprechen. Nicht hinunterschauen.

»Was sind das für Regeln? Regeln sind ...«

»Scheiße Mann! Die Bullen! Sie durchsuchen alles. Sie sind schon unten auf der Wiese!«, rief Samir mit kraftvoller Stimme.

Jetzt kam Bewegung in die Meute. Nur Henri schien unbeeindruckt. Er blieb erstmal stehen und suchte das Freibadgelände nach den Polizisten ab. Jacob nutzte die Gelegenheit, um zum Anfang des Sprungbretts zu laufen, wo Henri stand. Dieser bekam im gleichen Moment von hinten einen Stoß von Samir und geriet ins Taumeln. Jacob stieg vom Sprungbrett auf den Sockel. Fester Boden – jetzt stand er da, wo eben noch Samir gestanden hatte und Samir hatte sich unbemerkt an Henri vorbei nach vorne geschoben. Nachdem Henri sich wieder gefangen und aufgerichtet hatte, schaute er wütend hinter sich zu Jacob: »Was soll das? Kommst hier hoch und machst Stress! Von wegen Bullen – ich sehe keine! Willst deinen Freund wohl retten. Ihr tragt ja sogar die gleiche Badehose. Wie niedlich! Sind wohl Freundschaftsbadehosen? Der soll jetzt springen und dann könnt ihr euch danach ja noch Freundschaftsbänder flechten. Aber du verschwindest jetzt hier. Das ist ne Sache zwischen mir und dem Angsthasen da vorne.«

Samir stand mit dem Rücken zu Henri. Die neongelbe Badehose. Die gebräunte Haut. Die schwarzen Haare. So wie Jacob.

»Spring. Jetzt. Endlich«, sagte Henri.

Samir verkniff sich sein Grinsen. Es stimmte, was man über Henri sagte: Er war stark und ebenso schwer von Begriff. Samir schielte zu Jacob, der bereits auf der Leiter nach unten war. Niemandem fiel auf, dass dort oben statt eines Angsthasen jemand anderes stand, der nun festen Schrittes nach vorne ging.

Samir wippte einmal kurz auf und ab; er spürte den Wind an seinem Körper. Seltsam wie zehn Meter Höhe die Sicht auf die Welt veränderten. Von dort oben hörte er die Geräusche des Freibads nur noch gedämpft und sein Blick ging in die Weite, bis zum Schloss Schönhausen konnte er sehen. Samir grinste. Wie oft hatte er mit seinem besten Freund Jacob schon die Leute an der Nase herumgeführt, sie sahen sich einfach zu ähnlich, zumindest auf den ersten Blick. Und wenn sie dasselbe anhatten. Und wenn jemand nicht ganz auf Zack war, so wie Henri, war das Verwechslungsspiel besonders einfach. Samir machte sich bereit zum Sprung.

Als Jacob endlich die von der Sonne gewärmten Bodenplatten unter seinen nackten Füßen spürte, hörte er den Platscher. Nicht zu stark, nicht zu viele Spritzer. Genau so, wie ein schmächtiger Fünfzehnjähriger ins Wasser eintaucht.

Er rannte zum Beckenrand und sah seinen Freund auftauchen. Er sucht in seinem Gesicht die Antwort darauf, ob alles gut gegangen war. Keine Schmerzen? Bekam er genug Luft? Samir kletterte aus dem Becken und grinste. Jacob umarmte ihn erleichtert. Aber es blieb den beiden Freunden nicht viel Zeit, sich über ihren Coup zu freuen, denn es würde gleich eine Menge Ärger geben. Henris Bluthunde nahmen schon die Fährte auf – sie hatten mittlerweile auch begriffen, dass gar keine Polizisten im Schwimmbad waren und sie umsonst zu ihren Taschen gerannt waren. Jacob sah, wie sie sich auf der Liegewiese zur Suche aufteilten. Die beiden Freunde hatten gerade noch genug Zeit, schnell zu ihren Sachen zu renne, diese zusammenzuraffen und dann unter dem Geschrei der Bluthunde in Badehose loszulaufen, quer über die Liegewiese zum Ausgang.

Erst in der Paracelsusstraße, an einer kleinen Grünfläche, stoppten sie. Jacob zog sich hinter dem nächstbesten Strauch um, während Samir sich in den dunkelsten Winkel verzog, um die nasse Badehose auszuziehen. Jacob war schneller fertig und wartete auf einer Parkbank auf seinen Freund.

»Meine Knie zittern immer noch«, rief er Samir zu.

»Mann, diese widerlichen kleinen Blutsauger«, schimpfte Samir hinter der Hecke. Jacob hörte es mehrmals klatschen.

Jacob drehte sich von Samir weg, als er dessen Beine sah. Er wusste, dass es Samir peinlich war, nackt gesehen zu werden.

»Autsch! Schon wieder«, rief Samir und floh schließlich in Jeans und T-Shirt aus dem Gebüsch vor den Mücken.

»Und jetzt? Eis am Potsdamer Platz? Oder Fußball?«, fragte Samir.

»Nee, geht nicht. Hab mit Fine was ausgemacht. Später vielleicht.«

Samir sagte nichts. Er stand an der Hecke und der Schatten der mächtigen Eibe fiel auf sein Gesicht. Jacob nahm nicht wahr, wie sich die Miene seines Freundes verfinsterte.

»Aber wir können uns abends treffen. Oder du kommst nach«, meinte Jacob.

»Nee, ich hab auch schon was vor«, antwortete Samir.

»Was denn?«

Samir stopfte seine nasse Badehose in seine Sporttasche und zog mit Schwung den Reißverschluss zu.

Als Samir immer noch nicht antwortete, fragte Jacob:

»Bist du jetzt sauer? Was hast du denn?«

»Nee, schon gut. Lass mal. Ich muss jetzt zur S-Bahn.« Samir schritt an Jacob vorbei, doch Jacob erwischte ihn noch am Ellbogen: »Hey, danke nochmal. Also wegen vorhin. Du hast mich gerettet.«

Samir versuchte weiterzugehen, doch Jacob hielt ihn fest.

»Also, du kommst heute Abend? Und falls du auf deine Geschwister aufpassen musst, nimm sie einfach mit. Das ist kein Problem. Wir können ja alle zusammen was essen?«

Jacob wollte Samir umarmen, doch der machte sich stocksteif und sagte: »Meine S-Bahn geht um 14.53 Uhr.« Mit diesen Worten ließ er ihn stehen.

Jacob schaute ihm nach und hoffte, dass Samir sich noch einmal umdrehte. Aber Samir zog sein Handy aus der Tasche und tippte darauf herum. Dann bog er um die Ecke Richtung S-Bahn.

II.

Samir starrte auf das Display seines Handys. Jacob sollte nicht sehen, wie verletzt er war. Immer kam ihm dieses blöde Mädchen in die Quere. Was fand Jacob nur an der? Fine war eine dämliche Zicke, die drauf und dran war, ihm seinen besten Freund wegzunehmen. Samir hatte keine Lust mehr, heute noch irgendwas zu unternehmen. Und schon gar nicht allein. Zumal es dunkler wurde. Schlechtwetterwolken zogen am Himmel auf.

Als Samir an seiner Haltestelle ausstieg, grollte fern ein Gewitter und die Sonne drang schon nicht mehr durch die Wolkenwand. Der Wind blies und Samir fror in seinem T-Shirt und mit den nassen Haaren. Die Hände in den Hosentaschen schritt er zügig vorwärts, vorbei an den Leuchtreklamen der Spielsalons und den Dönerbuden, die er schon roch, bevor er sie sah. Der Wedding war sein Kiez, hier war er geboren und aufgewachsen. Um die Ecke lag auch seine Gesamtschule, die sicher nicht zu den besten Schulen Berlins zählte, die jedoch eine Menge Nachmittags-Angebote für Jugendliche hatte, wie Kickboxen, Parcours und Selbstverteidigung. Er mochte diesen Teil von Berlin viel mehr als das steife Zehlendorf, in dem Jacob wohnte. Jacobs Schule, ein altehrwürdiges Gymnasium, wäre ihm viel zu streng. Dort gab es Tonnen von Hausaufgaben.

Am Friseurladen mit dem schlichten Namen »Coiffeur« verlangsamte er seine Schritte. Zu Ardeshir, dem Friseur, kamen die Männer aus ganz Wedding, auch Samirs Vater, sein kleiner Bruder und er selbst ließen sich von dem lustigen Syrer die Haare schneiden. Ardeshir hatte ein Gesicht wie eine Wanderkarte, die Hände eines Bauarbeiters und erzählte die lustigsten Dinge, sodass man auf dem Stuhl nie stillhalten konnte vor Lachen. Samir blieb vor dem Laden stehen. Vielleicht hatte Ardeshir einen Tee für ihn? Ihm war inzwischen eiskalt. Und vielleicht – ganz vielleicht – hatte er auch Neuigkeiten über Samirs Vater. Samir stieß schwungvoll die Tür auf, aber auf den bösen Blick von Ardeshir – scharf wie Glassplitter – war er nicht gefasst. Er kam offenbar zur falschen Zeit.

Auf dem Friseurstuhl saß mit dem Rücken zu ihm ein Mann mit übereinandergeschlagenen Beinen. Feine Schuhe, blitzblank geputzt, lugten unter seiner Hose hervor. Die Art wie der Mann Ardeshir zur Eile antrieb, ließ bei Samir alle Alarmglocken schrillen. Wortlos, mit fließenden Bewegungen und gebieterisch wie ein Sultan aus uralten Zeiten. Er war schon lange auf der Suche nach diesem Mann: Tarek. Tarek, der Lieblingsbruder des Clan-Chefs, Herrscher über den Wedding. Und dieser Clan war seine einzige Hoffnung. Denn wenn jemand etwas über verschwundene Menschen wusste, dann waren es die Clanmitglieder. Es bestand die winzig kleine Chance, dass Tarek wusste, was mit Samirs Vater passiert war. Seit fast drei Monaten war Mohammed Wahied, Samirs Vater, verschwunden;

urplötzlich, mitten im Wedding. Tarek durfte Samir nicht schon wieder entwischen, erst vorgestern hatte er ihn im Obstgeschäft, das die schöne Tülay führte, beobachtet. Tarek war ein schöner, gutaussehender Mann, geschmeidig wie ein Panther, der Tülay so angelächelt hatte, dass sie kicherte und rot anlief wie die Tomaten, die sie verkaufte. Aber dann war Tarek durch den Hintereingang verschwunden, als draußen auf der Straße Polizeisirenen zu hören waren.

Samir atmete tief durch und betrat den Laden.

»Ich habe schon geschlossen«, brummte Ardeshir in Richtung Samir und sah ihn dabei nicht an.

»Aber die Tür war offen.«

»Jetzt ist sie zu.«

»Soll ich sie wieder aufmachen?«

Ardeshir sagte nichts mehr, aber sein Blick war so kühl und kalt, wie die Schere in seinen riesigen Händen. In Ardeshirs Nähe würde es Samir unmöglich sein, Tarek anzusprechen, das spürte er. Ardeshir würde es verhindern, das zeigte ihm der Blick in seinen Augen. Wenn er schon nicht mit ihm sprechen durfte, so wollte er ihn wenigstens beobachten, jede noch so kleine Information konnte wichtig sein und ihn vielleicht zu seinem Vater führen.

Es kostete Samir einige Mühe, ganz langsam und cool den zweiten Friseurstuhl zu erklimmen. Verstohlen beobachtete er Tarek im Spiegel, der gerade seinen Kopf beugte, damit Ardeshir ihm die Nackenhaare frisieren konnte. Samir sog jede Einzelheit in sich auf. Athletisch war dieser Tarek. Zarte Hände, ganz anders als sein hart arbeitender Vater. Jung, irgendwo zwischen 25 und 30 Jahren. Glänzende schwarze Haare.

Der Unterschied zu ihm selbst war so deutlich, dass es Samir schmerzte. Im Spiegel sah er einen schlaksigen Jugendlichen: Seine langen Gliedmaßen schienen nicht zu dem dünnen Oberkörper zu passen. »Das wird schon noch. Pazienza!«, meinte Jacobs Mutter immer, wenn er und Jacob vor dem großen Spiegel in der Eingangshalle standen und sich wünschten, größer und kräftiger zu sein. Aber Geduld war sowieso nicht Samirs Stärke und nichts, aber auch gar nichts, deutete darauf hin, dass aus Samir jemals ein so gut aussehender und eleganter Mann wie Tarek werden würde. Dennoch richtete sich Samir auf und machte sich auf dem Friseurstuhl etwas größer.

Ardeshir arbeitete mit voller Konzentration. Samir schien es, als ob die Hände des alten Mannes zitterten, als er den Schnitt prüfte und einen Hauch von einem Haar abschnitt. Samir kannte Ardeshir anders. Wenn er einen nicht mit Geschichten über seine Kindheit in Syrien zutextete, pfiff er Berliner Schlager. Aber diese Stille, in der das Schnipp-Schnapp der Schere das einzige Geräusch war, war äußerst ungewöhnlich für ihn.

Endlich war Ardeshir fertig und bürstete Tarek die losen Haare von seinem Anzug. Mit gesenktem Blick wartete er ab, ob Tarek noch etwas an seinem Schnitt auszusetzen hatte.

Auf dem Weg zur Ladentür griff Tarek nach einem Shampoo und steckte es ein. Einfach so. Nicht mal heimlich, sondern ganz offen. Den Haarschnitt hatte er auch nicht bezahlt. Und Ardeshir? Der hielt ihm sogar noch die Tür auf. Aus dem lustigen, schlauen Ardeshir war ein strammer Diener geworden. Samir schmerzte diese Feststellung. Als die Tür zufiel, war es eine ganze Weile still im Friseursalon. Ardeshir schien Samir auf dem Friseurstuhl vergessen zu haben und rollte die Handtücher, die sich im Regal ordentlich stapelten, erst auseinander und dann wieder zusammen, nur um etwas zu tun zu haben. Samir räusperte sich. Mit heiserer Stimme sagte er: »Ich habe den schon mal gesehen. Tarek. Kauft bei Tülay ein. Der schönen Tülay vom Obstgeschäft. Die Tülay mit den Glitzer-Fingernägeln.«

Samir wartete ab, bis Ardeshir wenigstens ein Grunzen von sich gab. Dann sprach er weiter. Leise und bestimmt:

»Tarek und der Arafat-Clan. Das sind die Einzigen, die etwas wissen könnten über meinen Baba. Wo er jetzt ist. Und ob er noch ...« Samir kippte die Stimme weg.

Ardeshir sah Samir eindringlich an. Samir sah das Mitleid in Ardeshirs Augen, und die Falten in seinem Gesicht zogen sich noch weiter zusammen. Aber dann drehte er sich mit einem Ruck weg und putzte mit einem Lederlappen seine Schere. Heftig und mit Druck rieb er sie blank. Samir fasste den älteren Mann am Handgelenk und war überrascht, wie dünn es war. Ardeshir schien ihm mit einem Mal um Jahre gealtert.

»Ich gebe nicht auf. Niemals. Ich muss meinen Baba finden«, flüsterte Samir.

»Nur Allah kennt unsere Bestimmung«, sagte Ardeshir leise, ohne von der Schere aufzusehen.

»Ja. Allah weiß bestimmt, wo mein Papa ist. Aber eine Stufe drunter tut es auch. Ich muss mit Tarek sprechen. In Ruhe.«

»Musst du nicht.« Ardeshir faltete den Lederlappen ordentlich zusammen und drehte Samir den Rücken zu.

»Seit drei Monaten suche ich meinen Papa. Ich kann nicht mehr. Wir alle können nicht mehr. Wir waren eine Familie und jetzt sind wir ... so traurig. Ich bin der Älteste, ich muss mit Tarek sprechen!«

»Nicht hier. Komm nie mehr hierher, wenn Tarek hier ist. Hörst du? Such ihn in der Falafelbude«, sagte Ardeshir leise.

»Wo? Welche Falafelbude?«

»Mehr kann ich dir nicht sagen.« Langsam kam wieder Leben in Ardeshir, er drehte sich zu Samir um, fasste ihn an den Ohren wie einen Schuljungen, obwohl Samir ihn um eine Handbreit überragte und sagte energisch: »Und das war schon zu viel. Was bin ich nur für ein Dummkopf und plappere wie ein Waschweib! Vergiss alles, was ich gesagt habe. Denk an deine Mutter. Sie hat nichts davon, wenn ihr Ältester auch noch verschwindet. Verstehst du?« Ardeshir kniff Samir fest in beide Ohren und war auf einmal wieder voll Energie. Er hielt ihn auch noch fest, als Samir das satte Röhren eines Porschemotors hörte. Samir riss sich los und hechtete zum Fenster. Er konnte gerade noch die letzten zwei Ziffern des Kennzeichens erkennen: 77. Ein weißer Porsche Turbo S aus Berlin, an dessen Steuer er noch Tarek erkannt hatte, bevor dieser davondüste. Was für ein Glück! So groß war Wedding nun auch wieder nicht, dass er dieses Auto nicht finden würde. Er würde jede einzelne Straße abklappern. Jetzt gleich. Und sein Freund Jacob würde ihm bestimmt dabei helfen. Zu zweit war es einfacher. Samir hatte schon die Hand am Türgriff, als Ardeshir ihn zurückhielt.

»Samir, bitte. Halt dich da raus.« Doch Samir schüttelte ihn ab und trat auf die Straße. Im Laufschritt schrieb er eine Nachricht an Jacob. Sein Freund würde schon wissen, wann Samir Vorrang vor diesem Mädchen hatte. Ganz bestimmt. Auf seinen besten Freund war schließlich Verlass. *Ganz bestimmt*, hämmerte es in Samirs Kopf als seine Füße im

Gleichtakt auf das Pflaster schlugen. *Ganz bestimmt.* Samir wurde immer schneller und schließlich erreichte er die große, viel befahrene Müllerstraße.

Ardeshir sah dem Jungen mit den roten Ohren lange nach und schickte ein Stoßgebet gen Himmel. Er wurde blass, als er die dunkle Wolke sah. Sie war dunkel und mächtig und ballte sich zusammen wie eine Faust.

III.

Jacob sah auf die Uhr: Schon in zehn – spätestens fünfzehn – Minuten würde er bei Fine und einem großen Becher Stracciatella-Eis sitzen. Noch schnell die Turnschuhe anziehen und dann nichts wie weg, bevor seine Mutter auch nach Hause kam und ihn zu irgendeiner Nachhilfestunde oder in den Tennisclub schleppen konnte. Er hatte seinen Eltern zwar vorsichtshalber gesagt, dass er zur Aufstellung der neuen Volleyballmannschaft heute am letzten Schultag in die Schule müsse, aber bei seiner Mutter konnte man nie wissen, was ihr gerade einfiel, um sein Leben zu »optimieren«, wie seine Eltern den Dauerbeschuss von Nachhilfestunden, Rhetorikkursen und Tennisunterricht nannten. Jacob saß auf dem großen Sofa in dem geräumigen Wohnzimmer und fingerte an dem Knoten seiner Turnschuhe herum; wer hatte den nur so festgezurrt? Er kam ins Schwitzen, aber mit feuchten Händen ging gar nichts und er rieb sie sich an seiner Jeans trocken. Einen Schuh hatte er schon an, als er hörte, wie die Haustür aufging, seine Mutter den Eingangsbereich betrat und zu jemanden sagte: »Das können Sie hier erst einmal ablegen. Zum Garten geht es dann hier entlang.«

Jacob duckte sich hinter die Couch. Eisen klirrte aneinander, laut und unbarmherzig. Stimmengemurmel von Männern, schlurfende Schritte, dazwischen das Geklapper der Stöckelschuhe seiner Mutter. Jacob lugte hinter der Couch hervor und sah zwei Männer in blauer Montur, die mannshohe Stangen im Flur ablegten. Seine Mutter öffnete die Verandatür und rief die Männer zu sich. Seine Chance, unbemerkt zur Haustür hinauszuschlüpfen! Mit einem Schuh in der Hand schlich er zum Flur, ein letzter Blick zur Mutter, Jacob presste sich an die Wand, die große Standuhr schlug zweimal, nur noch drei Meter, die Verandatür schloss sich wieder, Jacob hielt den Knauf der Haustür schon in der Hand, da stieß sein baumelnder Schuh gegen den Stapel Briefe, der im Flur auf der Ablage lag. Mit einem lauten Knall flogen die Briefe herunter und fächerten sich auf dem Boden auf. Jacob verharrte mit der Hand auf dem Türknauf. Aber er hatte Glück und hörte seine Mutter sagen: »Cinque ore – fünf Stunden brauchen Sie? Naja …« Der Bauarbeiter murmelte etwas.

Jacob atmete auf und wollte schon die Tür öffnen, als sein Blick auf einen Brief fiel, der direkt vor seine Füße geschlittert war. Er war bereits geöffnet und Jacob las seinen Namen »Jacob Cloppenburg«, »Schloss Barenburg« und »wir freuen uns, Ihnen mitteilen zu dürfen …«, weiter kam er nicht, denn das »Klack-Klack« der Stöckelschuhe näherte sich wieder. Also zückte Jacob sein Handy, zog den Brief ganz aus dem Umschlag und fotografierte ihn mit zitternden Händen ab. Dann rannte er los.

Er hatte immer noch wachsweiche Knie, als er an seiner Schule ankam, wo er sich mit Fine treffen wollte. Jacob hatte ein mulmiges Gefühl und wollte erst gar nicht das Foto mit dem Brief antippen, um sich den Nachmittag nicht vermiesen zu lassen. Doch dann hielt er es nicht mehr aus und konnte nicht glauben, was er dort – unscharf – aber doch unmissverständlich las: Er sollte auf ein Internat! Ein Internat im Nowhere von Brandenburg

Er musste mit jemandem darüber sprechen: Sein erster Gedanke galt Samir und er erinnerte sich an die Nachricht, die er vorhin nur überflogen hatte. Aber aus der wurde Jacob nicht schlau. Was wollte Samir mit einem Porsche? Das war zu kryptisch geschrieben und ein Grund mehr, Samir anzurufen. Doch statt Samirs Stimme hörte er nur diese bescheuerte Melodie, die ihm freundlich mitteilte, dass der Gesprächspartner nicht erreichbar war. »Nicht erreichbar« – magere Worte, wo doch Jacobs Welt gerade unterging. Sogar die Luft um ihn herum roch jetzt anders und der vertraute Schulhof mit der großen Kastanie sah verändert aus. Er brauchte jemanden, der ihn aus dem Schlamassel zog. Es gab in Familiendingen eigentlich nur einen Menschen, der immer auf seiner Seite stand: seine Cousine Marie. Nur sie hatte die Macht, seine Eltern – vor allem seinen Vater – von ihrem Vorhaben abzubringen. Denn sein Vater mochte Marie und hielt sie Jacob ständig als Vorbild hin: Sie sei zielstrebig, ehrgeizig und schlau, ganz so wie ihr Onkel!

Jacob wischte einen Regentropfen weg, der auf das Display geklatscht war. Er hoffte inständig, dass seine Cousine sofort ihre Nachrichten checkte:

hi cousinchen ein hilferuf aus berlin: ich soll auf irgendso ein sch... internat in brandenburg. ich muss unbedingt in berlin bleiben!!! ruf meinen papa an. er hört auf dich. du bist meine einzige rettung!!!! 14:41 ✓✓

Jacob ließ das Schultor nicht aus den Augen. Gleich würde Fine aus der Turnhalle kommen – sie war bestimmt wieder für die Schulmannschaft aufgestellt worden. Er würde ihr erst einmal nichts von dem Brief erzählen. Es würde schon wieder gut werden. Auf Marie war Verlass, auch wenn sie gerade im fernen London ein Praktikum bei einer Bank machte. Marie war fünf Jahre älter als er, sie wusste immer einen Rat, und hatte ihn noch nie im Stich gelassen.

Jacob atmete auf, als gleich Antwort kam:

Bist du sicher? 14:41✓✓

ja. Er sagt, du bringst es noch zu was. leistung und so. dein praktikum in london. zielstrebig wie er, blabla. 14:42✓✓

Nee, ich meinte, ob du sicher bist, dass sie dich auf ein Internat schicken wollen? 14:42✓✓

Hab die bestätigung der anmeldung gefunden!!!!!! bitte hilf mir. 14:43✓✓

Hmm ... Wie war dein Zeugnis? 14:44✓✓

2x5+3x4 und ne 1 in kunst 14:44✓✓

Sitzengeblieben? 14:45✓✓

Ja ... aber jetzt ist alles anders. Ich lerne, versprochen! ruf meinen papa an. bitte! heut abend!!!! 14:45✓✓

o.k. komm hier erst um 20 Uhr Londoner Zeit raus. Schick mir Infos über das Internat, und ein Versprechen, dass du Nachhilfestunden in Berlin nimmst, oder so was in der Richtung ... brauch jedenfalls mehr Futter. Muss jetzt aufhören, hier qualmt es gerade ... CU 14:47✓✓

danke! ok cu 14:47✓✓

Jacob starrte auf sein Smartphone, als könnte er per Gedankenübertragung eine weitere Nachricht an seine Cousine hinterherschicken. Etwas Schlimmeres, als ihn auf ein Internat zu schicken, könnten ihm seine Eltern zum jetzigen Zeitpunkt nicht antun. Zwischen ihm und Fine entwickelte sich gerade etwas Ernsthaftes, davon war Jacob überzeugt. Was würde dann aus ihnen werden? Er überlegte, ob er Marie ein Foto von Fine schicken sollte. Denn wenn sie Fine kennenlernen würde, würde sie verstehen, warum er in Berlin bleiben musste. Jeder mochte Fine. Sie war einfach wahnsinnig nett. Und sie konnte über die gleichen Dinge lachen wie er. Sie war einfach ... wunderbar. Selbst wenn sie grantig war, musste man sie einfach gern haben. »Grantig« war ein Wort, das Jacob, bevor er Fine kannte, noch nie gehört hatte. Fine hatte überhaupt so viel Neues in sein Leben gebracht: ihre Sprache aus Wien, die so viel leiser und weicher war als das Berlinerische, ihr gegurrtes Lachen, ihre Augen, die immer aufblitzten als würde es Sterne regnen und dann noch der Duft von Apfelkücherl und Dampfnudeln mit Vanillesauce, den sie immer verströmte. Und sie hatte blonde Haare, die im Sonnenschein flirrten.

Ein Windstoß schüttelte die zwei Linden auf dem Schulhof kräftig durch. Gleich würde sich ein Gewitter entladen, der Himmel war dunkel und die Straße vor der Schule mittlerweile menschenleer.

14 Uhr 49, noch eine Minute, bis Fine Schluss hatte. Jacob starrte weiter auf sein Handy, nur um an etwas anderes zu denken als an den Brief. Er probierte es noch einmal bei Samir, aber bekam wieder die Momentan-nicht-erreichbar-Melodie zu hören. Samir war in letzter Zeit so komisch. Er war froh, dass das Fine nichts ausmachte, wenn sie zu dritt

loszogen. Sie mochte seinen besten Freund, das hatte sie gesagt. Mitsamt seinem Geschwisteranhang. Und Samir ging es sicher genauso, wenn er auch ein bisschen zurückhaltend gegenüber Fine war. Aber das lag vielleicht daran, dass Samir Moslem war und irgendwie anders mit Mädchen umging. Jacob tippte eine SMS – es wurde wirklich Zeit, dass Samir sich auch mal ein Smartphone zulegte, WhatsApp-Nachrichten waren so viel einfacher und besser:

19 uhr im alpenstüberl? mit ha + na

»Ha und Na« stand für »Hamed« und »Nasra«, Samirs Geschwister. Aber noch bevor Jacob das zweite Fragezeichen eintippen konnte, ertönte eine mächtige Stimme von hinten. Mächtiger als das Donnergrollen, das aus den Wolken tönte. Die Stimme, die Jacob nur allzu gut kannte, rief seinen Namen.

Nicht hier, nicht jetzt. Nicht mit Fine. Bitte nicht.

Eine Horde Mädchen stürmte aus der Turnhalle. Fine winkte Jacob zu, ihr blonder Pferdeschwanz hüpfte auf und ab und sie lief mit einem breiten Lächeln auf ihn zu.

Da klatschte eine Pranke von hinten auf Jacobs Schulter:

»Na, mein Junge. Da staunste, was? Dein alter Vater holt dich heute ab.«

Jacob schloss die Augen. Es hätte so ein perfekter Tag werden können. Der Brief allein genügte wohl nicht, um seinen Tag, den er sich so schön ausgemalt hatte, komplett ins Gegenteil zu verkehren. Nein, jetzt hatte sich auch noch sein Vater an die Notlüge mit der Mannschaftsaufstellung erinnert und war vorbeigekommen. Jacob schaffte es gerade noch, die SMS an Samir abzusenden, dann ergab er sich seinem Schicksal.

IV.

Seit einer Stunde lief Samir kreuz und quer durch den Wedding auf der Suche nach dem Porsche.

An der Ecke Kameruner- / Müllerstraße prallte er mit Selen zusammen, der besten Kickboxerin der Schule, um die Samir sonst lieber einen Bogen machte. Sie holte schon aus, um ihn gegen das Schienbein zu treten, nur so, damit die Rangordnung geklärt war, doch Samir wich schnell zurück. Selen beäugte ihn wie ein Habicht seine Beute, und er konnte sehen, wie es in ihr arbeitete. Sie hielt in einer Hand ein Fladenbrot und in der anderen einen Pappbecher. Um ihn jetzt zu verdreschen, müsste sie alles fallen lassen. Samir hatte Glück, das Brot war kaum angebissen, der Becher noch voll und Selen nicht genug auf Krawall gebürstet. Sie sagte nur: »Verpiss dich, Kanalratte.«

Samir sah neidvoll zu, wie Selen in das Brot biss und weiterging, aber dann roch er es selbst: Ein würziger, köstlicher Duft von frischgebackenem Brot lockte Samir ans Ende der Straße. Dort sah er ein Restaurant, dessen Tür und Fenster mit roten und weißen Luftballons geschmückt waren. Kleine, leichtfüßige Tischchen und Stühle mit bunten Tischdecken standen auf dem Bürgersteig. »Neueröffnung« las Samir auf einem roten Banner und ging schneller. Ein kleines Mädchen mit schwarzen Zöpfen verteilte Fladenbrote und Getränke an die Passanten. Sie sah nett aus mit ihrem Korb. Samirs Magen knurrte.

Doch mit einem Mal kam Unruhe in das idyllische Bild: Eine Inderin im Sari packte ihr Kind, das sich gerade ein Brot holen wollte, und zerrte es weg. Ein Mann in Trainingsjacke hastete aus dem Restaurant, er sah sich noch einmal um und beschleunigte seine Schritte. Einzig das Mädchen mit den Broten machte weiter seinen Job und bekam von der Hektik nichts mit. Samir blieb in einiger Entfernung stehen. Etwas stimmte nicht. Eine Männerstimme schrie im Restaurant und Samir hörte den harten Akzent heraus:

»Ich lasse mir das nicht gefallen. Nein!«

Dann kurz Ruhe.

»Nein! Nein!«, hörte Samir wieder die erboste Stimme.

»Raus hier!«

Und jetzt flog die Tür auf, der Mann mit dem rollenden R erschien, er hatte einen roten Turban auf, stemmte die Hände in die Hüften und wiederholte:

»Raus hier. Sofort!«

Das Restaurant spuckte noch eine Handvoll Leute aus, die in alle Richtungen wegstoben, bis aus dem Inneren ein großer schlanker Mann auftauchte, der ruhig und federnden Schrittes ins Freie trat. Der Mann mit dem Turban schimpfte weiter auf Indisch, der schlanke Mann stieg in einen weißen Porsche ein. Er fuhr mit einem satten Röhren an, wendete, ließ den Motor aufheulen und fuhr mit Vollgas auf den Bürgersteig, mitten in die Tische und Stühle. Samir brauchte gar nicht auf das Nummernschild mit den Endziffern 77 zu sehen, er wusste längst, mit wem er es zu tun hatte. Der Inder konnte gerade noch aus dem Weg hechten, bevor Tarek mit seinem Porsche alles zermalmte und davonfuhr. Samir schrie auf. Die Fladenbrote lagen auf der Straße, der Platz vor dem Restaurant glich einem Trümmerfeld, und dort, ganz in der Mitte schauten unter einer Tischplatte zwei schwarze Zöpfe hervor. Der Inder tauchte aus dem Hauseingang auf, sein Turban war verrutscht und sein Gesicht kreidebleich. Mit einem verzweifelten Schrei, schob er das, was einmal Tische gewesen waren, zur Seite. Samir sah, dass das Mädchen sich bewegte. Der Inder hob sie hoch, doch sie schrie vor Schmerzen auf. Samir konnte die Szene nicht länger ertragen und wandte sich ab.

Er zuckte zusammen, als neben ihm eine Stimme murmelte: »Warum soll es dem Neuen besser gehen? Wir zahlen alle Schutzgeld.«

Samir blickte in zwei verquollene Augen, die zu einem unrasierten Mann gehörten.

»Hier guck.« Der Mann zeigte auf eine Schaufensterauslage, vollgestellt mit Bierflaschen und Zigarettenpackungen: »Ich zahl für meinen Kiosk. Damit mir nicht das Gleiche wie dem Araber hier passiert.«

»Inder. Der Mann mit dem Turban ist Inder«, sagte Samir.

»Egal. Alles eine Mischpoche. Aber der ist neu hier und weiß nicht, dass das die Straße vom Arafat-Clan ist. Hier gehen sie immer ein und aus, die Ägypter.« Der Kioskbesitzer zeigte auf die linke Straßenseite.

»Libanesen, keine Ägypter. Die Arafats kommen aus dem Libanon.«

»Egal. Alles eine Mischpoche. Aber ich selbst hab nichts davon. Die trinken keinen Alkohol und samstags gehen die nicht vor die Tür.«

»Samstags? Das ist doch der Feiertag der Juden, bei uns ist es ...«

»Sag mal, was bist du für einer? Hast gerade mal Bartflaum wie ein Küken, spuckst aber große Töne«, unterbrach ihn der Mann und Samir wich seinem Alkoholatem aus. »Ihr seid alles dieselbe Mischpoche! Mir doch egal, wo ihr herkommt, ihr Abzocker!«

Samir blickte auf die linke Straßenseite. Was hatte der Mann gesagt? Hier gehen sie ein und aus? Samir ging ein paar Meter weiter und blieb vor einer heruntergekommenen Falafelbude stehen.

»Maroush« stand in verblichenen Buchstaben auf dem Schild über der Ladentür. Dasselbe nochmal auf Arabisch. Die Falafelbude sah aus, als wäre sie nicht mehr in Betrieb. Denn die Scheiben zur Straße hin waren von unten bis oben mit Zeitungspapier verhängt und vor dem Eingang lagen Abfallsäcke, in deren Falten sich Staub und Laub angesammelt hatten. Nur ganz oben rechts hing ein Stück Papier schief herunter.

Samir schichtete die Abfallsäcke aufeinander, um an dieser Stelle in das Ladeninnere zu spähen. Lieblos sah es dort aus. Weiße Kacheln an den Wänden und schwarze Stühle, die auf viel zu dünnen Beinen standen. Samir presste sein Gesicht an die Scheibe und suchte nach einer Erklärung, was Tarek hier gemacht haben könnte. Er entdeckte rechts in der Ecke eine Tür. Sie war weiß gestrichen und hob sich kaum von der Wand ab.

Doch als Samir erkannte, was an dem staksigen Garderobenständer direkt an der Tür hing, stockte ihm der Atem: Ein roter Arbeitsoverall! Bei Samir schrillten alle Alarmglocken. Dieses Rot erkannte er sofort wieder, es war in seinem Gedächtnis eingebrannt, weil es eines der Puzzlestücke in Zusammenhang mit seinem Vater war. Die ganze Wohnung hatte er auf der Suche nach exakt so einem Overall auf den

Kopf gestellt. Ohne Ergebnis. Denn inzwischen war Samir überzeugt, dass sein Vater, kurz bevor er verschwand, etwas verheimlichte. Die Geheimniskrämerei seines Vaters fing mit dem Overall an: Mehrmals in der Woche kam sein Vater viel später als sonst nach Hause. Niemand sollte ihn in dem Overall sehen, den er schnell auszog und in einer Gemüsekiste unter dem Bett versteckte. Aus reiner Neugierde hatte Samir ihn einmal hervorgezogen, wagte es aber nicht, ihn auseinanderzufalten, weil dies seinem Vater aufgefallen wäre. Einen Schriftzug auf dem Rückenteil hatte er damals erkannt, ein paar weiße Buchstaben auf rotem Stoff. Wahrscheinlich, so dachte Samir sich damals schon, hatte sein Vater einen zweiten Job, neben der Änderungsschneiderei, die seine Eltern eigentlich betrieben.

Er fühlte, wie sich ein Kloß in seiner Kehle bilden wollte. Er vermisste seinen Vater so sehr. Aber Samir ließ den Kloß nicht zu, er sprang von den Abfallsäcken herunter und zwang sich, nachzudenken. Er musste in den Laden und die Schrift auf dem Overall entziffern.

Samir drückte die Türklinke der Ladentür hinunter. Abgesperrt. Natürlich. Es war ein einfaches Zylinderschloss. Dafür brauchte man ein bisschen Werkzeug.

Samir warf noch einen Blick zum Overall, dessen Rot ihm verheißungsvoll entgegenleuchtete. Auch jetzt konnte er den Schriftzug nicht erkennen, irgendetwas mit »mann« wahrscheinlich für eine Internetadresse und ein »äu«.

Samir sah sich auf dem Boden um, bückte sich nach einem kleinen Plastikteil und schob es in den Türspalt. Er würde wiederkommen. Schon ganz bald.

V.

Jacob zog rote Kringel mit der Ketchup-Tüte auf das Papier, das als Unterlage auf dem Plastiktablett lag. Sein Vater hatte ihm den Tag verdorben. Und zwar gründlich. Ausgerechnet heute kam er auf die Idee, ihn von der Schule abzuholen. Aber klar, sein Papa hatte ein schlechtes Gewissen. Schließlich schob man nicht jeden Tag sein einziges Kind auf ein Internat ab.

»So, so, mein Sohn hat ein kleines Fräulein«, hatte sein Vater, Erwin Cloppenburg, gegrinst, als Fine auf Jacob zulief. Jacob wäre am liebsten im Erdboden versunken. Aber Fine war cool wie immer. Sie grüßte artig und protestierte auch nicht, als Erwin Cloppenburg der Meinung war, er mache ihnen mit dem McDonald's-Besuch eine Freude: »Ich weiß doch, was Jugendliche wollen, komm ja nicht vom Mond.« Wie Jacob es hasste, wenn sein Vater so kumpelhaft tat. Keiner von Jacobs Freunden ging in Fastfood-Restaurants. Eher zum Veggie-Burger mit Bio-Salat und Süßkartoffel-Pommes. Und Fine, die wirklich etwas von gutem Essen verstand, schon gar nicht. Aber Erwin Cloppenburg kapierte wieder mal Null.

Und jetzt biss Fine tapfer in ihren Hamburger. Jacob sah ihr an, dass sie sich vor dem Fastfood ekelte. Trotzdem sah sie dabei noch vergnügt aus; das lag an ihren Wangenknochen, die ihr Gesicht in die Breite zogen. Und an ihrem blonden Pferdeschwanz, der nie stillhielt und selbst jetzt, in diesem Geruch von fettigen Pommes und Plastik, einen schwachen Vanille-Duft verströmte. Jacob rückte ein bisschen dichter an sie und sog den Duft ihrer Haare ein. Fine unterhielt sich mit seinem Vater. Jacob hörte nicht zu, er lauschte dem Klang von Fines warmer Sprache – eine Sprache, die ihn an Skiurlaub und Apfelstrudel erinnerte. Auf keinen Fall würde er Berlin und Fine verlassen.

Fine lächelte, spielte an ihren Haaren und Erwin Cloppenburg sprühte vor Energie. Zum Kotzen.

Jacob hielt das nicht mehr aus. Wenn sein Vater weiterhin den Super-Kumpel-Dad raushingen ließ, würde er losbrüllen. Er atmete tief durch, murmelte etwas von »Apfeltasche« und reihte sich in die Schlange an der Theke ein. Während er dort wartete, hörte er Fine von der Volleyballmannschaft erzählen. Und er bekam mit, wie sein Vater fragte, ob es auch Jacob in irgendeine Mannschaft geschafft hätte. Jacob stöhnte auf. Leistung, Wettbewerb, Noten ... das waren die Dinge, die für seinen Vater zählten. Nur und ausschließlich.

Als Jacob mit den Apfeltaschen an den Tisch zurückkam, war Erwin Cloppenburg schon voll in Fahrt: »Das ist das, was du beim Sport lernst: Übung macht dich besser. Deshalb ist Sport so wichtig. Er gibt dir eine Lehre fürs Leben. Stimmt's, oder hab ich recht?« Fine nickte stumm und sah Jacob von der Seite an. Jacob kam um vor Scham. Jedes Mal zog sein Vater vor Publikum so eine Show ab. Erwin Cloppenburg blickte in die weit aufgerissenen Augen von Fine. Schöne blaue Augen. Er senkte seine Stimme um einen halben Ton und fuhr fort: »Leider hat mein Sohn das bis heute nicht begriffen. Mit Musik war es dasselbe. Wir haben ihm den besten Klavierlehrer Berlins verschafft und was war der Dank? Der Flohwalzer! Nach einem Jahr Unterricht.«

Erwin Cloppenburg sah Jacob scharf an. Dann wanderte sein Blick zu Fine und resigniert sagte er: »Nee, nee. Ihr Kinder von heute wisst nicht, was Leistung ist. Nicht eure Schuld. So sind die Zeiten nun mal. Aber mit der asiatischen Konkurrenz werdet ihr euch noch umschauen. Stimmt's, oder habe ich recht? Ha!« Erwin Cloppenburg schluckte den letzten Rest Hamburger hinunter und spülte mit einer Cola nach.

»Mein Papa sagt auch, dass die Asiaten hart arbeiten. Wir haben eine Küchenhilfe von den Philippinen. Die schält einen Apfel in drei Sekunden. Haben wir auf YouTube gestellt«, sagte Fine.

»Dein Vater ist doch nicht etwa Koch?«, sagte Erwin mit einem Unterton, der Jacob blass vor Wut werden ließ. Aber Fine ließ sich nicht beirren, sondern sagte stolz: »Na, wir haben ein Restaurant. Österreichische Spezialitäten. Kaiserschmarrn und Wiener Schnitzel. Am Savignyplatz.«

»Ach, das neue Restaurant dort? So, so, du bist also das Gaststättenmädel aus dem ›Alpenstüberl‹? Habe schon von dir gehört, mein Tennispartner hat mir erzählt, dass mein Sohn dort neuerdings verkehrt.«

»Na, dann der wohl auch, ist ja nur logisch«, warf Jacob ein. Aber Erwin Cloppenburg tat, als ob er ihn nicht gehört hätte. Er lehnte sich zurück und sah Fine mit zusammengekniffenen Augen an.

»Aber mein Sohn mit einem Gaststättenmädel, das ist wirklich lustig. Ich mein, da schickt man den Sohn zum Tennis und Golfen und dann ...« Erwin lachte scheppernd. Fine legte ernst ihren Hamburger auf das Tablett zurück. Ihr schien zu dämmern, was Erwin Cloppenburg von ihr hielt. Jacob hielt es nicht mehr aus, er sprang auf. Doch Erwin Cloppenburg erhob sich ebenfalls. Seine Stimme bekam mit einem Mal einen sachlichen Ton, er zog seinen Autoschlüssel aus der Tasche und sagte:

»Beruhig dich. Das wird ja jetzt alles anders. Ich wollte nur einen netten Nachmittag mit dir verbringen, weil ich dir etwas mitteilen muss. Aber das machen wir lieber im Familienkreis. Ich muss wieder zurück ins Büro. Von nichts kommt nichts. Das muss man sich ja alles leisten können«, sagte er und machte eine Handbewegung zum Fenster hin, durch dessen Scheibe man den Mercedes sah.

Erwin Cloppenburg nickte Jacob zu und schritt an ihm vorbei. Jacob konnte sich nicht mehr zurückhalten und schleuderte das Tablett mitsamt dem Verpackungsmüll in Richtung seines Vaters. »Und das Internat, auf das ihr mich abschieben wollt? Das muss man sich auch leisten können! Dafür arbeitest du, damit du mich los bist. Aber das Geld kannst du dir sparen, ich geh da nicht hin.« Erwin zuckte nicht einmal zusammen, als das Tablett vor seinen Füßen landete. Er wischte sich die Ketchup-Flecken vom Anzug und sagte: »Es wird höchste Zeit, dass man dir Manieren beibringt. Ich als dein Vater habe kapituliert.« Jacob hätte sich am liebsten auf seinen Vater gestürzt, doch Fine hielt ihn an der Hand fest und sagte leise: »Lass ihn doch.« Jacob sah ohnmächtig vor Wut zu, wie der schwarze Mercedes vom Parkplatz fuhr – ohne dass Erwin Cloppenburg ihn noch mit einem Blick streifte.

VI.

Jacob lag im Bett, starrte das Display seines Smartphones an und wartete auf eine Nachricht von Marie. Sie telefonierte mit seinem Vater. Um exakt 21.03 Uhr hatte das Telefon bei ihnen zu Hause geklingelt und Jacob hatte die polternden Schritte seines Vaters auf dem Weg zum Telefon, bei denen der Gläserschrank im Wohnzimmer mitklirrte, gehört. Seit 28 Minuten waren sie am Telefon; das war ein gutes Zeichen. Bestimmt konnte Marie seinen Vater überzeugen, wie mies die Idee von Schloss Barenburg war. Ganz bestimmt.

Jetzt endlich. *Polter, polter, klirr, polter, klirr.* Erwin Cloppenburg ging wieder zum Fernseher. Und dann das *Pling*, eine neue Nachricht von Marie:

:-(nix zu machen. Onkel Erwin will gute Noten von dir und ist bereit, viel Geld hinzublättern. So hat er das gesagt. Hmmm ... Aber vielleicht ist es dort ganz okay? Sind nur 85 km von Berlin, guck mal: https://www.google.de/maps/dir/barenburg/ Templin. Das wird deine Sabine schon aushalten. 21:34✓✓

Jacob konnte es nicht fassen. Er las Maries Nachricht ein zweites und drittes Mal. Vielleicht hatte er sie falsch verstanden? Er weigerte sich, ihre Worte zu begreifen, aber damit Marie weiter online blieb, tippte er:

fine. nicht sabine. 21:34✓✓

Fine dann eben;-) Die Website vom Schloss ist wirklich vom Feinsten. Try it. Ich komm dich auch besuchen, versprochen. 21:36✓✓

Jacob atmete tief durch. Ihm wurde langsam klar, wie dumm es war, zu hoffen, dass Marie seinen Vater überzeugen hätte können. Seine Eltern hatten den Internatsbesuch mit Sicherheit schon lange beschlossen.

»Ein Cloppenburg weiß, was er macht«, »ein Cloppenburg denkt erst, dann handelt er. Aber dann mit Schmackes!«, wie er diese Sprüche seines Vaters hasste. Und seine Mutter – bei der ging es nur ums Shoppen, um Klamotten und Reisen nach Italien. Italien, ihre Heimat. Italien, wo alles so viel besser war. Sie war ihm auch keine Hilfe.

Hallo? Jacob? Deine Cousine wartet auf Antwort. Schläfst du schon? 21:42✓✓

Hallo? Antworte doch! 21:46✓✓

Jacob drehte sich um und starrte die Wand an. Keiner konnte ihm mehr helfen. Der hellblaue Lichtfleck, den sein Handy an die Wand warf, wurde schwächer und schwächer und das Akkuzeichen leuchtete rot auf.

Er scrollte noch einmal durch die Fotos. Sein Lieblingsfoto war ein Selfie, das ihn mit Fine zeigte. Fine hatte die Haare offen und lehnte sich an Jacob. So als seien sie schon längst ein richtiges Pärchen. Jacob wischte ein Foto weiter. Samir. Schwarze große Augen, so wie er. Aber feinere Augenbrauen. Sie hatten die gleiche Frisur, aber Samirs Haare besaßen einen Blau-Schimmer. Anders als seine Haare, die einfach nur kohlschwarz waren, ein Erbe seiner italienischen Mutter. Samir trug auf dem Foto seine Basecap verkehrt herum, eine Botschaft an alle: »Ich mach nicht mit bei eurem Blabla. Ich mach es anders. Hauptsache, mein eigenes Ding.« Und traurig sah er aus. Das Foto war einen Monat nach dem Verschwinden seines Vaters entstanden und wenn man Samir kannte, dann sah man ihm an, dass etwas nicht stimmte. Noch ein Foto: Samir, Nasra und Hamed, die Geschwister von Samir. Nasra war genauso mutig wie Samir, aber dazu noch naseweis. Und Hamed hatte immer das Gefühl, zu kurz zu kommen. Aber er war ja auch der Kleinste. Jacob hatte sich immer Geschwister gewünscht, dann wäre er nicht so allein gewesen mit diesen Eltern. Mit diesen Eltern, die ihn ohne seine Freunde in die Pampa schickten, die sich nie für ihn interessierten, immer nur für seine Noten! Früher war das Verhältnis zu ihnen besser gewesen, aber seitdem er aufs Gymnasium ging, war es gekippt. Und zwar steil nach unten.

Jacob starrte an die Decke. So gut, dass er Samir hatte. Auch wenn er zur Zeit solche Macken hatte, auf ihn war Verlass. Gleich morgen nach der Schule würde er ihm alles erzählen und dann würde Samir schon etwas einfallen. Ihm gingen die Ideen nie aus.

Jacobs Handy piepste noch einmal schwach und wurde dann schwarz und leblos.

VII.

Früh am nächsten Morgen wählte Samir seine einzigen Socken, die keine Löcher hatten, nahm ein frisch gebügeltes T-Shirt, schlüpfte in eine saubere Jeans und legte die silberne Kette mit dem Allah-Schriftzug um. Er wusch sich die Hände und als er sich im fahlen Morgenlicht des Badezimmerspiegels ansah, fühlte er sich groß und fast schon erwachsen. Ihm war, als hätte jemand eine neue Seite in seinem Leben umgeblättert, die jetzt vor ihm lag. Zum ersten Mal seit dem Verschwinden seines Vaters hatte er eine richtige Spur.

Gerade wollte er sich unbemerkt aus der Wohnung stehlen, da rief ihn seine Mutter. Sie musterte ihn, bemerkte die

Halskette und ihr Blick wanderte von den sorgsam gekämmten Haaren zu seinen Socken und wieder in seine Augen. Sie wartete auf eine Erklärung.

»Kullutamam« sagt er auf Arabisch. Er sah ihr fest in die Augen und redete sich ein, dass es keine Lüge war, wenn er sagte, dass alles in Ordnung sei. Denn lügen durfte er als guter Moslem nicht, seine Eltern anlügen schon gar nicht. Es war wirklich alles in Ordnung, solange seine Mutter nicht erfuhr, was er vorhatte. Und wenn sie nicht weiterfragte, würde er auch nicht lügen. Immer noch blickte sie misstrauisch auf seine Jeans und seine gekämmten Haare und es kostete ihn enorme Anstrengung, ihrem Blick standzuhalten. Aber nur so – wenn er seinen Plan durchzog – konnte er dafür sorgen, dass ihre Augen wieder so sprühten und funkelten wie früher, als alles gut war.

Marjam nickte und sagte: »Allah yisalimak.«

Samir beschloss, dass ihm dieser Segensspruch Glück bringen würde und schloss schnell die Tür, sonst würden ihm noch die Tränen in die Augen steigen.

Am Obstladen in der Müllerstraße traf er auf die schöne Tülay Yildirim, für die alle jungen Männer im Kiez schwärmten. Sie sah mit ihren langen Haaren und den großen dunklen Augen wirklich zauberhaft aus und genauso war sie auch. Sie bekamen von ihr Obst und Gemüse schon immer zu einem günstigeren Preis. Wahrscheinlich weil die Familie Wahied für ihre Großzügigkeit und Hilfsbereitschaft gegenüber armen Menschen, Flüchtlingen und Kranken bekannt war. Mohammed Wahied half syrischen Flüchtlingen, die in Deutschland ankamen, bei Behördengängen und der Arbeitssuche. Seitdem sein Vater verschwunden war, mussten sie bei Tülay fast nichts mehr zahlen; jeder wusste, dass die

Familie Geldprobleme hatte. Auch jetzt lächelte sie Samir an, dass er rot wurde und schenkte ihm noch einen Apfel.

Samir stand vor dem Maroush und aß nach kurzem Zögern den Apfel samt Kernen ganz auf. Er wollte keine Spuren hinterlassen. Tarek war ein Mensch, dem ein frischer Apfelrest sofort auffallen würde.

Das Plastikteil, das Samir am Vortag in den Türspalt gesteckt hatte, war unverändert. Niemand hatte also die Tür aufgemacht. Die Luft war rein.

Samir sah sich um, aber die Leute hasteten die Straße entlang, denn die ersten Regentropfen platschten auf das Pflaster. Keiner nahm Notiz von einem Jungen, der sich gerade die Schuhbänder auf- und wieder zuband und so tat, als stünde er ganz zufällig vor dem Maroush. Samir holte aus seiner Jeans ein kleines spitzes Dreieck hervor, das er sich aus einer Plastikflasche zurechtgeschnitten hatte und schob es in den Türspalt. Es war tatsächlich so wie in den vielen YouTube-Videos, die er sich mit Jacob angeschaut hatte, weil sie lernen wollten, wie man Türen öffnete. Eigentlich nur zum Spaß, aber jetzt war das wirklich brauchbar. Es dauerte nur ein paar Sekunden, bis er den Türschnapper damit zur Seite drücken konnte und schon sprang die Tür auf.

Abgestandene Luft schlug ihm entgegen. Eine lange Theke durchzog den Raum, ihre gläserne Tischplatte war schmierig, wie alles hier. Auf den Tischen lag Staub. Und da hing der rote Overall, genau wie am Vortag. Samir zog die Falten des Kleidungsstücks auseinander, um den Aufdruck auf dem Rückenteil zu lesen: »Russmann – Gebäudeservice«. Und darunter etwas kleiner: »Saubere Arbeit seit 1901«.

Samir durchsuchte die Taschen des Overalls, es knisterte und Samir zog ein Stück Papier heraus. Er erkannte sofort, was er da in der Hand hielt: Einen Kassenbon. Aber nicht irgendeinen. Als Samir das Papierstück glattstrich, kamen ihm die Tränen. Nur eine Position war darauf vermerkt: 1200 g Tomaten, mit nackten, lila-grauen Zahlen gedruckt. Keine Aufschrift des Geschäftes, kein »Danke für Ihren Einkauf«. Solche Kassenbons bekam man nur im Obstladen von Tülay Yildirim; sie war die letzte, die Mohammed Wahied gesehen hatte, das hatte sie auch der Polizei erzählt. Tomaten hatte er bei ihr gekauft, mehr als ein Kilo, gab sie damals zu Protokoll.

Samir steckte den Zettel behutsam in seine Hosentasche. Er streifte über den Overall und stellte sich seinen Vater darin vor. Die Ärmel waren ihm sicher zu lang gewesen. Samir hob den Ärmel an seine Nase und roch daran. Aber da war kein vertrauter Geruch, da war gar nichts. Drei Monate waren einfach zu lange. Viel zu lange und wenn es so weiter ging, dann würde er sich irgendwann gar nicht mehr an das Gesicht seines Vaters erinnern können. Schon jetzt verblasste es. Nur seine warme, dunkle Stimme konnte er in seinem Gedächtnis hören, als wäre nie etwas geschehen. Samir steckte den Zettel behutsam in seine Hosentasche und wischte sich über die Augen. »Reiß dich zusammen«, schalt er sich selbst. Er drückte den Overall noch einmal an sich, dann schritt er zu der unscheinbaren Tür, die ihm gestern schon aufgefallen war. Eine Tür ohne Klinke. Was war dahinter? Führte sie zu seinem Vater? Samir tastete den Türspalt ab und fühlte einen kleinen Riegel, den er entsperrte. Die Tür gab nach und öffnete sich einen Spaltbreit. Samirs Herz klopfte bis zum Hals, doch mit einem Mal vernahm er von der Straßenseite Männerstimmen, sie kamen näher und er konnte ein paar Brocken Arabisch verstehen. Samir schlüpfte durch die Tür; keine Sekunde zu früh, denn schon hörte er wie ein Schlüssel in das Schloss gesteckt wurde und die Ladentür aufging.

Samir hatte hinter der Tür alles erwartet: Ein Kellerverlies, Goldbarren, die sich bis zur Decke stapelten oder ein Alkoholdepot, aber nicht das: Hier war es hübsch und gemütlich. Dicke Perserteppiche, darauf orientalische Sitzkissen um einen geschwungenen niedrigen Tisch gruppiert und in der Ecke ein silberner Samowar auf einem Tisch, der ihm entgegenleuchtete. Es roch nach Sandelholz. Ein krasser Gegensatz zum kalten, schmierigen Restaurant. Gleich würden die Männer hierherkommen. Samir entschied sich für das einzig mögliche Versteck und kroch unter den Tisch, auf dem der Samowar stand. Die Tischdecke aus schwerem Stoff verbarg ihn.

Mit zitternden Händen schaffte sich Samir ein kleines Guckloch zwischen Tischdecke und Boden, durch das er sechs Männer zählte, die als erstes, nachdem sie den Raum betreten hatten, ihre Hosentaschen leerten. iPhones, Porsche-Schlüssel, Schlagringe und Red-Bull-Dosen bildeten einen großen Haufen auf dem Couchtisch. Die Männer blieben stehen, Samir verstand den Code: Ein stämmiger, ziemlich kleiner Mann mit Halbglatze trat schließlich ein und setzte sich auf das größte Kissen. Das Signal für die anderen, sich ebenfalls niederzulassen. Ein paar der Männer hatte Samir schon in seinem Kiez gesehen, sie gehörten alle zu der Truppe, um die sein Vater immer einen großen Bogen gemacht hatte. Und wenn Samir ihn nach dem Grund fragte, winkte er nur ab. »Das geht dich nichts an.«

Der Mann mit der Halbglatze musste Arafat sein, der mächtigste Mann im Kiez. Gerade lachte er über etwas, aber selbst dabei verloren seine Augen nichts von ihrem stechenden Blick.

Die Männer sprachen leise miteinander. Weicher, arabischer Singsang. Samir verstand nicht alles. Es war nicht der Dialekt, den Samir von seinen Eltern gelernt hatte. Es war ein anderes Arabisch; düster und mit schärferer Aussprache. Die Wortfetzen, die Samir verstand, klangen wie Peitschenhiebe. Samir flüsterte leise die Namen der Männer, die er aufschnappte: Arafat, Mahmoud, Achmed. Diese Namen würde er nicht vergessen, sie würden ihm bestimmt bei der Suche nach seinem Vater weiterhelfen.

Die Tür des Raumes stand noch halb offen und Arafat rief in Richtung Restaurant: »Akh!«.

Doch der Bruder hörte nicht.

Ungeduld schwang in Arafats Stimme mit.

»Akh«, rief Arafat noch mal. Und dann lauter seinen Namen: »Tarek!«

Samir blickte von seinem Versteck aus schräg durch die halboffene Tür in das Restaurant. Unweit des Garderobenständers starrte Tarek auf den Boden, bückte sich schließlich und wischte mit dem Finger über die weißen Fliesen. Seine Blicke huschten über die Schuhsohlen der Männer und Samir verstand, was das zu bedeuten hatte: Draußen hatte es bereits geregnet, als Samir das Maroush betrat. Er musste mit seinen nassen Schuhsohlen wohl Spuren hinterlassen haben. Niemand hier im Raum hatte Turnschuhe an, alle trugen sie feine Lederslipper. Noch immer starrte Tarek auf den Fußabdruck und Samir machte sich auf das Schlimmste gefasst. Schließlich trat Tarek ein, stellte ein Tablett mit Teegläsern auf dem niedrigen Tisch ab und setzte sich neben seinen Bruder. Aber Samir konnte geradezu spüren, wie Tarek mit seinen Augen jeden Winkel des Zimmers scannte, bis sein Blick an dem Samowartisch hängen blieb. Samir drückte sich mit Gewalt an die Wand, an der der Tisch stand. Der Kassenzettel in seiner Hosentasche knisterte dabei leise. Tarek verharrte regungslos, wie ein Panther, der Witterung aufnahm. Er stand auf, und schritt zum Samowar und fast konnte man meinen, als freue er sich auf die Überraschung, die sich ihm gleich bieten würde.

Samir formte mit seinen Lippen ein »Du'a«, ein moslemisches Stoßgebet. Wie in Zeitlupe kamen Tareks Schuhspitzen auf ihn zu, immer näher, bis sie vor dem Tisch stehen blieben. Samir ballte die Fäuste – er war bereit zum Kampf und wusste, es würde um Leben oder Tod gehen.

Tarek bückte sich und schloss den Stecker des Samowars an die Steckdose an.

VIII.

Verächtlich schnaubte Jacob durch die Nase, als er die gedeckte Kaffeetafel in der Villa Cloppenburg entdeckte. Auf einmal kamen seine Eltern auf die Idee, einen auf »heile Familie« zu machen. Diese Schleimer! Mit Genugtuung sah er, dass sein Vater nervös war, denn seine feiste Hand umklammerte seinen Schlüsselanhänger in Form einer silbernen Trillerpfeife, als ob er sich daran festhalten wolle.

Wumm, wumm, draußen im Garten schlugen zwei Arbeiter Pflöcke in den Rasen und pfiffen dabei. Sie waren die Einzigen, die hier Spaß hatten, dachte Jacob, als er sich setzte und mit der Hand ein Stück Käsekuchen von der Tortenplatte nahm.

Er hörte, wie sein Vater Luft holte und herausstieß:

»Tischmanieren werden sie dir auf Schloss Barenburg auch noch beibringen.« Doch Jacob sagte mit vollem Mund:

»Ich bleibe in Berlin. Punkt.« Ein Stück Krokant landete in hohem Bogen auf der Tischplatte.

Maria Cloppenburg, Jacobs Mutter, legte ihre Hand auf Jacobs Arm:

»Wir glauben, dass es das Beste ist für dich. Das Internat soll sehr gut sein. Und wenn es gar nicht geht, dann kannst du an Natale wieder nach Hause.«

Erwin Cloppenburg konnte sich nicht mehr beherrschen:

»Nix da. Ein Cloppenburg zieht durch, was er anfängt!« Er donnerte mit der Faust auf den Tisch; der Schlüsselanhänger sauste durch die Luft und Erwin Cloppenburg beugte sich zu seinem Sohn, sodass Jacob seinen heißen Atem spürte:

»Die richtigen Leute lernst du dort kennen. Wenn man mir das angeboten hätte – mein letztes Hemd hätte ich dafür gegeben.«

Er packte Jacob an der Schulter: »Sieh dich an: Du hängst den ganzen Tag nur mit diesem Taugenichts aus dem Wedding herum. Meinst du, das bringt dir was? Lernen sollst du! Etwas leisten! Etwas auf die Beine stellen!«

»Beleidige nicht meinen Freund«, sagte Jacob scharf.

»Na, der ist doch genauso wie du in der Schule. Fünfen und Sechsen. Mit dem, was ihr beiden nicht wisst, könnten noch einmal zwei andere durchfallen.« Erwin Cloppenburg lachte höhnisch.

Jacob starrte aus dem Fenster. Es hatte keinen Sinn mehr mit seinem Vater. Wie gern wäre er draußen im Garten, wo die Arbeiter eine große weiße Stoffplane auseinanderfalteten. Oder irgendwo anders, Hauptsache weg.

»Ich bleibe in Berlin. Punkt«, sagte Jacob, ließ das angebissene Kuchenstück liegen und schob den Teller weg. Erwin Cloppenburg starrte ihn wutentbrannt an und beugte sich so nah zu ihm, dass Jacob die gelben Altersflecken in dem Weiß seiner Augen sehen konnte. Erwin Cloppenburg krächzte heiser:

»Du hast alles im Überfluss. Und damit meine ich nicht nur das Stück Kuchen. Aber du langweilst dich tödlich.«

»Da geb ich dir Recht.«

Erwin Cloppenburg knallte seine Silberpfeife mit Wucht auf den Tisch und stapfte aus dem Wohnzimmer.

Maria Cloppenburg atmete auf, als ihr Mann weg war, und sagte dann leise: »Du kannst wieder zurück, wenn es dir gar nicht gefällt. An Natale. Aber jetzt, amore mio, musst du es ausprobieren. In der Schule kann ich dir nicht helfen. Das ist so schwer für mich, alles in tedesco. Aber stimmt schon, du solltest langsam erwachsen werden. Du hast kein Ziel, du bist den ganzen Tag unterwegs, du machst nichts aus dir. So kann es nicht weitergehen.«

Für eine Weile war es still zwischen Mutter und Sohn. Die Arbeiter pfiffen und lachten. Jacob schaute seiner Mutter in die Augen, sie hatte so dunkle Augen wie er, auch ihre Haare waren so schwarz wie abgebrannte Zündhölzer. Sie lächelte, fast ein komplizenhaftes Lächeln, so als ob sie ebenfalls der Meinung war, dass Erwin Cloppenburg wie immer übertreibe. Jacob lächelte zurück, aber gerade als er ihre Hand sachte berühren wollte, blitzten ihre Augen auf und sie rief mit schwungvoller Stimme: »Du wirst für die neue Schule noch Kleidung brauchen. Andiamo! Wir bestellen sie jetzt. Ich habe schon eine Liste gemacht. Ecco!« Maria Cloppenburg griff nach ihrem Tablet. Da wusste Jacob, dass es vorbei war. Es war also doch kein verschwörerisches Lächeln gewesen. Er hatte nur etwas an ihr gesehen, was er sehen wollte und schon lange vermisste. Seine Eltern ließen sich nicht mehr erweichen, nur noch Samir mit seinen Einfällen konnte ihm helfen. Um wenigstens irgendetwas zu sagen, fragte er noch: »Was macht ihr für ein Fest im Garten?«

»Aber amore mio«, sagte seine Mutter, »es ist dein Fest. Dein Abschiedsfest. Es wird magnifico. Wir haben viele Leute eingeladen. In zwei Tagen wirst du auf diesem Schloss sein. Dann ist in Brandenburg Schulanfang!«

Die Kuchenstücke in Jacobs Magen wollten wieder hoch. Er blickte seine Mutter entsetzt an. Zwei Tage, nur noch zwei Tage, hämmerte es in seinem Kopf. Das kann sie doch nicht ernst meinen? Hilflos schaute er zu, wie seine Mutter einen Kaschmirpullover nach dem anderen in den Warenkorb auf ihrem Tablet legte und dabei gurrte, dass es kalt werden würde im Winter, auf dem Land. Neue Schuhe hätte er sicher auch nötig. Da konnte Jacob nicht mehr, er stand auf und stolperte aus dem Salon. Er antwortete auch nicht mehr, als seine Mutter ihm hinterherrief: »In welcher Farbe willst du die Pullover? Kann es auch mal gelb sein? Oder smaragdgrün? Was meinst du? Jacob?«

Jacob knallte seine Zimmertür zu, sperrte ab und warf sich auf sein Bett. Nur noch zwei Tage. Er brauchte mehr Zeit! Und einen Plan! Samir musste sich etwas ausdenken. Hastig schrieb er ihm eine SMS.

treffen im starbucks,pdamerpl. dringend!!!!!

Als er die Nachricht abgeschickt hatte, wich die Wut, die Jacob auf seine Eltern hatte, einer großen Traurigkeit. Warum war alles nur so verfahren? Warum konnte er mit seinen Eltern nicht mehr reden? Woher kam die Sprachlosigkeit? Von seinem Bett aus sah Jacob zur Eiche vor seinem Fenster. Einige Blätter hatten bereits ihre Sommerkraft verloren und verfärbten sich gelb.

IX.

Samir blickte auf die blankgewienerten braunen Schuhe von Tarek. Er konzentrierte sich auf jede Einzelheit, um nicht die Nerven zu verlieren. Tareks Schuhe waren perfekt in Form, die Nähte zwischen Leder und Sohle fest und solide. Vielleicht Handarbeit? Jacobs Mutter, Maria Cloppenburg, erzählte oft von italienischen Schuhmachern, die heute noch Schuhe ...

Ein *Pling* aus seiner linken Hosentasche zerriss seine Konzentration. Samir fühlte, wie sein ganzer Körper eiskalt wurde. Wie hatte er nur so bescheuert sein können, sein Handy nicht auszuschalten? Und jetzt? Sollte er aufstehen und sagen: »Salam aleikum, ich prüfe hier nur den Netzempfang von Vodafone?« Samir hielt den Atem an und sah zu, wie Arafat in Tareks Richtung blickte. Er hatte das *Pling* gehört. Misstrauisch. Stechende Augen. Doch dann lehnte er sich wieder beruhigt in das Kissen zurück. Samir konnte nur erahnen, dass Tarek ihn irgendwie beschwichtigt haben musste, wahrscheinlich dass die Meldung von seinem – Tareks – Handy kam. Tarek öffnete den Hahn des Samowars und heißes Wasser zischte in eine Teekanne. Samir hielt sich komplett still und zählte langsam die Sekunden, um nicht durchzudrehen. Warum ging Tarek nicht weg? Er hatte doch schon genug Wasser in der Kanne? Doch mit einem Mal sah Samir über sich einen Schatten. Tarek beugte sich über den Tisch und schaute durch den Spalt nach unten. Man sah ihm nicht an, dass er den Eindringling ausfindig gemacht hatte. Tareks Augen blickten ruhig und aufmerksam zu Samir hinunter. Dann drehte er sich wortlos um und setzte sich wieder zu den anderen.

Nachdem die Männer ihren Tee getrunken hatten, standen sie auf und verließen das Zimmer. Samir erkannte an dem brausenden Straßenlärm, dass die Eingangstür des Maroush offenstand. Sie war Samirs einziger Fluchtweg.

Samir robbte sich leise unter dem Tisch hervor und pirschte zum Restaurantbereich. Tarek stand an der Eingangstür, mit dem Rücken zu ihm, breitbeinig und füllte mit seinen mächtigen Schultern den Türrahmen aus. Er verabschiedete ein Clanmitglied nach dem anderen, herzlich und innig. Gleich würde er in das Zimmer zurückkommen.

Als ein Laster draußen auf der Straße vorbeidonnerte und die Abschiedsworte der Männer in die Luft wirbelte, nutzte Samir die einzige Chance, die er hatte: Er sprintete los, hechtete an Tarek vorbei und rannte. Tarek schrie auf und fast hätte er ihn am T-Shirt zu fassen bekommen, aber nur fast. Samir rannte um sein Leben. Tarek hinterher. Samir schlug Haken, rannte durch Hinterhöfe und kletterte über Mauern. Nach einiger Zeit meinte er, Tarek abgehängt zu haben. Samirs Taktik war aufgegangen, denn Tarek kannte den Wedding nur aus der Sicht seines Porsches.

Samir lief zur Sicherheit noch ein paar Minuten weiter, dann konnte er nicht mehr. Seine Lunge war prall gefüllt, als ob er winzige Stecknadeln verschluckt hätte und er spürte einen metallischen Geschmack im Mund. Hier in dem Innenhof, in den er geflüchtet war, war es ruhig. Ruhig und dreckig. Kanister, alte Autoreifen und Eimer mit chemischem Gestank lagerten hier. Samir versteckte sich hinter einem Stapel Autoreifen, verschnaufte und las Jacobs Nachricht, die ihn beinahe das Leben gekostet hätte. Samir wurde das Gefühl nicht los, dass etwas nicht stimmte. Diese Nachricht passte nicht zu Jacob, weil sie fordernd und zielstrebig war. Sonst war er – Samir – immer derjenige, der es eilig hatte, wegen seiner Geschwister, der Schneiderei oder sonstwas. Irgendetwas musste Jacob passiert sein.

Als Samir das Café betrat, flog Jacob ihm schon entgegen und umarmte ihn. Wie immer zog Samir sich dabei mit der einen Hand am Ohrläppchen, während er mit der anderen unbeholfen auf Jacobs Schultern klopfte und hoffte, dass ihnen niemand dabei zusah. Jedes Mal wunderte sich Samir, dass keiner sie auslachte, wenn Jacob ihn so umarmte. Samir kannte das nicht, auf seiner Schule wäre er gleich schief angeschaut worden. Man klopfte sich höchstens männlich auf die Schulter.

»Samir, ich muss dir etwas sagen, etwas Wichtiges«, begann Jacob, doch Samir unterbrach ihn: »Ich hab so Hunger, ich kipp gleich um«, und Samir schämte sich, denn ihnen beiden war klar, wer wieder einmal zahlte.

Jacob zeigte auf den Tisch im hinteren Eck des Cafés und Samirs Augen leuchteten auf. Das übliche Menü stand schon bereit: Vanille- und Erdbeer-Shake, ein Sandwich mit Käse und Salat, vier Donuts und zwei Muffins.

»Ich hab auch was zu erzählen«, versuchte Samir mit vollem Mund zu sprechen und fuhr fort: »Ich hab eine Spur. Eine Spur zu meinem Vater. Aber fang du erstmal an.«

»Meine Eltern wollen mich auf so ein Elite-Internat schicken.«

»Hmm?«

»Internat. Verstehst du? Rich kids oder Problemkinder. Meistens sind die beides zusammen. Das halte ich nicht aus.«

Nachdem Jacob alles erzählt hatte, schwiegen beide.

»Du musst dir was einfallen lassen«, meinte Jacob mutlos.

Samir zuckte mit den Schultern und nach einer Weile sagte er:

»Ich weiß auch nicht. Deine Eltern sind halt einfach richtig ...«

»... bescheuert«, ergänzte Jacob und Samir nickte.

»Ich glaube, sie wollen nur, dass du gut in der Schule bist«, meinte Samir.

»Das wird ja jetzt auch anders. Ich schwöre. Einmal sitzenbleiben reicht. Aber das glauben sie mir nicht.«

»Ehrlich gesagt, ich auch nicht. Du hast nie gelernt. Und auf deiner Schule fällt so etwas im Gegensatz zu meiner auf. Das mein ich jetzt gar nicht böse«, beeilte sich Samir zu sagen.

Jacob haute seinem Freund zwischen die Rippen.

»Jetzt hab schon ne Idee. Wir müssen irgendwie meine Eltern umstimmen. Los, mach schon! Dir fällt doch immer etwas ein!«

»Du könntest auf meine Schule gehen?«

»Nee, das würde mein Vater nie erlauben.«

»Zu viele Ausländer?«

»Genau.«

Beide grinsten.

Samir lehnte sich auf dem Sofa zurück und streckte sich.

»Lass dich in der ersten Woche vom Internat werfen. Da wird uns schon was einfallen; keine Sorge, darin bin ich gut.«

»Ich weiß nicht? Ob das gleich klappt? Die haben bestimmt Erfahrung mit Problemkindern.«

»Das muss schon eine harte Nummer werden.«

»Ich hab mal von einem gehört, der sich nie mehr auf dem Internat gewaschen hat. Der stank schon aus zehn Meter Entfernung. Und alle waren hilflos, bis sie ihn eben von der Schule geschmissen haben.«

»Nee, lass mal. Danach wird es noch schlimmer mit meinen Eltern. Dann schicken sie mich in die Schweiz oder so. Fällt dir nichts Besseres ein?«

Samir beobachtete seinen Freund aufmerksam. Jacob war nervös und Samir hatte das Gefühl, dass da noch mehr dahintersteckte als nur das Internat an sich.

»Ist es wegen dieser Fine?«, und er versuchte das Lauernde in seinem Tonfall zu verbergen.

Doch zu seiner Überraschung nickte Jacob, sah Samir mit großen Augen an und sagte leise: »Ja, ich glaube, ich bin ziemlich verliebt. Und wenn ich jetzt weg aus Berlin muss, dann kommen wir nie zusammen. Jetzt grade läuft es ganz gut zwischen uns.«

Samir konnte seinen Freund nicht verstehen. Was wollte er von diesem blonden Mädchen? Und er war sich nicht mal zu blöde, das zuzugeben. Was war nur mit seinem Freund los? Samir wurde mit einem Mal tief traurig. Erst verschwand sein Vater, und jetzt war er drauf und dran seinen besten Freund an ein Mädchen zu verlieren. An ein blondes, immer grinsendes Mädchen. Mit Jacob war schon seit einiger Zeit nichts mehr anzufangen, ständig war er wie weggetreten. So war das wohl, wenn man auf rosa Wolken schwebte, und Samir ärgerte sich, dass er diese Fine unterschätzt hatte. Er musste seinen Freund wieder zur Vernunft bringen. Vielleicht war das Internat ganz gut für ihn. Und ihre Freundschaft würde das locker aushalten.

»Und du?«, fragte Jacob leise. »Was ist mit deiner Spur?«

»Ach, lass mal. Muss ich noch checken, bevor ich dir mehr erzählen kann.« Samir schaute seinen Freund nicht an, weil er den Gedanken, dass sein Freund auf ein Internat kam, wirklich ganz gut fand; Jacob sollte ihm das aber nicht ansehen.

»Wollen wir uns heute Abend alle in Fines Restaurant treffen? Nimm deine Geschwister mit«, sagte Jacob.

Samir schwieg, denn jetzt dämmerte ihm, warum Jacob ihn und seine Geschwister so oft zu Fine ins Restaurant eingeladen hatte. Nicht weil Jacob ein herzensguter Kerl war und wusste, wie schwierig es für Samirs Familie war, mit dem wenigen Geld zurechtzukommen. Oder zumindest nicht nur. Jacob traute sich nicht, mit Fine allein zu sein. Bestimmt war das so. Jacob war eher still und schüchtern. Und besonders mutig war er auch noch nie gewesen. Warum hatte er das nicht eher bemerkt?

»Hey, Samir. Träumst du?«

»Nee, träumen – das ist deine Sache.«

Jacob lachte und lehnte seinen Kopf an Samirs Schulter. Samir schämte sich jetzt, dass er Jacob auf das Internat wünschte. Wie sehr würde ihm sein Freund fehlen! Gerade jetzt, wo er das erste Mal eine vielversprechende Spur hatte, brauchte er jemanden, dem er bedingungslos vertrauen konnte. Da kam nur Jacob in Frage.

Samir schwieg eine Weile und sagte dann so plötzlich, dass Jacob dachte, er hätte einen Geistesblitz: »Kann ich mal dein Handy haben? Muss mal was googeln.«

Wortlos reichte Jacob seinem Freund sein Smartphone, doch als er sah, dass Samir den Namen einer Reinigungsfirma in die Suchmaske eingab, schossen ihm Tränen in die Augen. Ihm war klar, dass Samir nach seinem Vater suchte und eben nicht nach einer Lösung für seinen besten Freund. Dazu hatte er alles Recht der Welt, aber er war dennoch enttäuscht und leise stieg in ihm die Ahnung auf, dass er sich diesmal selbst helfen musste. Nur wie?

Bald darauf verabschiedeten sich die Freunde voneinander, ohne Umarmung, nur mit einem Kopfnicken, trennten sie sich. Jeder hing seinen Gedanken nach.

X.

Das war definitiv eine Männerstimme, die aus der Wohnung kam! Samir presste sein Ohr an die Wohnungstür seiner Eltern. Niemals hätte seine Mutter einfach so einem fremden Mann die Tür geöffnet. Dafür gab es nur eine Erklärung: Arafat! Er und seine Männer hatten sich gewaltsam Zutritt verschafft, saßen bereits im Wohnzimmer und warteten auf ihn. Deshalb hatte Tarek ihn nicht weiterverfolgt. Weil sie sowieso schon wussten, wo er wohnte und ihn gleich zwischen den Fingern zerquetschen würden wie eine Fliege.

Samir drehte Millimeter für Millimeter den Schlüssel im Schloss herum. Bestimmt hundert Mal in seinem Leben war er schon unbemerkt in die Wohnung geschlüpft. Jetzt kam gleich die Stelle, bei der er den Türknauf zu sich ziehen musste, damit man den Schnapper nicht hörte.

Er stand nun im Flur und lauschte: Keine arabischen Laute, sondern Worte wie »Aktenvermerk« und »Ermittlungen«. Samir begriff und spürte, wie ihm heiß vor Wut wurde. Ein Polizist. Damals, als sein Vater verschwunden war, hatte sich Samir geschworen, nie mehr einen Polizisten in die Wohnung zu lassen. Die Polizei hatte ihnen damals nicht geholfen, eher im Gegenteil: Sie warfen seiner Familie vor, in Drogengeschäfte verwickelt zu sein, und den Vater nur zum Vorwand als vermisst zu melden. Nur weil sie Ausländer waren. Und jetzt saß so ein Polizist in seiner Wohnung. Allein mit seiner Mutter. Unverschämter ging es nicht mehr.

Samir schritt kampfbereit in das Wohnzimmer und warf seiner Mutter einen eiskalten Blick zu. Sogar Tee hatte sie dem Polizisten angeboten. Tee! Ein Polizist trank Tee mit seiner Mutter! Der würde etwas zu hören bekommen.

Der Polizist war jung und Samir sah seiner Figur an, dass er einer von der Sorte war, die nach der Dienstzeit noch Liegestützen und Sit-ups machten. Er war mittlerweile aufgestanden und streckte Samir die Hand hin. Samir ließ ihn stehen und setzte sich in den Sessel. Er spürte, dass seine Mutter die Luft einsog, weil er so unhöflich war. Aber das war ihm egal.

Der Polizist wechselte kurz einen Blick mit Samirs Mutter und setzte sich dann wieder. Sie saßen sich nun gegenüber. Der große starke Mann in Uniform und Samir mit seiner Jeans, dem billigen T-Shirt und barfuß. Samir versuchte, seine Stimme tief und drohend klingen zu lassen. Wenn er etwas flüsterte, könnte es klappen. Er fauchte den Polizisten an:

»Was willst du?« Dem Polizisten huschte ein Grinsen über das Gesicht, als Samir ihn duzte.

»Es geht um deinen Vater.« Samir horchte dem Klang der Stimme nach. Sie klang ehrlich. Aber ein Polizist war ein Polizist. Damals – als das mit seinem Vater passierte – hatte er es nur mit fiesen, eingebildeten Polizisten zu tun gehabt. Warum sollte dieser hier anders sein?

Eine Weile passierte gar nichts, es war ganz still im kleinen Wohnzimmer der Familie Wahied und Samir wagte nicht, seine Mutter anzusehen. Er würde eine Menge Ärger bekommen, sobald der Polizist weg war.

Endlich brach der Polizist das Schweigen. Sachlich, neutral und ohne eine Spur von Ungeduld fragte er Samir: »Hast Du schon einmal den Namen ›Leiffhäuser & Emmrich‹ gehört, eine Bank am Gendarmenmarkt? Ich meine im Zusammenhang mit deinem Vater? Hat er den jemals erwähnt?«

»Warum willst du das wissen?«

»Es kann sein, dass er ...«, doch Samir unterbrach ihn. Er konnte seine Ungeduld nicht bändigen:

»Bist du allein hier? Wo ist eigentlich dein Partner? In den Wedding traut ihr euch doch nur zu viert ... Messerstecherei, Araberclans und so weiter.« Samir zeichnete dabei eine Spirale in die Luft und fand sich sehr cool.

»Ich bin allein gekommen«, sagte der Polizist ruhig und sah Samir fast freundlich an.

Samir atmete tief durch, jetzt bloß nicht den Mut verlieren. Er ärgerte sich, als seine Stimme herausschoss wie ein losgelassener Luftballon:

»Seltsam. Ich dachte immer, Polizisten sind wie Schnittlauch. Treten immer gebündelt auf und sind innen hohl.«

Der Polizist grinste jetzt noch breiter. Samir spürte, wie

seine Mutter neben ihm bebte und ihn an der Hand packte, als wollte sie ihn unter den Sofatisch ziehen.

Der Polizist blickte belustigt von Samir zu Marjam und wieder zu Samir zurück. Samir ärgerte sich über sein Grinsen und fummelte an seiner Kette herum. Denn so cool war er nun auch wieder nicht. Der Schnittlauch-Spruch und das Duzen hatten allen Mut aus ihm herausgesogen und jetzt war nichts mehr übrig. Aus. Vorbei. Eine Leere machte sich in seinem Kopf breit und er bekam Angst vor seiner Mutter.

Wieder schwiegen alle. Aus den Augenwinkeln beobachtete Samir, wie der Polizist das schwarze Bild mit dem goldenen, arabischen Spruch betrachtete, das an der Wand hing. Direkt über Samir und Marjam.

Samir kannte diesen Blick von Nicht-Moslems. Vor solchen Inschriften hatten sie Angst, weil sie nicht wussten, ob es nicht ein Aufruf zum Heiligen Krieg war; so etwas wie: »Erschlagt die Ungläubigen«. Aber das, was hier im Wohnzimmer hing, war ein stinknormaler Sofa-Spruch, so wie er auch in deutschen Wohnzimmern hing: »Verlache den kleinen Kern nicht. Eines Tages wird er ein Palmbaum sein.«

Der Polizist sah sich weiter im Wohnzimmer um, er musterte die selbstgenähten Kissen, mit den Troddeln an denen Hamed immer zupfte, die gebügelte Tischdecke auf dem Sofatisch und die Kugelbahn, die Samir für Hamed aus Klopapierrollen gebastelt hatte.

Schließlich räusperte sich Marjam, packte Samir wieder am Arm und blickte ihn scharf an. Das genügte, dass Samir jeden Widerstand aufgab. Er hatte das Feuer in ihren Augen gesehen und wenn es eines gab, was ihm einen höllischen

Respekt einflößte, dann waren es die lodernden Augen seiner Mutter. So wie jetzt. Das war kein warmes Feuer, eher ein gefräßiges, alles vernichtendes Glühen.

Samir schämte sich, als Marjam anfing, in gebrochenem Deutsch zu reden. Es klang schwach und hilflos und Marjams Stimme kippte, weil sie fast weinte, als sie an den Tag dachte, als sie ihren Mann zum letzten Mal gesehen hatte.

»Als er – noch in seinem Overall – gehen wollte, zum Einkaufen: Ich konnte nicht in sein Gesicht sehen. Er zeigte es mir nicht. Er hat mich nicht angeschaut. Verstehen Sie, was das heißt? Bei uns zeigt man sein Gesicht. Offen«. Marjam gestikulierte mit den Händen. Sie war blass und schloss die Augen, als sie sich erinnerte: »Ich war beschäftigt, die Kinder… Hamed weinte, alles war so durcheinander und ich habe Mohammed zum Einkaufen geschickt…« Jetzt schluchzte Marjam und Samir schaute betreten zu Boden, doch Marjam fing sich wieder: »Seine Hand zitterte, als ich ihm meinen Geldbeutel gab. Er hat nie gezittert, verstehen Sie das? Mein Mann zittert nicht. Er – stark. Irgendetwas«, sie hob hilflos die Schultern, »irgendetwas war nicht richtig. Aber ich weiß nicht.«

Bei diesen Worten wurde Samir wieder wütend. Warum hatte seine Mutter nie mit ihm darüber gesprochen, dass irgendetwas anders war? Sie traute dem Polizisten mehr als ihrem eigenen Sohn. Samir beugte sich zu dem Polizisten vor und zischte ihn an: »Damals, als mein Papa verschwunden ist, waren auch Polizisten da. Die haben uns gefragt, ob wir etwas mit Drogen zu tun haben. Und wo wir die Drogen verstecken. Sogar in Hameds Spielzeugautos haben sie gesucht... Mein Cousin und ich wollten keine Polizei. Ihr Bullen denkt ja nur, dass wir Araber irgendetwas Krummes drehen. Ehrenmord. Messerstecherei. Erpressung. Wir haben ja sonst nichts zu tun. In euren Augen sind wir nur Kanaken. Aber die Frauen riefen dann doch die Polizei. Und was hatten wir davon?« Samir stampfte mit dem Fuß auf. »Eine Hausdurchsuchung mit Drogenhunden! Wie hilfreich! Nichts habt ihr gefunden – und meinen Papa auch nicht. Ihr sucht gar nicht richtig nach ihm. Geh einfach!«

Der Polizist blieb immer noch ruhig. Er war zwei Köpfe größer als Samir und wirkte ein bisschen verlegen. Jedenfalls fuhr er sich kurz mit der Hand über das Gesicht und sagte dann mit leiser, eindringlicher Stimme: »Ich denke, meine Kollegen haben damals einen Fehler gemacht. Wirklich, das tut mir leid.«

Samir schaute ihn verblüfft an.

»Du bist mutig, Junge. Du gefällst mir. Ich leg dir mal meine Visitenkarte hin. Falls dir noch etwas zu Leiffhäuser & Emmrich einfällt.« Er legte die Karte auf die Kommode, doch Samir fegte sie mit einer Handbewegung herunter. »Scheiß Bulle«, zischte er. Samir erschrak selbst über sich und setzte dann hinzu: »Gehen Sie jetzt bitte.«

»Na, jetzt sind wir wenigstens beim Sie«, sagte der Polizist, stand auf und ging zur Haustür. Aber bevor er im dunklen Flur verschwand, drehte er sich noch einmal zu Samir und machte ihm ein Zeichen: Er streckte Daumen und kleinen Finger seiner Hand aus und hielt sie sich ans Ohr. »Wir telefonieren«, sollte das wohl heißen. Samir schloss wortlos hinter ihm die Wohnungstür.

Samir war erschöpft. Jetzt würde er ein Donnerwetter zu hören bekommen. Seine Mama würde ihn mit ihren Feueraugen zur Rede stellen. Aber im Wohnzimmer war es beunruhigend still. Marjam saß immer noch in derselben Position auf dem Sofa, nur verbarg sie ihr Gesicht in den Händen. Dann blickte sie Samir an. In ihren Augen war die Glut ausgegangen. Erloschen. Und dass Marjam mit ihm nicht einmal schimpfte, machte alles noch schlimmer.

»Ima«, sagte Samir auf Arabisch, »ich werde Baba finden. Das verspreche ich dir. Ich habe schon eine Spur.« Er setzte sich neben seine Mutter, die ihn mit leeren Augen ansah. Sie atmete tief auf und strich ihm über die Wange. Jetzt füllten sich die Augen, in denen früher Feuerfunken auf- und abhüpften, auch noch mit Wasser. Samir blickte schnell zu Boden. Gleich würde er auch anfangen zu weinen.

XI.

hey Marie, wie alt warst du als du das erste mal so richtig verliebt warst? 21:34✓✓

Sag ich nicht, ist mein Mädchen-Geheimnis. Aber deine Fine wird dir schon treu bleiben, wenn du auf dem Schloss bist. 21:34✓✓

ich geh da nicht hin. ich bleib in berlin. 21:35✓✓

Seufz. Wie willste das anstellen? 21:38✓✓

sag ich nicht. Ist mein jungen-geheimnis. 21:38✓✓

Bau keinen Mist, hörst du? Keine Lust auf Familienstress. Probier's erstmal aus. 21:39✓✓

Hallo Jacob?
Wo bist duuuuuuuu? Antworte mal. 21:47✓✓

Haaallllo? Mach keinen Blödsinn, okay? Versprochen? CU
21:53✓✓

Mit seinem Smartphone in der Hand starrte Jacob an die Zimmerdecke. Wo steckte Samir bloß? Warum meldete er sich nicht? Die Zeit lief ab! Jacob dachte an Fine und daran, wie gut er sich jetzt in der Schule fühlte, seit Fine von Wien nach Berlin gezogen war und in seiner Schule auftauchte. Seit einem halben Jahr war alles anders. Kapierten das seine Eltern nicht? Er ging sogar gern in die Schule! Warum war sein Papa nie zufrieden mit ihm? Immer musste alles ein Ziel haben oder gut für den Lebenslauf sein. Und mittendrin – im Selbstmitleid – dämmerte es Jacob: Er hatte ja jetzt ein Ziel, aber ein ganz anderes als es sein Vater wollte. Und dieses Mal – vielleicht das erste Mal in seinem Leben – würde er nicht aufgeben.

In derselben Stadt – nur 22 km Luftlinie entfernt – aber in einer komplett anderen Welt, lag Samir im obersten Stockbett seines Kinderzimmers und konnte nicht einschlafen. Dass sein Vater bei Russmann gearbeitet hatte, machte ihn ratlos und wütend gleichzeitig. Offenbar hatten es seine Eltern nicht für nötig gehalten, ihm – dem ältesten Sohn – mitzuteilen, dass sein Vater nach der Arbeit in der Schneiderei noch putzen ging. Falsche Rücksichtnahme, denn Samir wusste genau, dass das Geld hinten und vorne nicht reichte. Eine heile Welt wollten sie ihm vorgaukeln, aber nichts war heil, nicht die Rechnungen, die immer ins Haus flatterten, nicht Marjams verheulte Augen, nicht das Mittagessen bei »arche«, das für arme Familien angeboten wurde. Alles war angeknackst, und jetzt schipperte die Familie auf einem Kahn im Ozean und sein Vater war schon über

Bord gegangen. Aber er, Samir, würde den Rettungsring auswerfen!

Er war gerade dabei, seinen Vater zu finden. Auch wenn es zur Zeit mehr Fragen als Antworten gab. Warum nur hatte ihn der Polizist nach dieser Bank am Gendarmenmarkt gefragt? Er hätte ihn wirklich ausreden lassen sollen!

Und dann war da noch Jacob. Jacob, der bald wegging. Erst war sein Papa weg, und jetzt auch noch Jacob. Der Kloß in seinem Hals wurde dick. Samir starrte in den Berliner Nachthimmel, der nie ganz dunkel wurde. Ein Himmel mit Schlieren, blass und dreckig. Er brauchte Jacob doch! Er brauchte seinen besten Freund. Mit oder ohne Fine, also am liebsten ohne ... War Jacob noch wach?

Hey Jacob, schläfst du schon?

ja und du?

auch

;-) morgen schmeißen meine eltern ein abschiedsfest für mich. gnädig, oder? kommst du? Mit ha und na? 18 uhr

Ok

kannste mal mehr als vier buchstaben tippen?

Ne

was is los?

Mein Papa fehlt mir. und du wirst mir fehlen.

:-(Hab schon ne idee. also wegen schloss barenburg ... warte, ich hol schnell mein ladekabel

***

Jacob bist du noch wach? Kannste was für mich googeln?

ok, was?

Leiffhäuser & Emmrich Bank Gendarmenmarkt Berlin

Ok. hat mit deinem papa zu tun? mach ich gleich. aber erst meine idee. sag nicht gleich nein.

?

du gehst für mich auf schloss barenburg.

Lass den Blödsinn. Was soll ich da? googel. ist wichtig. Bitte.

Ich mein das mit Barenburg voll ernst. Ich schwöre.

Ich auch das mit dem Googeln. Ich schwöre. Googel bitte.

Ok. und inzwischen denkst du nach über meine Idee, du abf

abf?

allerbester freund

;-)

Samir konnte immer noch nicht einschlafen. Jacob war verrückt. Wie kam er darauf, dass er für ihn auf dieses Schloss gehen sollte? Leise kletterte er die Leiter seines Stockbettes hinunter, um auf Toilette zu gehen. In der Wohnung war alles still. Hamed und Nasra schliefen in dem unteren Teil des Stockbettes, zusammen auf einer Matratze. Wie lieb er seine Geschwister hatte. Er nahm sich fest vor, sich morgen wieder mehr um sie zu kümmern, er hatte sie in letzter Zeit ziemlich vernachlässigt. Auf Zehenspitzen bahnte sich Samir seinen Weg zwischen Legosteinen, Stiften und Autos zur Toilette. Er wusste, wie schmerzhaft ein Legostein sich in den nackten Fuß bohren konnte und blickte angestrengt auf den Boden. Nur deshalb bemerkte er die Visitenkarte des Polizisten, die im Spalt zwischen Regal und Teppich festklemmte. Samir holte sie hervor.

»*Matthias Lindner – Landeskriminalamt LKA I*« stand auf der Karte. Samir starrte auf die Karte. Da war etwas oberfaul. Warum ermittelte das LKA? Das Landeskriminalamt war nur zuständig, wenn es richtig heftig wurde; das wusste

Samir von seinen Cousins. Mord, Raub, Totschlag ... darum kümmerte sich das LKA, aber nicht um verschwundene Ausländer. Samir wurde ganz mulmig zumute. Sein Vater musste in eine furchtbare Geschichte verwickelt sein.

XII.

Der gelbe Berliner Stadtbus verließ die Haltestelle und reihte sich schaukelnd in den Verkehr ein. Samir hielt seine Geschwister fest, die in dem Stop-and-Go-Verkehr so durchgeschüttelt wurden, dass sie ganz grün um die Nase wurden. Ihr Ziel war die Togostraße im Wedding, in der Samirs Eltern eine kleine Schneiderei besaßen. Das Geschäft war im ganzen Wedding bekannt; vor allem unter den syrischen Flüchtlingen hatte sich herumgesprochen, dass die Familie Wahied ihre Landsleute mit offenen Armen empfing, ihnen mit Job- oder Wohnungssuche und allerlei Behördenkram half. Gelebt hatte die Familie davon, dass Mohammed und Marjam Anzugshosen umgearbeitet, Ärmel kürzer gemacht und neue Absätze an Schuhe geklebt hatten. Aber jetzt arbeitete Marjam dort nicht mehr. Kurz nachdem Mohammed Wahied verschwunden war, hatten seine Cousins die Schneiderei übernommen. Anfangs hatte Marjam das als Unterstützung empfunden, schließlich war die ganze Familie wie gelähmt und verbrachte die Tage damit, auf ein Lebenszeichen des Vaters zu warten. Weiterhin stünden alle Einkünfte aus der Schneiderei der Familie zu, hatten die Cousins damals versprochen. Aber das Geld wurde von Monat zu Monat weniger und die Schneiderei, die bei seinen Eltern hell und sauber wie eine Arztpraxis gewesen war, wurde immer schmuddeliger. Samir wurde das Gefühl nicht los, dass die Cousins sich überhaupt nicht kümmerten, und tatsächlich, als er mit seinen Geschwistern an der Haltestelle ausstieg, sah er, wie Hasim, der älteste Cousin, die Schneiderei soeben aufsperrte.

»Es ist 17 Uhr nachmittags«, sagte Samir grimmig zu Nasra. »Weißt du noch? Unser Baba stand immer schon um 8 Uhr früh im Laden.«

»Schlechte Zeiten«, meinte Hasim, der älteste Cousin, schulterzuckend, als Samir ihn darauf ansprach. Aber er ließ Samir nicht aus den Augen, als der sich das Auftragsbuch holte und darin herumblätterte. Von den paar Bestellungen, die hier verzeichnet waren, würden sie nie über die Runden kommen. Sie deckten nicht einmal die Miete ab. Hasim nahm das Geld, das für Samirs Familie bestimmt war, aus einer Blechbüchse, während er mit der anderen Hand Sesamkekse aus einer Rolle fingerte und sie sich in den Mund schob.

»Hier: 67,80 Euro. Mehr war das diesen Monat nicht.« Seine Finger hinterließen Fettabdrücke auf den Scheinen.

Samir steckte das Geld wortlos ein, während seine Geschwister auf die Kekse starrten. Samir zog sie weg; wenn die Cousins nicht selbst auf die Idee kamen, ihnen einen Keks zu geben, betteln sollten sie nicht. Nicht hier, in der eigenen Schneiderei.

»Puh, da drin hat es gestunken«, meinte Nasra auf dem Weg zur Bushaltestelle.

»Jetzt zum Karstadt. Dort treffen wir Mama«, brummte Samir, noch immer in Gedanken bei seinem dickbäuchigen Cousin.

Nasra sah auf der anderen Straßenseite ihre Mama Marjam, rief »Ima« und rannte los. Bei Rot. Autoreifen quietschten. Die regennasse Stoßstange eines Porsche Turbo S blitzte auf. Samir ließ Hamed los, um Nasra noch zu erwischen, aber vergebens, sie war schneller. Er hörte nur noch den Schrei seiner Mutter, ein langgezogenes »Nasra«, ganz lang und schrill. Die Zeit schien anzuhalten. Samir blickte in die weit aufgerissenen Augen seiner Schwester. Sie waren höchst verwundert und suchten in Samirs Gesicht nach einer Erklärung, wer sie von hinten packte und in den Porsche schob, als sei sie eine festgeschnürte Teppichrolle. Die Autotür fiel mit einem satten Schmatz zu und der Porsche fuhr los. Samir wollte ihn aufhalten, doch er knallte mit voller Wucht gegen die Stange des Bushaltestellenschildes. Ihm wurde schwarz vor Augen. Nasra war weg.

***

Wo Samir nur blieb? Beunruhigt stand Jacob auf dem Bürgersteig und schaute die Straße hinunter. Die Party war in vollem Gang und Samir schon seit einer Stunde überfällig. An sein Handy ging er auch nicht.

Aber Fine war da. Sie sah wunderschön aus, eine Mischung aus Prinzessin und bester Kumpel. Ein Glitzer-Haarreif hielt ihre blonden Haare zurück, sie trug eine weiße Bluse über einer Jeans. Jacob konnte nicht hören, was Fine mit seinem Vater redete, er sah Fine nur gehorsam nicken.

»Ein bisserl komisch ist dein Papa schon ...«, meinte Fine zu Jacob, als dieser wieder zu Fine zurückkehrte und ihr eine Cola brachte. »Aber ich denke, der ist in Wirklichkeit gar nicht so. Der übertreibt einfach. Der tut nur so als ob.«

»Nee, der übertreibt nicht. Der ist einfach total bescheuert«, erwiderte Jacob.

»Nee, der hat dich gern. Das spür ich.«

Jacob fasste Fine schwungvoll an der Hand und zog sie zum Buffet: »Komm, lass uns was essen. Wenn sich meine Eltern mit etwas auskennen, dann wie man Partys feiert.« Er stellte noch den Klingelton seines Handys auf höchste Lautstärke, damit er Samir auch ja hörte, falls dieser ihn anrief.

***

Um Samir herum spielte sich alles in Zeitlupe ab. Die Welt war nicht mehr so wie früher. Sie roch anders und zerfiel in blau-rote Minibilder, rhythmisch und im Takt. Wie in einer Diskothek mit bunten Effekten. Samir brauchte noch ein paar Sekunden, bis ihm schlagartig klar wurde, was eben passiert war: Nasra war weg! Weil er geschnüffelt hatte. Tarek! Tarek hatte ihm in die Augen gesehen. Er hatte ihn wiedererkannt. Er hatte Nasra mitgenommen. Als Warnung. Hoffentlich nur als Warnung ... Was war eigentlich mit Hamed? Hatte Tarek ihn auch mitgenommen?

Samir richtete sich auf: Die blinkenden Blaulichter eines Notarztwagens zerhackten das Bild, das sich ihm bot, in kleine Einzelteile: Zwei Sanitäter bei seiner Mutter. Sie schrie nach Nasra. Immer und immer wieder; ihr Schrei düste durch seine Gehörgänge und hämmerte gegen seine Schläfen. Noch halb weggetreten versuchte Samir, aufzustehen. Er hatte Durst, so fürchterlichen Durst. Und wahnsinnige Angst! Er hatte mit seinen Nachforschungen seine Familie in Gefahr gebracht!

Zwei dickbäuchige Polizisten kamen hinter dem Notarztwagen hervor. Unschlüssig standen sie bei den Sanitätern, sahen zu Samir und zuckten mit den Schultern. Es war klar, dass sie mit der aufgeregten Marjam nichts zu tun haben wollten. Endlich kam einer der Sanitäter auf Samir zu.

»Bist du okay?«, fragte er ihn.

»Ja – also irgendwie schon.«

Der Sanitäter schob ihm mit spitzen Fingern ein Haarbüschel aus der Stirn. »Das wird ne hammerharte Beule. Aber wenn es dir nicht schlechter geht, bleibt es dabei«, sagte er und winkte die Polizisten herbei. Beide kamen auf ihn zu, aus Samirs Perspektive sahen sie riesig aus. Der rechte beugte sich zu ihm herab, Samir las sein Namensschild: »Fietzke« blitzten ihm die Buchstaben auf Metall entgegen. Der Polizist ächzte, weil ihm sein Bauch im Weg war und sprach Samir an: »Sam, deine Mutter sagt, deine Schwester wäre in einem weißen Porsche davongefahren?«

Samir hasste es, wenn man seinen Namen falsch aussprach. Was war so schwer an Samir? S-A-M-I-R. Samir spürte wieder diese Wut in sich hochkriechen, eine Wut auf alle Polizisten dieser Welt, die stärker war als der Schmerz in seinem Körper. Aber er musste sich beherrschen, cool bleiben, denn jetzt war er in der schwächeren Position: »Nein, alles in Ordnung, Herr Fatzke. Meine Schwester ist bestimmt schon nach oben gegangen.« Der Polizist schaute ihm prüfend in die Augen, versuchte zu erkennen, ob Samir ihn veralberte. Aber was er sah, war ein blasser Junge mit Löchern in der Jeans und er wurde freundlicher: »Na komm, dann helf ich dir mal auf die Beine.« Er reichte ihm die Hand, die Samir voll Widerwillen nahm. Samir spielte kleines Kind, er musste die Polizisten so schnell wie möglich loswerden.

»Der hier sagt«, und der Fietzke-Fatzke deutete auf Samir während er mit seinem Kollegen sprach: »Die Schwester ist nach oben in die Wohnung gelaufen.«

»Sollen wir nachschauen?«, brummte dieser. Samir verfolgte die Blicke der beiden Polizisten, die an dem sechsstöckigen Wohnhaus hochwanderten, in dem die Familie Wahied wohnte. Ein graues Haus, von Graffiti übersprüht, mit einem dreckigen, vermüllten Hauseingang. Anstelle von Blumen wuchsen auf den Balkonen Satellitenschüsseln. Und es kam, wie Samir gehofft hatte: »Nee, lass mal«, sagte Herr Fietzke-Fatzke und winkte ab. »Geht schon wieder mit euch, was? Mit deiner Mutter und dem kleinen Bengel an ihrer Seite.«

Samir versuchte ein aufmunterndes Lächeln. Nur Marjam blickte besorgt und sagte leise auf Arabisch: »Wo ist Nasra? Ich verstehe das nicht. Was sagt die Polizei?«

Samir wich ihren Blicken aus und winkte den Polizisten zum Abschied zu. Polizisten mochten das: Winke-Winke. Die Polizei – dein Freund und Helfer. Ohne die abfahrenden Polizisten aus den Augen zu lassen, fragte er seine Mutter:

»Wie lange waren wir hier unten auf der Straße?«

»Eine halbe Stunde. Vielleicht auch mehr.«

»Dann hatten sie genügend Zeit, sie nach Hause zu bringen.« Samir nickte zufrieden. Inzwischen hatte er sich beruhigt. Bestimmt wollte ihm Tarek nur eine Warnung zukommen lassen und hatte Nasra sicher schon nach Hause gebracht. Denn der Clan um Arafat ließ Kinder in Ruhe, das war allgemeines Kiez-Gesetz.

»Wer … sie? Wen nach Hause bringen?«, die Stimme seiner Mutter kippte in eine hohe Tonlage. Sie hatte wieder Feuer in den Augen.

XIII.

Als sie mit dem Aufzug im ersten Stock ankamen, sahen sie sofort, dass die Wohnungstür nur angelehnt war.

»Nasra!«, rief Marjam erleichtert und lief in die Wohnung. Doch in Samir kroch eine dunkle, kalte Ahnung hoch. Denn Nasra hatte keinen Schlüssel. Er hatte erwartet, dass der Arafat-Clan seine Schwester an der Wohnungstür abgesetzt haben würde. Was hatten sie drinnen zu suchen?

Marjam blieb im Flur stehen. Samir sah ihr über die Schulter. Keine Nasra. Dafür war die Wohnung durchwühlt. Jemand hatte den Reissack aus dem Küchenschrank umgeworfen. Tausende von Reiskörnern bildeten kleine, weiße Inseln auf dem grünen Linoleum. Teller lagen auf dem Boden, neben Konservendosen und Wasserflaschen. Die Scherben von Samirs Frühstücksschüssel. Marjam Wahied lief durch alle Zimmer und fand schließlich einen Zettel, den sie Samir vor die Nase hielt. Sie schrie ihn an: »Wer hat das geschrieben? Was hast du geschnüffelt? Wer sind sie? Was weißt du? Wo ist Nasra?«

Samir blickte auf den Zettel, auf dem in arabischen Schriftzeichen stand:

> »Wir wissen, wer du bist. Wir wissen, wo du wohnst. Hör auf, hinter uns herzuschnüffeln. Sonst bist du der Nächste, der verschwindet. Und zwar für immer, du bist kein Kind mehr.«

In Marjams Augen loderte ein Feuermeer: »Was hast du geschnüffelt? Habe ich dir das nicht genug klar gemacht? Ich kenne das aus Syrien. Wer die Wahrheit sucht, kommt darin um. Diese Leute hier, machen vor nichts halt. Sie ...«, Marjam rang nach Luft. Tränen vermischten sich mit Feuer. »Jetzt auch noch Nasra. Ich rufe die Polizei.«

»Nein!«, rief Samir. Seine Stimmbänder taten weh. Er brauchte dringend etwas zu trinken.

»Nein. Dann kommen sie wieder mit ihren Drogenhunden. Wir sind doch für die der letzte Dreck. Bodensatz nennen sie uns. Das hast du doch erlebt, als Baba ...«

»Du hast genau gewusst, dass Nasra nicht in die Wohnung zurückgegangen ist!«

»Nein, ich dachte, ich meinte, sie würden sie hierher zurückbringen.«

»Wer – sie? Sag schon! Und lüg nicht!«

»Lüg doch selber nicht. Was weißt du von Russmann? Hat Baba dort gearbeitet?«

»Das ist jetzt vollkommen egal. Hörst du? Vollkommen. Scher dich raus. Aber sofort. Ich rufe jetzt die Polizei! Und ich will nicht, dass du dich gegenüber der Polizei nochmal so aufführst wie gestern. Raus!« Marjam wies ihm die Tür.

Samir nahm all seine Kraft zusammen, ein letztes Mal würde er noch probieren, seine Mutter umzustimmen:

»Glaubst du, die Polizei unternimmt irgendetwas, wenn ein Kanakenkind verschwindet? Du hast sie doch kennengelernt. Wir müssen uns um uns selbst kümmern!«

Eine lange Sekunde sahen sie sich in die Augen.

Dann sagt seine Mutter leise und bestimmt: »Raus.«

Samir schlich zur Tür wie ein geschlagener Hund. Dann rannte er los. Die Müllerstraße hoch, an Tülays Obstladen vorbei, an dem Spielplatz, auf dem er gestern noch mit seinen Geschwistern gespielt hatte, vorbei an der Schneiderei seiner Eltern. Vorbei an den Schauplätzen seines Lebens. Stadtauswärts. Immer weiter. Wo sollte er jetzt nur bleiben?

XIV.

Jacob hatte nicht übertrieben: Die Auswahl am Buffet war riesig: Hühnerbeine, Kalbsschnitzel, Reis, Kartoffelbrei und Filetstückchen reihten sich aneinander. Aber das Beste war die Tafel mit den Nachspeisen. In deren Mitte thronte ein lebensgroßer, durchsichtiger Schwan aus Eis. Um ihn herum hatte man kleine Eiskonfekts drapiert, wie Eier in einem Nest.

Fine murmelte: »So einen bräuchten wir auch für unser Restaurant.«

»Die Salzburger Nockerln von deinem Papa sind viel schöner. Wirklich, der Puderzucker ...«, doch Jacob wurde unterbrochen. Von hinten kam scharf wie das Küchenmesser, mit dem der Koch soeben den Braten schnitt, eine Stimme: »Ihr habt ein Restaurant? Wo denn?«

Jacob drehte sich um und stieß gegen einen 17-jährigen Jungen im Poloshirt. Mit Widerwillen in der Stimme sagte er zu Fine: »Darf ich vorstellen? Das ist Sebastian. Mein Cousin. Der Bruder von Marie, die gerade in London ist. Du weißt schon.«

Jacob sah zu, wie Sebastian Fine mit einer Gleichgültigkeit musterte, die ihn ärgerte. Sebastian war anders als Marie. Ein richtiger Schnösel, einer von den Typen, die ihre Polokragen aufstellen, damit sie erwachsener wirken.

»Also? Was habt ihr für ein Restaurant?«, fragte Sebastian nochmals und schürzte dabei seine Lippen verächtlich. In Jacob schrillten alle Alarmglocken gleichzeitig und er stellte sich dicht neben Fine. Gleich würde er sie beschützen müssen. Er kannte seinen Cousin nur zu gut.

»Ja, also nein eigentlich nicht, ich weiß nicht ...«, stotterte Fine, der der scharfe Tonfall und die Spannung zwischen den Cousins unangenehm war. Doch dann gewann sie ihre Fassung wieder und sagte mit Nachdruck in der Stimme:

»Ja, wir haben ein Restaurant. Ein sehr feines sogar. Österreichische Küche. Und bei uns sind die Schnitzel etwas größer als hier ...«,

Schon drehten sich ein paar Erwachsene zu Fine um. Erwin Cloppenburg funkelte Fine an.

»... und der Kartoffelsalat ist ohne Mayonnaise. Der ist viel leichter. Und man muss ihn lauwarm servieren. Nicht kalt, so wie hier.« Fine wurde rot, weil sie merkte, dass sie gerade über die Stränge schlug. Sebastian grinste. Böse. Jacob nahm Fine bei der Hand und wollte sie wegziehen.

Aber Fine beeilte sich, ihren Fauxpas wieder gutzumachen: »Nur so einen Schwan, den hatten wir noch nie. Der ist wirklich schön. Ich werd meinem Papa ein Foto schicken, als Anregung sozusagen.«

Fine setzte ein Lächeln auf und die anderen Gäste hörten auf, Fine weiter anzustarren. Erwin Cloppenburg sah mit Genugtuung zu, wie Fine ihr Handy zückte und den Schwan knipste.

Jacob atmete auf, das Schlimmste war vorbei. Sebastian hatte es in seiner selbstherrlichen Art nicht geschafft, Fine zu verunsichern. Es sah so aus, als ob sich die Lage entspannte, denn Sebastian fragte Fine fast beiläufig:

»He, Pfannkuchengesicht, kannst mir das Foto per WhatsApp schicken? Meine Handykamera ist im Arsch. Ich hatte neulich mein Handy beim Kitesurfen auf Rügen mitgenommen.«

Aber Jacob fuhr ihn an: »Sag das noch mal, du Idiot!«

»Was meinst du jetzt? Dass ich mein Handy beim Kitesurfen dabeihatte? Kannste haben: Ich hatte neulich mein Handy beim Kitesurfen auf Rügen mitgenommen.« Sebastian leierte den Satz herunter und setzte nach: »War das in Ordnung?«

»Nee, wie hast du Fine genannt?«

»Ach, Fine heißt sie? Du hast sie mir nicht vorgestellt. Da sieht man mal, wozu Manieren gut sind. Aber die wirst du schon noch lernen auf Schloss ...«

»Ist ja gut«, unterbrach Fine die beiden. Sie gab Sebastian die Hand und sagte förmlich: »Fine. Josefine Wreschniok. Tochter eines Restaurantbesitzers, wohnhaft: Lepsiusstraße Berlin-Dahlem. 15 Jahre alt, gebürtig aus Wien. Seit Januar in Berlin, Familienstand: ledig. Klasse 9b. Damit das geklärt ist, und jetzt gib mir deine Handynummer, damit ich dir das Foto schicken kann.«

Aus Fines Augen blitzte es und Jacob hatte den Eindruck, dass Sebastian Fines Vorstellung ein wenig beeindruckte.

Er atmete auf. Ein Mädchen wie Fine musste man nicht beschützen, die konnte sich schon selbst wehren. Und während Fine Sebastians Nummer eintippte, rief er wieder bei Samir an. Doch der hob nicht ab. Irgendetwas war hier faul. Oberfaul. Er musste seinen Freund unbedingt sehen, bevor es am nächsten Mittag losging nach Schloss Barenburg und er schickte ihm eine SMS:

w

o

o

o

o

o

bist du? melde dich! morgen 9 Uhr Starbucks pdamerpl? Bitte!

Jacob biss sich vor Verzweiflung auf die Lippen und rechnete: Nicht mal mehr zwanzig Stunden bis er Berlin verlassen musste, noch sechs Wochen bis zu den Herbstferien und noch 16 Wochen und drei Tage bis Weihnachten. Dann wäre er wieder zurück in Berlin. Wenn man es so runterrechnete, mit nackten Zahlen, dann hörte es sich gar nicht so schlimm an. Trotzdem: Wie sollte es mit Fine weitergehen? Könnte daraus auch mehr werden? Er versuchte noch einmal, Samir anzurufen, doch wieder war nach zehn Rufzeichen das Handy stumm. Hoffentlich war ihm nichts passiert. Jacob drückte Fines Hand und zog sie vom Buffet weg.

***

Samir zog die Knie an, um sich zu wärmen. Die Augustnächte in Berlin waren schon die Vorboten des langen Berliner Winters. Es war nicht mehr wirklich warm. Die Parkbank war hart und mit grünem Plastik überzogen, das säuerlich und unangenehm roch. Aber besser als der nackte Boden war sie allemal. Samir dachte an die vielen Menschen, die es noch viel schlimmer hatten als er. An die Menschen in Syrien, die verletzt und krank in Ruinen einschliefen. Viele syrische Kinder hatten gar keine Eltern mehr. Seltsam, dass einen der Gedanke daran, dass es anderen schlechter geht, tröstet. Samir war sich nicht sicher, ob sein Vater diese Art von Trost billigen würde.

Seitdem sein Vater verschwunden war, machte sich Samir viel mehr Gedanken darüber, was erlaubt war und was nicht. Und was es hieß, ein guter Moslem zu sein. So wie sein Vater es war. Auch wenn Samir das dumpfe Gefühl hatte, dass er damit nicht weiterkam in seinem Kiez. Da herrschte das Recht des Stärkeren und die Stärkeren fuhren einen weißen Porsche und entführten Kinder.

Samirs einzige Hoffnung war, dass der Clan Kinder in Ruhe ließ. So hatten sie es doch auf dem Zettel geschrieben: »Sonst bist du der Nächste, der verschwindet. Und zwar für immer, du bist kein Kind mehr.« Das konnte doch nur bedeuten, dass Kinder nicht für immer verschwinden. Logisch. Umkehrschluss oder so nannte man das. Trotzdem: Er war jetzt der Familienchef. Er hatte nicht auf seine Familie aufgepasst, sondern sie in Lebensgefahr gebracht und somit auf ganzer Linie versagt. Samir rieb seine Knie. Er hatte Angst um seine Mutter und seine Geschwister. Das war viel schlimmer als jede andere Angst. Samir schluchzte. Und er schwor sich, wenn Nasra wieder auftauchte, würde er sie nie wieder in Gefahr bringen. Nie wieder! Seinen Vater würde er ganz allein suchen.

XV.

Jacob und Fine waren die letzten, die mitbekamen, dass sich im Garten der Cloppenburgschen Villa etwas Ungewöhnliches abspielte. Erst als ihnen auffiel, dass das allgemeine Partygemurmel fehlte und stattdessen eine elektrisierende

Spannung in der Luft lag, kamen sie aus dem hintersten Winkel des Gartens nach vorn. Dort brüllte Erwin Cloppenburg aus Leibeskräften, doch seine Stimme kam nicht gegen das Fußgetrappel einer Horde junger Leute an. Halbwüchsige Jungen stürmten den Garten, sie trugen blau-weiße Trikots, mit der Aufschrift »F.C. Hertha 03 – Berlin-Zehlendorf«, darunter: »Wir bewegen was!« Die Horde räumte das Buffet: Die Hähnchenspieße mit Ananas waren sofort weg, die Salatschüsseln kippten sich die Jungen auf die Teller, die Filetstückchen schaufelten sie sich in den Mund wie Popcorn und das Schwanennest plünderten sie leer.

Erwin Cloppenburg gestikulierte wild mit dem Mannschaftskapitän, der immer wieder auf sein Handy zeigte, ohne die beiden Hühnerschenkel, die er in seiner großen Fußballerhand hielt, wegzulegen. Jacob beobachtete fasziniert, wie sich ein rotschopfiger Fußballspieler vier Lachsschnitten auf einmal in den Mund schob und raunte Fine zu: »Eine Straße weiter ist ihr Fußballplatz.« Er starrte immer noch so gebannt auf die verschwindenden Lachsschnitten, dass er seinen Vater nicht kommen sah. Erst als Erwin Cloppenburg mit einem Mal Fine anbrüllte, zuckte er zusammen. Sein Vater baute sich vor Fine auf und donnerte: »Ist das dein österreichischer Schmäh, oder was? Na, das ist dir aber gut gelungen. Aber das werden wir Piefkes uns nicht bieten lassen!« Er holte tief Luft, um zur nächsten Beschimpfung anzusetzen, doch da sah Jacob aus den Augenwinkeln, wie Sebastian sich krümmte vor Lachen und es dämmerte ihm: Es war Sebastian, der ihnen diesen bösen Streich gespielt hatte. Jacob stürzte auf ihn zu, während Erwin Cloppenburg Fine am Handgelenk packte, sie mit sich zog und rief: »Taxi! Dieses junge Früchtchen will nach Hause.«

Jacob stand wütend wie Rumpelstilzchen vor Sebastian, der sich auf die Schenkel schlug und ihm schließlich sein Handy zeigte. Auf dem Display war eine facebook-Seite zu sehen, mit dem Foto, das Fine von dem Schwan aus Eis geknipst hatte und darunter: Einladung an Hertha-Zehlendorf... mehr konnte Jacob nicht lesen, weil Sebastian ihm auf die Schulter klopfte und rief: »Selten so viel Spaß gehabt wie heute.«

Jacob war so viel schmächtiger als sein großer Cousin und hatte keine Chance gegen ihn. Er ließ ihn stehen und suchte Fine, die er vor seinem Vater beschützen musste. Wo steckte sie nur? Er rannte durch die Menge der Erwachsenen, rempelte und stieß nach allen Seiten, aber nirgends war Fine. Er brauchte ein paar Minuten, um zu begreifen, was inzwischen passiert war. Als er aus der Villa auf die Straße hechtete, sah er nur noch die Rücklichter des Taxis, das um die Ecke bog.

Doch da packte ihn schon sein Vater, stellte ihn an die Hauswand und sagte mit eiskalter Stimme, einer Stimme, die selbst die Temperatur des Eisschwans unterbot:

»Ich habe mich hochgearbeitet, mir den Hintern aufgerissen, um dir das alles bieten zu können. Und wie dankst du es mir? Mit Mittelmäßigkeit. Schau dich doch mal an: Schlechte Noten, noch schlechtere Bekanntschaften und Computerspiele, das ist alles, was dich ausmacht. Mein Sohn ist nichts als Durchschnitt, wahrscheinlich noch darunter. Einfach gewöhnlich.«

»Und du bist außergewöhnlich gemein. Du verstehst gar nichts!«, spuckte Jacob die Worte seinem Vater ins Gesicht.

Doch Erwin Cloppenburg ließ Jacob stehen, drehte sich um und ging in die Villa zurück.

Jacob schluckte seine Wut herunter, jetzt musste er sich erst einmal um Fine kümmern. Eine halbe Stunde stand Jacob auf der Straße und versuchte abwechselnd Fine und Samir zu erreichen. Doch keiner von beiden hob ab.

Ein letztes Mal wählte er kurz vor Mitternacht noch einmal Fines Nummer und nun sprang sofort die Mailbox an. Fine hatte ihr Handy ausgeschaltet.

***

Zur gleichen Zeit drückte ein lackierter Fingernagel mit Goldglitter und kleinen Sternchen besetzt auf die Klingel der Familie Wahied. Die Kirchturmuhr der Kapernaumkirche in der Seestraße schlug Mitternacht; Marjams Stimme meldete sich, ängstlich und hoffnungsvoll gleichzeitig. Der Türdrücker summte und ein kleines Mädchen wurde durch die Tür geschoben. Nasra winkte der Goldglitter-Frau noch einmal zu und lief dann zum Aufzug.

XVI.

Der Osthimmel rollte sich an den Rändern auf, es wurde heller und zaghaft zwitscherten die ersten Vögel. Ansonsten war es vollkommen still. Keine Autos, keine Menschen, nur Natur. So still hatte Samir Berlin noch nie erlebt.

Ihn schmerzte der Rücken und er starrte auf das Metallschild, das man auf die Rückenlehne der Parkbank geschraubt hatte. »Weißensee – Bezirk Pankow«. Samir setzte sich langsam auf und sah sich um. Bäume, nichts als Bäume, und zwischen den Bäumen schimmerte eine spiegelglatte Wasserfläche durch.

Samir starrte auf sein Handy: 44 Anrufe in Abwesenheit. Alle von Jacob, keiner von seiner Mutter. Sie hatte ihm nicht verziehen. Aber wenn Nasra wieder auftauchte, dann würde er alles anders machen. Er würde sie nicht mehr in Gefahr bringen. Wahrscheinlich war es das Beste, wenn er sich erstmal länger nicht mehr zu Hause blicken lassen würde. Tarek und der Clan würden seine Familie sonst nicht in Ruhe lassen. Samir legte sich wieder auf die Parkbank und sah zu, wie die Welt um ihn farbiger wurde; wie die Birken braun-weiß gefleckte Stämme bekamen und der Weißensee eine grünliche Farbe. Er schmiedete einen Plan, den er Jacob gleich im Café direkt mitteilen musste.

Die Vögel veranstalteten ein Höllenspektakel, sie beschimpften einander in den Bäumen und dann hörte Samir tatsächlich ein feuchtes Quaken. Hoffentlich war das auch wirklich ein Frosch? Die Natur um ihn herum machte ihm Angst. Was würde er jetzt geben für vertraute Geräusche. Er vermisste den Lärm der Müllabfuhr, wenn die Tonnen an die Wand des Wagens schlugen oder die ersten Lastwagen über die Müllerstraße donnerten.

5.47 Uhr. Bald würde seine Mutter aufstehen und das Teewasser aufsetzen. Dann würde sie Frühstück machen, ein Omelette vielleicht, wenn sie viel Zeit hätte, oder nur Zwieback mit Nutella. Samir knurrte der Magen und er starrte auf sein Handy als könne er mit bloßer Gedankenkraft die Akkulaufzeit verlängern. Denn es piepste schon mit den Vögeln um die Wette. 5.49 Uhr, 5.50 Uhr, 5.51 Uhr.

Mit einem Mal hörte er hinter sich ein Geräusch. Ein Pfeifen und röchelndes Atmen. Samir duckte sich noch enger an die Lehne der Bank und schickte ein Stoßgebet in den Berliner

Himmel, aber dann erschrak er so, dass es ihn beinahe von der Bank geworfen hätte, denn aus dem Röcheln wurde ein Bellen; ein wütendes Bellen, und ein weißer, gedrungener Kampfhund stürzte aus dem Gebüsch und sprang Samir an. Er spürte schon seinen fleischigen Atem auf seinem Gesicht, als der Hund an der Leine zurückgerissen wurde. Die Leine führte zu einem jungen Mann mit Springerstiefeln und einem T-Shirt mit altertümlichen Buchstaben. 5.58 Uhr.

»Ausgebüxt, was?«, fragte der Kampfhund-Mensch.

Samir beschloss, erst mal nichts zu sagen und mit Entsetzen nahm er wahr, dass der Kampfhund-Mensch sich neben ihn auf die Bank setzte.

»Ich komm grad vom Bäcker. Hast bestimmt Hunger. Hier!«, sagte er und reichte Samir eine Schrippe. Aus der Plastiktüte holte er einen Kakao hervor, steckte den Strohhalm in das kleine Loch und gab ihn Samir. Samir hielt beides in seinen Händen, wagte aber nicht zu essen. Wie eine Playmobilfigur saß er da, der man Becher und Schrippe in die Hände gedrückt hatte. Mit großen Augen sah er den Menschen mit dem kantigen Gesicht und dem kahlen Schädel an. Vor solchen Leuten hatte er eine Heidenangst, sie zertrümmerten einem mit Baseballschlägern den Kopf und zündeten nachts Häuser an, in denen Leute schliefen.

»Bist du ein Neonazi?«, fragte er ihn leise. Der Kampfhund knurrte böse.

»Seh ich so aus?«

»Naja, irgendwie schon.« Samir stieg der Duft der Schrippe in die Nase.

Der Kampfhund-Mensch musterte ihn, von oben bis unten und sein Blick blieb an Samirs schwarzen Haaren hängen. Samir war sprungbereit. Der bullige Hund hechelte, zerrte an seinem Halsband und sprang in die Luft vor Ungeduld; nur das Würgehalsband hielt ihn zurück.

Samir sah zwei weitere Männer mit Kampfhunden, die auf seine Parkbank zukamen. Samir ließ den Kakao auf den Boden platschen und sprintete los. Der Kampfhund-Mensch rief ihm nach: »Das sind nur meine Kumpels. Die tun nichts. Die wollen nur spielen!« Das Gelächter der jungen Männer dröhnte ihm noch lange in den Ohren, er rannte und rannte, dieses Mal in die andere Richtung, stadteinwärts. Rhythmisch und ausdauernd, bis er vertrautes Gebiet erreicht hatte, stieg in die S-Bahn und war da. Noch nie hatte er sich so gefreut, die Häuserschluchten des Potsdamer Platzes zu sehen.

Keuchend stoppte er am Eingang des Multiplex-Kinos. Die Kampfhund-Schrippe hatte er nicht losgelassen, mittlerweile war aus ihr ein einziger Schrippenbrei geworden, so hatte er sie beim Laufen gequetscht. Aber Samir hatte Hunger und schluckte alles hinunter.

7.10 Uhr. Sein Handy piepste wild und verlangte nach Energie. Das eine Telefonat musste der Akku noch durchhalten. Er rief zu Hause an.

Als Nasra das Telefon abhob, rollten Samir Tränen der Erleichterung über die Wangen.

»Nasra, wo warst du?«, schniefte er.

»Das darf ich nicht sagen.«

»Hast du es Mama gesagt?«

»Nein. Ich darf es niemandem sagen.«

»Ich versprech dir ein neues Glupschi-Tier, wenn du es mir sagst.«

»Ich darf aber nicht ... Eine Giraffe in rosa?«

»Was du willst. Mach schnell, ich hab kein Akku mehr«

»Karstadt. Da kann man das kaufen«

»Ich weiß. Eine rosa Giraffe kauf ich dir. Nun sag schon.«

»Oder doch die blaue Katze. Ich hab doch schon einen rosa Vogel. Lieber eine blaue Katze.«

»Mach schnell. Nun sag schon ... Beides, ich kauf dir beides.«

»So viel Geld hast du nicht.«

»Doch, ich verdien was. Nun sag, schon, wo warst du?«

»Bei Tül ...«, da brach die Verbindung ab. Samir starrte auf sein totes Handy. Hatte er richtig verstanden? Bei Tülay? Was hat die mit Tarek zu tun? Oder was konnte Tül ... noch bedeuten?

Samir blieb noch eine ganze Weile mit dem Handy in der Hand stehen. Also gut, dann würde er von heute an alles anders machen. Nie mehr würde er seine Geschwister in Gefahr bringen und seiner Mutter erst wieder unter die Augen treten, wenn er wüsste, was mit seinem Vater geschehen war.

»Ich schwöre«, sagte Samir leise und ging dann um die Ecke in Richtung Café.

Der Ostwind fegte durch die Hochhausschluchten des Potsdamer Platzes und blies teilnahmslos über den einsamen, frierenden Jungen in dem weißen T-Shirt hinweg.

***

Seit fünf Uhr morgens lag Jacob in seinem Bett und starrte in den fahlen, toten Himmel über Berlin. Wie ein schmutziger Abwaschlappen hing er über der Stadt und alles war Mist.

Punkt 13 Uhr würde er mit seinem Vater nach Schloss Barenburg aufbrechen. Fine hatte sich immer noch nicht gemeldet. Über 50 Nachrichten hatte er ihr geschickt, aber nichts kam zurück; obwohl er sah, dass sie die ganze Zeit über online war. Jacob fühlte einen dumpfen Schmerz. Fine konnte ihn doch nicht so behandeln!

Wenigstens Samir hatte sich gerade um 7.09 Uhr mit einem kurzen »ok, ich muss auch dringend mit dir reden« gemeldet. Sein einziger Hoffnungsschimmer am grauen Himmel; mit ihm würde er sich jetzt gleich am Potsdamer Platz treffen. Ob er es sich wohl mit dem Internat nochmal überlegt hatte? Oder worüber musste Samir so dringend mit ihm reden?

Jacob stand mit einem Ruck auf, warf einige Klamotten, seine weißen Chucks und ein Baseballcap in seine Sporttasche. Dann setzte er sich hin und füllte mit seiner ungelenken Handschrift Seite um Seite in seinem Collegeblock. Um acht Uhr war er fertig und machte sich auf zum Potsdamer Platz.

***

Im Café wartete Samir schon aufgeregt auf Jacob und ging ihm direkt entgegen, als er den Freund durch die Tür kommen sah. Bevor Jacob Samir begrüßen konnte, hatte dieser schon gefragt: »Steht dein Angebot noch?« Jacob war überrascht: »Willst du jetzt doch für mich aufs Schloss? Ich dachte, du fändest die Idee total verrückt?« Samir schob Jacob zu einer Sitzecke im hinteren Teil des Cafés und erzählte ihm, was gestern vorgefallen war. »... verstehst du? Und deshalb muss ich auf das Schloss. Mir wird das hier zu heiß – ich kann meine Familie nur beschützen, wenn ich von der Bildfläche verschwinde. Und auf dem Schloss könnte ich dann auch jederzeit über das Internet versuchen, etwas über das Verschwinden meines Vaters herauszufinden. Und du müsstest nicht immer für mich googeln. Meine Mutter hat bestimmt auch nichts dagegen, wenn du für kurze Zeit bei ihr unterkommst. Du musst ihr nur alles genau erklären. Sie wird schon verstehen, dass es die beste Lösung ist. Sie hat mich gestern eh schon rausgeschmissen, weil ich meine Geschwister in Gefahr gebracht habe! Und auf Schloss Barenburg kann ich untertauchen und wenn einer fragt, wo ich bin, sagt ihr einfach, ich wäre bei Verwandten in Düsseldorf.« Jacob nickte verständnisvoll, jetzt mussten sie sich schnell einen wasserdichten Plan überlegen.

XVII.

Ein falsches Wort hätte genügt, um im Inneren des Mercedes einen Orkan auszulösen. Deshalb redeten sie lieber nicht miteinander. Erwin Cloppenburg fingerte während der ganzen Fahrt an seinem Schlüsselanhänger herum und fuhr viel zu schnell. Jacob saß auf der Rückbank und war mit seinem Smartphone beschäftigt:

Hey Marie, dein bruder ist die größte knalltüte die rumläuft. das war so ne fiese nummer
13:13✓✓

Hmm...an dem Fest lag dir doch gar nicht so viel, oder?
13:13✓✓

Nee, aber meine eltern halten fine für die schuldige. Aber dein bruder hat die einladung auf facebook gestellt !!! kotz 3x 13:13✓✓

Das muss er Onkel Erwin und Tante Maria beichten. So was kann er: Den Erwachsenen große Augen machen, ein Sorry flüstern und ne Bottle Champagne vorbeibringen. Das können wir eigentlich beide ganz gut. 13:15✓✓

Meine eltern sind mir egal. so was von. ABER: fine redet nicht mehr mit mir !!!! 13:17✓✓

? 13:17✓✓

KA – non lo so. Wahrscheinlich, weil ich so mit Sebastian beschäftigt war, dass ich nicht mitgekriegt hab, wie Papa sie im taxi nach hause geschickt hat. 13:17✓✓

Ernsthaft? Oh Mann! 13:17✓✓

Hallo Jacob? 13:31✓✓

Augenroll kannste 1x cu tippen? >:-< ich rück das wieder straight mit deinen eltern. Meld mich wieder. Und: in 2 Wochen spendieren mir meine Eltern einen Heimflug und dann schwing ich mich in den Zug und besuch dich auf deinem Schlösschen. Drück dir die Daumen für den ersten Tag! Und jetzt guck mal: CCCCCUUUUUUUU. So macht man das! 13:41✓✓

***

Jacob sah aus dem Autofenster in die Weite Brandenburgs. Die Apfelbäume trugen leuchtend rote Punkte. So rot wie sein Herz weh tat. Sicher hätte er Fine erst vor seinem Vater beschützen müssen, aber er war so wütend auf Sebastian gewesen. Passiert war passiert. Jacob atmete tief durch. Er musste sich jetzt voll auf die nächsten zwei Stunden konzentrieren. Davon hing alles ab.

Erwin Cloppenburg nahm bereits die Autobahnausfahrt und bog auf die Landstraße ab. Die Ortschaft Barenburg war in Sichtweite. Eine verlassene Fabrik aus Ziegelsteinen, eine dünne Kirche und ein winziger Bahnhof wie aus einer Puppenstube.

Jacob presste seine Nase an das Seitenfenster. Dort am Fahrbahnrand marschierte ein Junge mit einer Basecap, Jeans und weißen Converse-Schuhen. Kurz blickte er auf, als der Mercedes vorbeidüste, und kurz kreuzten sich ihre Blicke. Jacob linste nach vorn. Sein Vater nestelte wieder an seinem Schlüsselanhänger herum und sah starr auf die Landstraße. Den schmächtigen Jungen am Straßenrand hatte er nicht bemerkt.

ZWEITER TEIL

I.

Samir blieb an der Toreinfahrt stehen, lehnte sich an die dicke Schlossmauer und zog seine grüne Basecap tiefer ins Gesicht. Die Hitze des Fußmarsches dampfte aus seinen Schuhen heraus und er hatte Durst. Seine Kehle war so trocken wie die Maisblätter, die er auf dem Weg zum Schloss tausendfach rascheln gehört hatte.

Noch war es nicht zu spät, umzukehren; zurück in den Wedding. Er hatte Angst, eine Scheißangst, die von unten in seinem Bauch hochkroch bis an seine Kehle und dort kratzte. Aber dann dachte er daran, wie die Augen seiner Mutter geglüht hatten, als sie ihn aus der Wohnung geworfen hatte. Und er gab ihr Recht, er hätte nie die ganze Familie in Gefahr bringen dürfen. Samir gab sich einen Ruck und betrat den Innenhof des Schlosses.

***

Jacob schob sich seine grüne Basecap so tief nach vorne, dass sie seine Augen überschattete. Die nächste halbe Stunde würde darüber entscheiden, ob sein Plan aufging. Er stand mit seinem Vater vor dem Rektorat und wartete, bis sie dran waren. Sein Vater fasste ihn an der Schulter:

»Zieh doch lieber diese Mütze ab.«

»Nein.«

»Du kannst doch nicht gleich zu Anfang einen schlechten Eindruck machen.« Jacob hörte an der Stimme, dass sein Vater innerlich bebte.

»Willst du mich jetzt bestrafen wegen gestern? Es war deine …«, Erwin Cloppenburg suchte nach dem richtigen Wort, »… deine Bekannte, die uns die Feier verdorben hat.«

»War sie nicht. Du wirst heute noch einen Anruf bekommen. Von dem, der daran schuld war. Falls es dich überhaupt interessiert.«

»Kannst du mal deutlicher mit mir reden? Wer war schuld?«

Doch Jacob schwieg und blickte aus dem hohen Spitzbogenfenster vom dritten Stock auf den Schlosshof. Es interessierte ihn nicht mehr, was sein Vater über ihn und Fine dachte. Es kam ihm nur noch auf die grüne Basecap an, die dort unten in all dem Chaos von Ankommen und Verabschieden auf und ab tanzte.

Jacob hatte nur Augen für einen Jungen, der sich seinen Weg durch die Menschenmenge bahnte. Ein grüner Punkt, der sich wie auf Google Maps zielsicher auf den Pferdestall zubewegte. Jacob fragte sich, ob Samir denn niemals Angst hatte. Immer ging er voran – so wie jetzt. Keine Seitenwege, kein Zögern. Schnurgerade.

Erwin Cloppenburg sah auf seine goldene Uhr und brummte: »Noch vier Minuten, dann sind wir dran.« Jacob schloss die Augen, jetzt würde sein Vater mit Sicherheit eine ganze Tonne von Ermahnungen über ihn kippen, doch zu seiner Überraschung schwieg er. Jacob wagte, sich zu ihm umzudrehen. Sein Vater betrachtete die Fotos, die an der Wand hingen; Fotos der Abiturjahrgänge von Schloss Barenburg und bestimmt sah er im Geiste schon seinen Sohn im Foto verewigt, dachte Jacob grimmig. Aber dann sagte sein Vater mit brüchiger Stimme, – eine Stimme, die Jacob zum letzten Mal gehört hatte, als sein Vater bei ihm auf der Bettkante saß und ihm besorgt seine schwere Hand auf die Stirn legte, weil er eine Mandelentzündung hatte, seine Lippen sich anfühlten wie ein Stück trockenes Treibholz und der Hals weh tat, als würde man ihn mit einem stumpfen Messer aufschneiden – also mit so einer Stimme voll Mitleid und Trauer sagte Erwin Cloppenburg: »Wir können ja mal reden von Mann zu Mann.«

Jacob starrte wieder aus dem Fenster. Der leuchtend grüne Punkt tauchte noch einmal im Meer der Internatsschüler auf.

»Es wird dir hier schon gefallen.«

Jacob nickte.

»Auf Schloss Barenburg lernst du die richtigen Leute kennen. Das ist wichtig für dein weiteres Leben.«

Jacob presste seine Nase an die Fensterscheibe. Samir war nicht mehr zu sehen. Er hörte nur, wie Erwin Cloppenburg mit seinem silbernen Schlüsselanhänger spielte. Wenigstens fiel es ihm nicht leicht, seinen Sohn abzuschieben.

»Die Krones haben ihren Sohn auch nach Barenburg geschickt. Letztes Jahr schon«, fuhr Erwin Cloppenburg fort und drehte die silberne Pfeife nach allen Seiten. Er stupste Jacob mit dem Schlüsselanhänger sachte zwischen die Rippen.

»Auch das noch. Ich kann diesen aufgeblasenen Krone-Jungen nicht leiden«, seufzte Jacob.

»Maximilian Krone? Na, na. Er kommt aus einer guten Familie. Ich kenne seinen Vater. Er ist der Chef …«

Jacob unterbrach ihn: »Nee, Marie war mit ihm im Golfclub. Jedes Mal wenn er verloren hat, soll er um sich geschlagen haben wie ein Kleinkind. Der ist einfach nur lächerlich.«

»Du kennst ihn doch gar nicht. Vielleicht ist er einfach nur ehrgeizig. Weißt du, als ich so alt war wie du …« Jacob seufzte. Es hatte keinen Sinn mit seinem Vater. Sie verstanden einander nicht mehr. Doch zu seiner Überraschung blieb der Satz so wie er war im Flur hängen. Erwin Cloppenburg rieb seinen Daumen fest an der Pfeife und sagte: »Weißt du, hier auf Schloss Barenburg bekommt jeder von euch ein Alumni-Buch zum Abitur. Das habe ich gesehen, bei der Infoveranstaltung. Weißt du, was das ist – ein Alumni-Buch?«

»Ich wusste nicht, dass ich hier bis zum Abitur bleiben soll«, sagte Jacob bitter. Er sah seinem Vater direkt in die Augen. Doch nicht einmal jetzt errötete er vor Scham.

»In einem Alumni-Buch stehen die Adressen, E-mails, Telefonnummern der früheren Barenburger. Ein gigantisches Netzwerk, das dir Tür und Tor öffnen wird. So etwas ist unbezahlbar!« Erwin fasste seinen Sohn an beiden Unterarmen, sodass Jacob ihm ins Gesicht blicken musste:

»Du wirst mir eines Tages noch dankbar sein. Das garantier ich dir. Wenn ich so eine Gelegenheit gehabt hätte, auf Knien würde ich vor meinem Vater rutschen. Darauf kommt es später im Beruf an: Du musst dich vernetzen, die richtigen Leute kennen, damit aus dir etwas wird.«

Jacob wandte genervt den Kopf ab und sah wieder in den Hof hinunter. Von Samir war nichts mehr zu sehen. Ein kleiner Junge umarmte seinen Vater, wollte ihn gar nicht loslassen und der Vater band ihm das Halstuch noch ordentlich um. Gesten, die man macht, wenn man nicht weiß, was man sagen soll. Jacob wusste auch nicht, wie er sich in ein paar Minuten von seinem Vater verabschieden sollte. Mit Handschlag, oder wie? Und warum war sein Vater jetzt so still? Erwin Cloppenburg stand dicht hinter Jacob. Und ungewöhnlich leise sagte er: »Wir können wohl nicht so gut miteinander reden. Aber das wird jetzt anders. Ich werde dich hier dieses Wochenende besuchen. Und dann reden wir einfach mal miteinander. Hauptsache wir reden.«

Jacob starrte ihn erschrocken an. Nicht schon diese Woche – das war viel zu früh. In dem Moment ging die Tür zum Rektorat auf und eine tiefe Stimme bat sie herein. Jacob musste erst verdauen, was sein Vater gesagt hatte. Elternbesuch war in seinem Plan nicht vorgesehen.

***

Samir straffte die Schultern, als er sich seinen Weg durch die gut angezogenen Kinder um ihn herum bahnte. Aber mit Jacobs Poloshirt, der Basecap, der Markenjeans in dunklem Marineblau sah er genauso aus wie die anderen Schüler und schnellen Schrittes, so wie er sonst die Müllerstraße hinunterging, folgte er nun der Spur der Pferdeäpfel Richtung Pferdestall.

Abseits vom Haupttrakt war es viel ruhiger, dafür stank es nach Tier, Dampf und Heu. Samir hatte noch nie verstanden, was an Pferden so toll sein sollte. Sie waren groß, gefährlich und heutzutage völlig unnütz. Ein Porsche besaß das Hundertfache an Pferdestärken.

Samir sah sich nach einem Versteck um. Zu nah an die großen Tiere wagte er sich nicht ran, aber ganz hinten in der Ecke bei den aufgehängten Satteln war es dunkel genug. Seine neuen Schuhe quietschten unter dem feuchten Stroh, er lief los und in der nächsten Sekunde lag er auch schon am Boden, bäuchlings und auf etwas Weichem, Stinkigem. So eine Sch....! Er sprang auf, klopfte den Dreck ab und suchte nach seiner Basecap, die ihm beim Sturz vom Kopf geflogen war.

Als er sich umdrehte, stand ein Jugendlicher vor ihm, mit zurückgegelten Haaren, einer Nickelbrille, einem Blouson aus Wildleder und einem Pferd im Schlepptau. So wie er aussah, hätte er auch in einer Anwaltsserie mitspielen können, wenn sein Gesicht nicht doch noch einen Tick zu jung gewesen wäre. Der Junge deutete auf die Pferdebox mit dem Schild »Black Knight« und forderte Samir mit schneidender Stimme auf: »Kannst du das Pferd ausschirren und ihm Futter geben? Es war eine lange Autofahrt und ich bin jetzt spät dran. Gleich ist die Begrüßungsansprache in der Aula, da darf ich nicht zu spät kommen.«

Der Junge hielt Samir die Zügel hin, doch als Samir ihn weiterhin anstarrte, begriff er: »Ach, entschuldige die Verwechslung. Ich dachte du wärst einer der Stallburschen.« Sein Jungengesicht wurde hart und er bekam einen spöttischen Zug um den Mund: »Bei uns zu Hause sehen Stallburschen so aus. Bist du neu hier? Wohl auf Stipendium? Siehst nicht so aus, als ob deine Eltern Barenburg zahlen könnten. Das seh ich sofort, so wie du dastehst und vor Dreck starrst.«

Da Samir immer noch der Mund offen stand, band der Junge sein Pferd selbst an und schob sich an Samir vorbei. Doch Samir gewann seine Fassung wieder, er stellte sich ihm in den Weg und zischte ihn an: »Du kriegst wohl alles in den Arsch geschoben von deinem Alten? Du kleines mickriges Würstchen«, und er schubste ihn zu Boden.

Der Junge stand auf und pflückte sich die Strohhalme von seinem Blouson. Halm für Halm, so langsam, dass Samir große Lust bekam, ihn noch einmal umzuwerfen. Ohne

Samir dabei anzusehen, stellte der Junge – noch immer damit beschäftigt, sich den Dreck abzuwischen – fest: »Also Stipendium. Ein Jammer, dass Schloss Barenburg so etwas in seiner Satzung hat.«

Samir wurde blass vor Wut. Der Junge grinste ihn an und ließ seinen Blick über Samirs Gestalt wandern. Samir folgte seinem Blick und was er sah, sah nicht nach ihm selbst aus: Ein dünner Junge, dessen weiße Converse-Schuhe im Dreck steckten, mit einem braun eingefärbten Polo-Shirt, das noch dazu erbärmlich stank. War er das wirklich? Samir Wahied?

Mit einem spöttischen Grinsen wandte sich der Junge von Samir ab und stolzierte nach draußen. Samirs Mut sank zum Erdmittelpunkt.

***

In dem schmalen Zimmer, das nach Papier und seltsamerweise nach Haarspray roch, saß Jacob kerzengerade und bis zum Anschlag an die Rückenlehne auf einem hohen, lederüberzogenen Stuhl und rückte seine Basecap nochmal etwas weiter nach vorne.

Ein wuchtiger Schreibtisch, der viel zu groß für das Zimmer war, trennte ihn und seinen Vater von der Direktorin Emilia Hornhauer-Scott. Eine Frau, deren Alter Jacob überhaupt nicht schätzen konnte, irgendetwas zwischen 40 und 60, mit einer Hochsteckfrisur und einer Lesebrille, die an einer filigranen Kette an ihr herunterbaumelte.

Er sah zu, wie die Direktorin mit undurchdringlicher Miene in Jacobs Zeugnissen blätterte. Auf jeden Fall gehörte sie zu der Sorte Lehrer, die man nicht so einfach über den Tisch ziehen konnte und Jacob nahm sich vor, auf der Hut zu sein.

Dann sagte die Direktorin auch schon, mit einer Stimme, die überraschend tief saß:

»Jacob, erzähl etwas von dir, damit wir uns auf dich einstellen können.« Jacob hörte, wie sein Vater Luft holte, um der Direktorin zu antworten. So wie immer – doch Jacob ließ es nicht zu, dass sein Vater ihm dazwischenkam. Nicht jetzt, wo es um Alles oder Nichts ging; er musste jetzt das Gespräch im Griff haben.

»Ich surf gern im Internet und recherchiere.«

»Über was recherchierst du denn?«, fragte die Direktorin freundlich.

»Die Stadtgeschichte Berlins und über Straßennamen. Warum die Straßen so heißen, wie sie heißen und so.« Jacob bemerkte, wie sein Vater neben ihm vor Überraschung scharf einatmete.

»Und ich hab eine Schweinefleischallergie ...« Jacob blickte unter seiner Basecap auf den Bauch seines Vaters, er hielt jetzt tatsächlich den Atem an.

Frau Hornhauer-Scott machte sich eine Notiz und wandte ihr aufmerksames Gesicht weiter Jacob zu.

»Und meine Noten sind eher Mittelmaß ...«,

»Eher unter dem Schnitt!« Ein kurzes Beben und der Bauch neben Jacob ließ seine Luft heraus.

»Soweit ich das hier sehe, bekommen wir das hin. Noch etwas, was wir wissen müssen?«, fragte Frau Hornhauer-Scott.

»Meine Tischmanieren – also die sind nicht so toll. Und ich werde schnell wütend – das ist aber harmlos.« In der Regel, fügte Jacob im Stillen hinzu.

»So? Na, wenigstens kannst du dich einschätzen. Das ist ein erster Schritt. Aber wenn es Prügeleien gibt, dann fliegst du. Und zwar in hohem Bogen. Ist das klar?«

»Klar«, krächzte Jacob und nickte heftig.

Die Direktorin lächelte Jacob aufmunternd zu, gab ihm seinen Zimmerschlüssel, und schon standen Vater und Sohn wieder auf dem Flur.

Erwin Cloppenburg nestelte an seiner silbernen Trillerpfeife herum und sagte mit leiser Stimme:

»Also dann mach es mal gut, mein Junge.«

»Klar.«

»Und wir reden von nun an mehr miteinander? Stimmt's, oder habe ich recht?« Jacob nickte. »Klar.«

»Klar ...« Erwin umarmte Jacob unbeholfen. Jacob ließ es geschehen, aber irgendetwas wollte er doch noch sagen:

»Vielleicht kannst du auch mal stolz auf mich sein. Vielleicht schon ganz bald.«

»Na, ganz sicher«, sagte Erwin Cloppenburg mit seiner früheren Papa-sitzt-auf-der-Bettkante-Stimme.

»Aber vielleicht anders als du denkst.«

»Stolz ist stolz, egal wie.«

Sein Vater gab ihm noch einen Klaps, wedelte unbeholfen mit seinen Händen, so als ob er noch winken wollte, aber dann steckte er seine Hände ein und Jacob wusste, dass sein Vater sich an seinem Schlüsselanhänger festhielt, den er in seiner Hosentasche hatte.

»Ich muss jetzt los, in den anderen Trakt«, sagte Jacob und noch ein letztes Mal sah er seinen Vater an, zog die Basecap wieder tief in sein Gesicht und lief dann die Treppen hinunter. Zum Pferdestall.

***

Jacobs Augen mussten sich erst an den dunklen Stall gewöhnen, doch immer noch war keine Spur von Samir zu sehen. Er rief mehrmals mit gedämpfter Stimme seinen Namen, bis endlich ein »Hmmmm« aus der hintersten Ecke kam.

»Wie siehst du denn aus?«, entfuhr es Jacob, aber als er Samirs schmutzige Kleidung und sein verzweifeltes Gesicht sah, begriff er.

»Ist mir auch schon passiert. Ist normal im Pferdestall.«

»Nee, aber die Kinder hier sind nicht normal. Die sind megagemein ...« Samir rang nach Worten, die aber alle durcheinanderpurzelten.

»Was ist passiert? Hast du wen getroffen?«

Samir nickte, noch immer gedemütigt, dann sagte er leise:

»Ich glaub, das ist doch ne beknackte Idee, was wir da vorhaben.«

»Nee, nee, jetzt nicht kneifen.«

»Weißt du«, sagte Jacob und setzte sich neben Samir auf den Rand des Futtertrogs, »du ziehst hier dein Ding durch, mit den Recherchen nach deinem Papa, ich helf dir auch, und dann kannst du Weihnachten wieder zu Hause sein.«

»Weihnachten«, schnaubte Samir, »Weihnachten, das ist noch ganz schön lang.« brummte Samir.

»Na, dann eben bis zum Zuckerfest.«

»Nee. Weißt du wann das ist? Nächstes Jahr im Frühling. So lange bleibe ich hier auf keinen Fall. In ein paar Wochen hat Tarek mich hoffentlich vergessen.«

»Komm, es gibt hier sicher auch nette Jungs. Nicht so nett wie mich, aber vielleicht ganz brauchbare.«

Samir schüttelte den Kopf.

»Nee, für die bin ich der Allerletzte.«

»Bestimmt nicht. Du darfst nur nicht ausrasten. Prügeln oder so. Sonst fliegst du.«

»Als ob ich mich immer prügeln würde!«

»Das wird schon klappen. Glaub mir. Mit dem Poloshirt siehst du aus wie die anderen auch. Also – wenn es sauber ist.« Jacob versuchte einen Lacher, doch Samir starrte vor sich hin. Jacob gab seiner Stimme einen festen Schwung:

»Deshalb: Zieh dich um, wasch dich und dann ab zu diesem Begrüßungsabend. Du bist in Zimmer 27. Im Jungentrakt, gleich hier rechts. 2. Stock. Hier ist dein Schlüssel.«

Samir seufzte.

»Das mach ich jetzt nur dir zuliebe – und weil mir nichts anderes übrigbleibt. Meine Mama ...« Samirs Stimme war heiser und er zuckte mit den Schultern. Er war drauf und dran loszuheulen.

»Du bist wirklich der allerbeste Freund, den man haben kann«, sagte Jacob und umarmte ihn fest. So fest, dass auch sein T-Shirt etwas Pferdemist abbekam. Und während er seinen Kopf auf Samirs Schultern legte, fragte Samir leise:

»Dir geht es nur um Fine. Stimmt's? Wegen der machst du das alles?«

Jacob schwieg und war dankbar, dass es so dunkel war und Samir nicht sah, wie er rot wurde.

»Nein. Ja. Also, kann schon sein.«

»Wenigstens bist du ehrlich.«

Samir und Jacob sahen sich lange an. In Samirs Augen verschwand langsam das Misstrauen, so wie sich Butter in einer heißen Pfanne auflöst.

»Ich weiß wirklich nicht, wie lange ich es hier aushalte. Aber ich ziehe das durch – für meine Familie und für dich«, sagte Samir.

Sie umarmten sich noch einmal innig.

»Mach's gut, Jacob«, sagte Jacob leise.

»Salam aleikum, Samir«, sagte Samir ebenso leise. Und Jacob schlich sich zur großen Schulpforte hinaus und ging die Landstraße hinunter.

***

Jacob fühlte sich frei wie ein Vogel. Wenn er jetzt noch den Schlamassel mit Fine klären könnte, dann wäre alles perfekt. Und tatsächlich bekam er jetzt eine Nachricht, es machte *Pling* und sein Herz hüpfte, wurde aber alsbald enttäuscht. Es war nicht Fine, die ihm etwas geschickte hatte, sondern seine Cousine Marie:

Hallo mein Schlossgespenst. Wie geht's? Bist du schon angekommen auf dem Internat? Morgen Abend wird sich mein Bruderherz bei deinen Eltern entschuldigen. Okay? Sagst du das deiner Fine? 15:53✓✓

Fine tut so als wenn ich luft wäre. könnte sterben. 15:53✓✓

Erklär ihr, wie es war. Aus deiner Sicht. Sag die Wahrheit und sie wird es verstehen. 15:54✓✓

Und wenn nicht? 15:54✓✓

Versuch es. Aber jetzt sag schon, wie war dein erster Tag auf dem Schloss? Gefällt's dir schon ein bisschen? 15:54✓✓

und wenn ich ihr nen brief schreib? so nen echten, mit stift und papier? wie früher? 15:55✓✓

Mit wem bist du im Zimmer? Ist der nett? bin neidisch, ich wollte immer auf ein Internat. Wegen Hanni & Nanni und so … Für Jungen gibt es eigentlich nur »Das fliegende Klassenzimmer« als Internatsgeschichte, oder? 15:56✓✓

Kenn ich nicht. 15:57✓✓

Ist von Erich Kästner, du weißt schon: Doppeltes Lottchen 15:57✓✓

Kenn ich nicht. CU 15:57✓✓

Hey, wie bist du denn drauf? Na, wenigstens hast du dich verabschiedet. CU 15:57✓✓

Jacob stieg am Hauptbahnhof aus. Er schritt aufrecht und kam sich vor wie einer der Rucksacktouristen, die hier ankamen und loszogen, um die Welt zu erkunden. Voll Mut und Zuversicht. Jetzt und in diesem Augenblick begann sein neues Leben.

II.

Samir kam sich vor wie in diesem gruseligen Film, den er sich in einer Winternacht mit Jacob angeschaut hatte: Ein verlassenes Hotel im Niemandsland, mit vielen verwinkelten Gängen, durch die ein Wahnsinniger lief. In dem Fall war der Wahnsinnige er selbst, wenn er nicht bald die Zimmernummer 27 fand. Fehlte nur noch, dass ihm die zwei hellblauen Zwillingsmädchen aus dem Film zuwinkten.

Endlich stand Samir vor einer alten Holztür mit einem einfachen Emailleschild: Die Ziffer 27 in blauer, geschwungener Schrift, das gleiche Schild nur etwas kleiner hing auch am Schlüssel, den Jacob ihm in die Hand gedrückt hatte. Als Samir die Tür öffnete, hätte es ihn fast rückwärts umgehauen: Auf einem Bett an der rechten Wandseite lag bäuchlings ein Mädchen in Samirs Alter, das er gerade beim Lesen gestört hatte. Das Mädchen blickte ihn aus dunklen Augen an, sah den Schlüssel in seiner Hand und grinste:

»Willkommen auf Zimmer 27!« Sie stand auf und drückte ihm die Hand: »Ich bin Clara. Clara Emmrich. Hab mich vor der Begrüßungsansprache in der Aula gedrückt, aber jetzt können wir zwei Zimmergenossen ja hingehen.«

Sie nahm ihren Schlüssel, ebenfalls mit der Nummer 27 und kicherte, während sie in ihre Pantoffeln schlüpfte. Samir stand der Mund offen und er war drauf und dran, aus Schloss Barenburg schreiend herauszulaufen. Sie konnten ihn doch nicht in ein Zimmer mit einem Mädchen stecken! Schließlich prustete das Mädchen auch noch los. Ihr Lachen zerrte gewaltig an Samirs Nerven.

»Das hast du mir aber jetzt nicht wirklich geglaubt?«, sagte sie und schüttelte ihre langen braunen Haare.

»Du bist im Mädchentrakt gelandet. Die Jungen wohnen gegenüber. Komm, ich bring dich hin. Da kannst du dich ja dann etwas frisch machen, um es mal ganz deutlich zu sagen.«

Clara lachte wieder und Samir schmeckte die kleinen, salzigen Schweißperlen, die sich auf seiner Lippe gebildet hatten.

Zwei ältere Schüler kamen ihnen entgegen und musterten Samir. Samir machte sich auf eine erneute Demütigung gefasst und bevor sie etwas sagen konnten, blaffte Samir sie an: »Guckt nicht so. Bei mir ist die Kacke wenigstens nur außen dran.«

Der Spruch saß. Nur nichts gefallen lassen, so etwas wie vorhin im Pferdestall wollte er nicht mehr erleben. Doch die zwei Jungen blieben friedfertig und der größere der beiden sagte:

»Du musst Jacob sein. Wir wurden losgeschickt, um dich zu suchen, weil du nicht bei der Begrüßungsfeier warst.«

»Jacob hat sich verlaufen«, erklärte Clara. »Zeigt ihr ihm sein Zimmer? Die 27?« Samir schloss die Augen. Jetzt würde sie gleich erzählen, wie sie ihn hereingelegt und ausgelacht hatte. Aber nichts geschah. Clara verabschiedete sich nur mit einem »Tschüss, bis später« und ließ Samir bei den Jungen stehen.

»Ich habe mich am Anfang auch ständig verlaufen. Das geht jedem Neuen so«, sagte der Größere der beiden Jungen. Er sah sportlich aus und hatte eine tiefe, angenehme Stimme. Als Samir immer noch schwieg, nahm er ihn bei der Schulter und zog ihn behutsam mit sich, während er weitersprach:

»Nach einer Woche hast du es aber kapiert, wie du dich orientierst. Weißt du, was mir am ersten Tag passiert ist? Ich habe den Riegel der Toilettentür nicht mehr aufbekommen und saß zwei Stunden auf dem Klo, bis eine Suchmannschaft mich endlich befreit hatte. Das werde ich nie vergessen.« Er lachte und erzählte noch andere Anekdoten aus seinen ersten Tagen auf Schloss Barenburg, und nach ein paar weiteren Gängen standen sie endlich vor der Nummer 27.

»Also willkommen auf Schloss Barenburg. Ich bin übrigens Justus und das hier ist Lennart.«

Samir nahm schwach die Hand, die ihm Justus hinhielt und nickte nur. Er war am Ende seiner Kräfte und stank erbärmlich.

»Wir holen dich hier wieder ab, wenn du … geduscht hast.« Justus schaute ihn dabei freundlich an. »Das machst du jetzt doch sicher, oder? Duschen? Die Dusche ist da drüben, am Ende des Ganges.«

»Sagen wir in zwanzig Minuten wieder hier?« Justus klopfte Samir auf die Schulter. Wieder nickte Samir, steckte den Schlüssel ins Schloss und drehte ihn in die falsche Richtung. Damit schloss er doppelt zu und hätte heulen können vor Wut. Justus nahm ihm sachte den Schlüssel aus der Hand, sperrte ihm auf, holte ihm ein Handtuch aus dem Schrank und zog ihn zur Dusche, als ob er ein Kindergartenkind wie sein Bruder Hamed wäre. Ihm war alles zu viel.

III.

Samir mochte das Duschgel, nach dem er jetzt roch. Es erinnerte ihn an den Tee mit Orangenblüten, den seine Mutter immer machte. Er saß nun zwischen Justus und Lennart in der Aula und hatte sich wieder einigermaßen gefangen. Er sah sich um. Ein riesiger Raum, der mit seinen hohen Bogenfenstern und der holzgetäfelten Decke aussah wie ein Ballsaal im Mittelalter.

Dreihundert fremde Gesichter, die miteinander tuschelten, während die Direktorin ihre Ansprache hielt. Der erste Schultag nach den Ferien. Wortfetzen flogen durch die Luft: Palmen, segeln, Shoppingmeilen und Länder, die für ihn unerreichbar waren. Samir schürzte verächtlich die Lippen. An diesen Kindern ging das Leben vorbei; sie hatten zwar die ganze Welt bereist, aber hingen noch immer an den Rockzipfeln ihrer Eltern und würden keinen Tag in seinem Kiez überstehen.

Gerade stand ein kleines Mädchen mit einer blonden Wallemähne bei der Direktorin auf der Bühne und während sie der Direktorin die Hand gab, deutete sie einen Knicks an. Die dachten wohl alle, sie wären in so einem Märchen-Spielfilm mit Rittern und Königen. Komplett irre!

Wenn er auf der Bühne wäre, würde er der Direktorin mit der Brille auf der Nase einen freundschaftlichen Knuff geben und sagen: »Na, alte Landschildkröte, wie geht's? Rückste mal das WLAN-Passwort der Schule raus?« Aber das Mädchen dort vorne spielte Prinzessin und Königin. So verschaffte die sich nie und nimmer Respekt. Aber von Anfang an Respekt zu bekommen, das ist das Einzige, was zählt, wenn man sich in einer neuen Gruppe behaupten will.

»Gleich bist du dran«, flüsterte ihm Justus zu. War Justus immer so freundlich? Oder spielte er ihm nur etwas vor und wollte ihn in Wirklichkeit reinlegen? Justus stupste ihn jetzt energisch in den Oberarm, nochmal und schon eine Spur fester. Und jetzt hörte es Samir auch:

»Jacob Cloppenburg«, rief die tiefe Stimme der Direktorin. »Der ist doch hier?« Die Direktorin musterte die Stuhlreihen vor sich, während Justus Samir zuraunte:

»Los, geh auf die Bühne. Alle Neuen werden so begrüßt.«

»Jacob Cloppenburg?«, rief die Direktorin, dieses Mal schon ungeduldiger.

Endlich kapierte Samir, dass er gemeint war und stand auf. Er zog sein Basecap tiefer ins Gesicht und schritt betont langsam auf die Bühne, die Hände in den Hosentaschen. Er hörte ein paar Lacher. Sollten sie nur, die rich kids mit ihren artigen Manieren. Frau Hornhauer-Scott streckte ihm die Hand hin und Samir entschied sich dann doch, seine Hand aus der Hosentasche zu ziehen. Aber alles sehr cool und lässig.

»Wir begrüßen jetzt bei uns Jacob Cloppenburg.« Leise fügte sie hinzu: »Du bist doch Jacob?« Sie versuchte unter den Schirm seiner Mütze Samir in die Augen zu blicken. Samir wandte seinen Blick ab und blickte in die Menge der Schüler. Fremde Gesichter, die erwartungsvoll zu ihm hochblickten.

Samirs Blick blieb an dem Jungen aus dem Pferdestall hängen. Der Anwaltstyp mit den gegelten Haaren. Er grinste ihn an und formte lautlos und überdeutlich mit seinen Lippen das Wort »Stipendium«. Als Frau Hornhauer-Scott ihn immer noch mit Misstrauen in der Stimme fragte, was er sich von dem Aufenthalt auf Schloss Barenburg erwarte, konnte Samir nicht mehr an sich halten und zischte: »Reichen Arschgesichtern die Fresse polieren.«

In der Aula war es so still wie am tiefsten Meeresgrund. Nur das Surren der Halogenlampen oben an der Decke war zu hören. Niemand lachte, niemand sagte ein Wort. Samir wurde feuerrot. Das war ziemlich in die Hose gegangen.

Samir lag erschöpft in seinem neuen Bett. Er war so wütend auf diesen Scheißkerl von Maximilian. Aber noch wütender war er auf sich selbst. Er hatte sich bis auf die Knochen blamiert.

Und einschlafen konnte er in dem alten Gemäuer auch nicht. Die Deckenbalken über ihm ächzten, als würden sie sich miteinander unterhalten. Und es roch alles ein bisschen komisch, nach Land, Moder und Tieren. Samir bearbeitete sein Kopfkissen mit Fäusten und biss in die Bettdecke vor Zorn. Nach einer Weile verrauchte die Wut und machte einer ungeheuren Traurigkeit Platz. Er dachte an seine Mutter, an Nasra, an Hamed und seinen Vater und schließlich heulte Samir hemmungslos drauf los. Er fühlte sich so einsam wie noch nie in seinem Leben.

»Ich habe auch immer geweint. Die ganze erste Woche«, kam eine leise Stimme von gegenüber. Seinen Zimmernachbar hatte Samir ganz vergessen, er erinnerte sich nur noch daran, dass sich ihm ein kleiner, blasser Junge vorgestellt hatte.

»In der zweiten Woche wurde es dann schon besser«, sagte der Junge.

Samir antwortete nicht. Es war peinlich genug, dass dieser Junge ihn hatte weinen hören.

»Aber man gewöhnt sich wirklich an das Schloss hier. Es ist wirklich ganz okay. Und einmal im Monat fahre ich nach Hause«, piepste der Junge.

Samir dachte bei sich, dass er sich nie daran gewöhnen würde, ohne seine Familie zu sein.

»Mein Bruder ist jetzt zwei Monate alt«, sagte die dünne Stimme in das dunkle Zimmer hinein.

Was faselt der Junge von seinem Bruder, dachte sich Samir, aber er war dann doch froh über die Ablenkung und krächzte: »Aha.«

»Er hat blonde Haare so wie ich.«

»Aber das dauert noch, bis du was mit ihm anfangen kannst«, schniefte Samir, wollte aber weiterreden. Mit Geschwistern kannte er sich aus und er fügte hinzu:

»Ballspielen geht erst, wenn er drei wird. Aber Autos von einem Brett runterrutschen lassen, das gefällt ihm bald.«

»Ich habe ihm ein Mobile gebastelt. Mama hat es an sein Bett gehängt.«

Samir spürte an der Art, wie dieser Junge »Mama« sagte, dass er seine Mutter unendlich vermisste. So wie er auch.

»Wie heißt dein Bruder?«

»Lukas.«

Und der Junge fragte Samir: »Hast du auch Geschwister?«

»Nein«, log Samir und kam sich dabei schäbig vor, so als ob er seine Geschwister verleugnen würde.

»Ich wollte nie Geschwister. Nie im Leben. Und als meine

Mama gesagt hat, dass ich eines bekomme, hat sie mir auch gleich verkündet, dass ich auf Schloss Barenburg gehen muss.«

»Schlechtes Timing. Erwachsene checken oft gar nichts.«

»Aber in den Ferien, also da hab ich ihn wirklich lieb gehabt. Er hat winzig kleine Finger, weißt du?«

»Hmm.« Samir wurde langsam müde.

»Und weißt du, was mein Plan ist, damit meine Eltern mich wieder lieb haben?«

»Hmm?«, fragte Samir.

»Ich bring meinen Bruder dazu, dass er mich ganz doll lieb hat. Und dann müssen meine Eltern mich auch wieder lieb haben.«

»Toller Plan. Wirklich. Glückwunsch. Das wird ganz bestimmt klappen«, sagte Samir und drehte sich zur Seite.

»Meinst du?«

»Ganz bestimmt«, und Samir dachte, dass es keinen Sinn mache, verrückten Jungen ihre Pläne auszureden. Jetzt war er einfach nur noch hundemüde.

Aber etwas in der Stimme des Jungen brachte ihn dazu, noch weiter zu fragen: »Wie alt bist du?«

»Zwölf«, piepste der Junge.

»Erst? Nur zwei Jahre älter als ...« Samir verbiss sich den Gedanken an seine Schwester und er merkte, dass er Mitleid mit seinem Zimmernachbarn bekam. Welche Eltern schickten schon ein Kind mit zwölf Jahren auf ein Internat? Aber er musste sich jetzt um sich selbst kümmern und brummte nur: »Ich schlafe jetzt.«

»Wie heißt du eigentlich?«, fragte der Junge unbekümmert.

»Samir. Aber jetzt lass uns schlafen.«

»Ich heiße Felix.«

Und im Einschlafen dachte Samir, dass jetzt irgendetwas schief gelaufen war, kam aber nicht mehr drauf. Er war fertig mit dieser Welt auf Schloss Barenburg.

***

guten morgen, du landei, erfolgsmeldung von meiner seite: ich hab meiner Schule ne Mail von meinem Vater geschickt, mit der er mich wieder zum Unterricht anmeldet. Die Emailadresse hab ich natürlich selber gebastelt ;-)

Nicht schlecht!

Yep

Ich habe mich gestern total blamiert. :-/ Erzähle ich dir ein anderes Mal ... Wie geht es meiner Mutter und Nasra? Hat sie's verstanden? Bis heut Nachmittag!

**Allen geht's gut! Sie war zuerst skeptisch, ist aber froh, dass du in Sicherheit bist.
Ich habe mich auch schon ganz gut eingelebt :) Aber jetzt wach erstmal auf, du morgenmuffel!**

Dann ist gut! Muss jetzt los ...

IV.

Jacob wartete ein paar Minuten, ob Samir noch weiterschreiben würde. Aber das Display seines Handys blieb schwarz. Jacob stand auf. Er war schon spät dran, der Reis musste gekocht, das Gemüse geschnitten werden und er sollte noch irgendwelche seltsamen Teigröllchen aus dem Kühlschrank nehmen und sie in der Pfanne wenden. Als Jacob das Gemüse wusch, drehte er den Wasserhahn abrupt zu, denn ihm war, als hätte er soeben Nasras Stimme gehört. Hoch und seltsam weit weg. Er lauschte: »... darum freut mich dieses Souvenir. Vielen Dank für die Blumen, vielen Dank wie lieb von dir«, plärrte die Melodie der Zeichentrickserie, die Hamed und Nasra so liebten, aus dem Fernseher. Vor einer halben Stunde hatte er die Geschwister ins Wohnzimmer gesetzt. Doch nun mischte sich die Musik mit der hohen, fordernden Tonlage von Nasras Stimme, die allerdings aus einer ganz anderen Richtung kam: »Los, sei kein Feigling!«

Das kam von draußen! Jacob sprang auf. Das durfte nicht sein! Er hatte Marjam versprochen auf die beiden aufzupassen, sie dann in Schule und Kindergarten zu bringen und jetzt waren sie irgendwo, statt vor dem Fernseher.

»Nasra, Hamed!« Jacob riss das Küchenfenster auf. Aber als er sah, was sich dort unten drei Stockwerke tiefer abspielte, brüllte er aus Leibeskräften: »Nein, nicht!«

»Doch! Ich kann das!«, rief Hamed und winkte ihm zu. Hamed hatte sein Spiderman-Kostüm an, das Jacob ihm gestern bei seinem Einzug geschenkt hatte. Er stand auf dem Dach einer Garage und war drauf und dran, auf den geteerten Innenhof zu springen. Bestimmt drei Meter ging es in die Tiefe, viel zu hoch für einen kleinen fünfjährigen Jungen. Jacob stieß einen Fluch aus, rannte aus der Wohnung, nahm im Treppenhaus zwei Stufen auf einmal und kam doch zu spät:

»Ich kann fliegen!«, rief Hamed und sprang mit ausgebreiteten Armen unter dem Applaus seiner Schwester nach unten.

Patsch. 20 Kilo Kind auf Teer. Gebrüll. Hamed hielt sich den Knöchel. Ein Schrei voll Empörung über den Schmerz. Jacob eilte zu ihm:

»Wie kann man nur so blöd sein. Wo tut es weh? Zeig!«

»Da …«, schluchzte Hamed.

»Hab ich doch gleich gesagt, dass du nicht fliegen kannst«, sagte Nasra überlegen.

»Du bist die Ältere, du hättest ihn davon abhalten sollen!«, fuhr Jacob sie an.

»Nee. Jetzt muss er mir seine Kaugummis geben. Ich hab die Wette gewonnen.«

Während Jacob den weinenden Hamed hochhob, streckte Nasra ihrem Bruder die Zunge heraus. Hamed weinte noch mehr, dieses Mal aus Wut, und er beschuldigte Jacob: »Du hast gesagt, dass ich damit fliegen kann. Gestern. Als du mir das geschenkt hat.«

»Das hab ich doch nicht ernst gemeint.«

»Du bist ein Lügner!«

»Oh Mann, Hamed.«

Jacob sah sich Hameds Knöchel an.

»So eine Scheiße! Jetzt müssen wir zum Arzt. Und ich hab jetzt gleich meinen Mathe-Einstufungstest. Ihr seid echt …« Aber als er Hameds Tränen auf seiner Wange spürte, verbiss er sich seinen Kommentar und strich ihm über den Kopf.

V.

Samir stand an derselben Stelle wie Erwin Cloppenburg gestern und sah sich die Klassenfotos der Abiturjahrgänge an. Ein Foto nach dem anderen, aufgereiht wie an einer

Perlenschnur, hing an der Flurwand. Unter den Fotos prangten kleine Messingschildchen mit den Jahreszahlen. Samir suchte den Anfang und schritt die Reihe bis zum Fenster ab. Schließlich stand er vor einem Foto aus dem Jahr 1923. Auf dem Bild stand der Lehrer wie ein Feldherr im Vordergrund; mit Schnauzer, Dreiteiler und einer Uhrkette. Seine Schüler standen ernst hinter ihm. Ausnahmslos Jungen. Samir ging weiter. Erstmals im Jahr 1955 stand der Lehrer nicht mehr vor, sondern neben der Klasse, als ob er dazugehöre und in späteren Jahren sogar hinter der Klasse. Mit den ersten Mädchen ging es 1978 los. Stolz und bunt wie Pfaue blickten sie in die Kamera.

Die gesamte Schulgeschichte Deutschlands hing hier an der Wand, nur unterbrochen durch die Jahre des Zweiten Weltkrieges.

Samir ging noch einmal in die Mitte zurück. Ein Bild ging ihm nicht aus dem Kopf: »Abitur 1939«. Stramm standen die Jugendlichen da, die kleinen Nazis, dachte Samir. Alle hatten sie einen Seitenscheitel und wem schon die Barthaare sprossen, der stutzte sich ein Hitlerbärtchen zurecht. Aber ein Junge tanzte regelrecht aus der Reihe, und das war der Grund, warum ihn das Bild nicht losgelassen hatte. Der Junge in der zweiten Reihe hatte mandelförmige Augen, wie seine Mutter. Und wie bei seiner Mutter waren sie ohne Hoffnung, genauso sah sie in letzter Zeit aus, wenn sie auf dem Sofa saß und einfach in die Luft stierte. Irgendetwas Schlimmes musste diesem Jungen widerfahren sein. Schwarze Haare hatte er auch, die er länger trug als alle anderen, fast bis zum Kinn. Dieser Junge berührte Samir tief in seinem Inneren. Und jetzt blickte er ihn auch noch unverwandt an. Was war mit diesem Jungen los?

Samir trat noch näher an das Bild heran, bis alle Einzelheiten vor seinem Auge verschwammen und er das Fotopapier in seinen kleinen Unebenheiten erkennen konnte. Mit einem Mal ertönte eine leise Flüsterstimme: »Salam aleikum auf Schloss Barenburg.«

Samir sprang vor Entsetzen zurück und starrte auf das Bild. Dieser Junge auf dem Foto – hatte er gesprochen? Und noch dazu in Samirs Sprache? Dann wieder eine Stimme, dieses Mal lauter: »Jacob, beeindrucken dich diese Fotos?« Samir drehte sich blitzschnell um, die Hände zu Fäusten geballt, angriffsbereit und auf alles gefasst. Doch vor ihm stand die Direktorin. Hatte sie ihn mit dem arabischen »Salam aleikum« gegrüßt? Oder hatte sich Samir das nur eingebildet? Jetzt jedenfalls tanzten ihm Sonnenflecken vor den Augen, als er die Direktorin ansah. Die wiederum starrte zurück und ihr Lächeln war nicht mehr ganz so echt.

»Du bist doch Jacob, oder? Gestern warst du mit deinem Vater hier und dann in der Aula? Seltsam ...«

Samir beeilte sich zu sagen: »Doch, doch, ich war ja gestern in der Aula. Leider. War ja nicht ganz so gut die Aktion. Und vorher mit meinem Vater bei Ihnen, hier drin.« Samir machte eine weite Handbewegung zum Rektorat, das er ein paar Türen weiter vermutete. Jetzt musste er sich zusammenreißen, diese kleinen Nazi-Jungen auf dem Foto vergessen und sich ganz auf die Direktorin konzentrieren. Er wollte keinen Ärger; er wollte Jacob nicht verpfeifen, er wollte nur möglichst schnell weg von hier. Er warf noch einen letzten Blick auf das Foto, bevor er der Direktorin folgte. Aber der Junge mit den erloschenen Augen sprach nicht mehr zu ihm. Wahrscheinlich hatte er sich die Stimme nur eingebildet.

Als Frau Hornhauer-Scott sich hinter ihrem Schreibtisch verschanzte, die Akte herausholte, auf der vorne drauf »Jacob Cloppenburg« prangte, und ihre Lesebrille aufsetzte, sagte sie zu Samir: »Setz dich doch, bitte. Nimm einfach den Stuhl, auf dem du gestern gesessen hast.«

Samir bekam sofort Respekt vor der Frau und in Gedanken pfiff er durch die Zähne. Sie wollte ihm eine Falle stellen. Denn woher sollte er wissen, auf welchem Stuhl Jacob gestern gesessen hatte? Das war wie beim Fifty-Fifty-Joker bei »Wer wird Millionär«. Als Samir sich auf den linken Stuhl setzte, wusste er, er hatte die richtige Antwort gegeben und war eine Stufe weiter. Aber nur eine, denn immer noch glomm ein Funken Misstrauen in den Augen der Direktorin.

»Was hast du nochmal für eine Allergie, ich habe es gestern wohl doch nicht notiert?«, fragte sie und Samir hörte das bewusst Harmlose heraus. So wie ihn die Polizisten zu Hause befragten, wenn jemand in seinem Kiez etwas ausgefressen hatte.

»Schweinefleisch« – nicht zögern. Gerade heraus sprechen. Neugierig und zugleich freundlich blicken, befahl sich Samir und hob seine Mundwinkel etwas nach oben.

»Deine Mutter hat noch einen zweiten Namen …«

»Giardino« – Samir ärgerte sich, dass die Antwort wie aus der Pistole geschossen kam. Das war nicht glaubwürdig. Er sollte sich mehr entspannen, es muss ganz beiläufig klingen. Ruhig. Das hier war nur ein Spiel, aber eines, das er gewinnen wollte. Schloss Barenburg würde er noch heute Nachmittag verlassen, aber als Jacob Cloppenburg, hocherhobenen Hauptes.

»Sprichst du auch Italienisch?«

»Solo un po'.« Die paar Brocken hatte er von Jacob aufgeschnappt. Vorsichtshalber fügte Samir hinzu: »Aber ich verstehe mehr, als ich sprechen kann.« Besser sich vorwagen, als zu zurückhaltend zu sein. Mutig sein, das ist unverdächtig.

Frau Hornhauer-Scott las weiter in Jacobs Unterlagen. Allmählich entspannte sich Samir und dankte im Geiste der Berliner Polizei Abschnitt 35, die ihn so viel Brauchbares für das Leben gelehrt hatte.

»I tuoi genitoriti hanno mandato quattro settimane negli Stati Uniti d'America per fare un corso di lingua. Sei riuscito ad imparare qualcosa?*«

Ok, dachte sich Samir. Jetzt war ich vielleicht zu mutig. Das Wort »Amerika« hatte er verstanden. Unverfänglich antworten, Phrasen dreschen, wie ein Politiker.

»Ein wichtiges Land. Interessant mit vielen Widersprüchen. Und Englisch ist schließlich Weltsprache.«

»Hmm«, Frau Hornhauer-Scott beobachtete Samir wie ein neu entdecktes Säugetier.

»Und wem wolltest du gestern eigentlich die Fresse polieren?«

Samir grinste, weil er heraushörte, dass der Direktorin dieser Ausdruck nicht gerade flüssig über die Lippen kam.

»Das tu ich auch noch, und zwar so was von. Und dann nichts wie weg aus dieser Anstalt.« Samir blieb vollkommen ruhig. Er war wieder ganz er selbst und stand schon mit einem Fuß in seiner alten Welt von Berlin-Wedding.

»Ach so? Du willst nicht länger bleiben?«

Frau Hornhauer-Scott lehnte sich zurück und sah Samir

---

* »Deine Eltern haben dich für vier Wochen zu einem Sprachkurs in die Vereinigten Staaten geschickt. Hast du dabei etwas gelernt?«

aufmerksam an. Samir roch ihr Haarspray und dachte, dass es zu dieser ehrwürdigen Dame passte. Er roch kein Parfum, keine Schminke, keinen Schnickschnack, nur Haarspray und er mochte sie. Aber das spielte jetzt keine Rolle mehr für ihn.

»Schade. Ich wollte dir gerade eine Aufgabe geben für den Projekttag.« Langsam und ohne Samir aus den Augen zu lassen, drückte Frau Hornhauer-Scott auf eine Sprechtaste auf dem Telefon: »Herr Borlik? Sind die Laptops für den Projekttag schon da?«

»Es ist nämlich so«, sagte sie und faltete die Hände, »wer für den Projekttag arbeitet, kann einen Laptop mit aufs Zimmer nehmen. Und ich dachte, da du dich ja für Stadtgeschichte interessierst, könntest du etwas über die alte Ziegelfabrik hier im Ort recherchieren?«

Die Tür ging auf und ein Lehrer mit freundlicher Miene trug vier silbergraue Laptops herein und wuchtete sie auf den Tisch.

»Zwei Wochen lang kannst du den Laptop auf dem Zimmer behalten. Dann musst du ihn wieder abgeben und so wie alle im Computerraum arbeiten. Aber in zwei Wochen kann man viel recherchieren. Allerdings jeden Tag nur bis 22 Uhr, dann wird das WLAN bei uns abgeschaltet.«

»Hmm«, murmelte Samir.

Frau Hornhauer-Scott entging nicht, dass Samir den Laptop nicht aus den Augen ließ.

»Die Laptops sind ganz neu und ziemlich schnell.« Sie strich über die Oberfläche des Geräts.

»Nur fünf Schüler können noch Projekte bekommen. Du müsstest dich jetzt entscheiden, die Warteliste ist lang.« Sie musste sich das Lachen verbeißen, weil Samir immer noch nicht vom Anblick des Laptops loskam.

»Das WLAN-Passwort bekommst du übrigens …«

»Okay! Ich mach das«, unterbrach Samir sie und legte eine Hand auf den Laptop.

»Schön! Dann haben wir uns verstanden.« Die Direktorin legte ebenfalls ihre Hand auf den Laptop und sagte etwas leiser, aber umso eindringlicher:

»Das haben wir doch, oder Jacob? Wir haben uns verstanden? Ich möchte solche Ausdrücke wie gestern nie wieder von dir hören.«

»Absolut«, sagte Samir und bekam immer mehr Respekt vor der Direktorin.

***

Samir ging zurück auf sein Zimmer, wobei er seinen Laptop wie ein neugeborenes Baby im Arm trug. Behutsam setzte er einen Fuß vor den anderen, um nicht zu stolpern. An seinem Schreibtisch drückte Samir ehrfurchtsvoll den Power-Knopf und ein Glücksgefühl durchströmte ihn, als der Bildschirm hell aufleuchtete. Jetzt würde er mit seinen Recherchen rasend schnell vorankommen.

***

Samir arbeitete bis zur Abschaltung des WLANs am Computer. Er surfte auf arabischen Webseiten, auf der Webseite des Gebäudereinigers Russmann und sah sich ganz Wedding von oben bei Google Streetview an. Er umkreiste die paar Straßen, die sein Vater gegangen sein musste, bevor er verschwand.

***

Zur gleichen Zeit lag Jacob erschöpft auf dem Sofa, ließ seinen Blick über die Kugelbahn aus Klopapierrollen schweifen, über die Kissen mit den Troddeln an den Seiten und das Spitzen-Tischdeckchen über dem Couchtisch. Wie anders es bei Samir zu Hause aussah. Es roch auch nicht nach Basilikum und Tomaten wie in der Villa Cloppenburg, sondern nach ganz anderen Gewürzen: Kurkuma, Zimt und Safran. Und dann diese Bücher mit den arabischen Schriftzügen. Wie konnte man bloß erkennen, wo ein Buchstabe aufhörte und ein anderer anfing?

»Was heißt das eigentlich?«, fragte Jacob, als sein Blick an dem schwarzen Samtbild mit dem goldenen arabischen Schriftzug hängen blieb. Er drehte sich nach Marjam um.

Marjam blickte von ihrem Notizbuch auf: »Jacob, deine Stimme ist müde. Willst du nicht schlafen? Du darfst nicht krank werden.«

Marjam stand auf und legte Jacob ihre Hand auf die Stirn.

»War ein bisschen anstrengend heute«, grinste Jacob.

Marjam nickte, setzte sich wieder auf ihren Platz und rechnete die Zahlen in ihrem Buch zusammen. Jacob stand auf, erst jetzt merkte er, wie zerschlagen sich sein Körper anfühlte. Er hatte einen Hammertag hinter sich: Arztbesuch mit Hamed, einkaufen, Hamed und Nasra Geschichten vorlesen, dann noch der Mathetest, zu dem er fast zu spät gekommen wäre. Jetzt war es schon fast Mitternacht. So anstrengend hatte er es sich mit seiner neuen Familie nicht vorgestellt. Und Marjam saß da und kalkulierte, wo sie noch sparen könnte, weil das Geld nicht reichte. Er hatte nicht mehr die Kraft, mit normaler Stimme zu sprechen und murmelte:

»Gute Nacht.«

Als er aufstehen wollte, legte Marjam ihren Kugelschreiber zur Seite und sah ihn an. Sie hat dieselben Augen wie

Samir, schoss es Jacob durch den Kopf. Augen in denen ein Feuer tanzen konnte. Besonders wenn sie wütend wurden und bei Samir war das ziemlich oft der Fall. Marjams Augen wurden dunkler und wärmer: »Jacob. Danke. Du bist hier, das ist gut.«

Jacob nickte. Bestimmt wollte sie noch etwas sagen. Diese Art zu sprechen war er schon von Samir gewohnt – über viele Umwege und nicht so direkt wie die Deutschen. Er ließ ihr Zeit. Aber als er sah, wie sie hilflos die Hände hob, sprang er ein: »Samir? Ihm geht es gut. Er ist in Sicherheit.« Und dann erzählte er ihr von Schloss Barenburg, davon dass Samir sich nun an viele Hausregeln halten musste, aber schon einen Freund namens Felix hatte. Aber erst als Jacob ihr ein Foto zeigte, und sie die dicken Schlossmauern aus Backstein betrachtete, wurde sie ruhiger. Sie drückte ihm die Hand und sagte: »Sag ihm, dass ich froh bin. Er ist dort beschützt vor bösen Blicken. Sag ihm, dass ich ihn sehr, sehr lieb habe.«

VI.

Als die Exponentialfunktionen vorne auf dem Smartboard erschienen, war Samir klar, dass es jetzt gleich zur Katastrophe kommen würde. Er blickte möglichst unbeteiligt aus dem Fenster.

»... wir kümmern uns jetzt um die graphische Darstellung von Exponentialfunktionen. Wer möchte uns das mal vormachen?«

Er wusste, dass die Mathelehrerin ihn gleich aufrufen würde. Der See hinter dem Pferdestall lag ganz still da, wie gehämmertes Zinn. Kein Lüftchen regte sich.

»Vielleicht an einem ganz einfachen Beispiel, sagen wir mal, 0,3 hoch x?«

Graugänse flogen auf, formatierten sich im Flug und schnitten den Himmel in gleichmäßige Dreiecke.

»Jacob, möchtest du?«

Die Graugänse waren nur noch kleine Punkte am Himmel. So wie er jetzt gleich auch zusammenschrumpfen würde. Es half ja nichts, er stand auf und ging nach vorn. In der ersten Reihe saß Maximilian Krone, der sich lässig zurücklehnte, und mit seinem Mund lautlos das Wort »Stipendium« formte. Dieses Arschgesicht würde ihn nicht noch einmal provozieren.

Samir versuchte, durch Maximilian hindurchzusehen. Frau Elsner probierte es mit ähnlichen Gleichungen und Zahlenbeispielen, aber sie könnte auch Chinesisch schreiben; er hatte diese Funktionen noch nie verstanden.

Der Himmel über dem See war leer und dem milchigen Blau sah Samir an, dass es bald Herbst werden würde. In Berlin hätte er den Herbst erst wahrgenommen, wenn die Blätter schon auf dem Kopfsteinpflaster lagen, dachte sich Samir.

»Jacob? Kannst du mir zuhören, wenn ich erkläre, wie dieser Graph aussieht?«, fragte Frau Elsner.

Samir wollte gar nicht unverschämt sein. Es half nur nichts, denn er war noch nie großartig in der Schule gewesen.

Die Geschichtsstunde ging auch daneben. Alle lachten, als Samir nicht »Ludwig der XIV.«, sondern »Ludwig der Xif« aussprach. Er konnte diese Zahlen (griechische, ägyptische, römische?) noch nie aussprechen, weil er das System nie verstanden hatte. Warum verkleiden sich Buchstaben als Zahlen? Und warum verwendet man die heute noch? Die hieroglyphische Zahlschrift war mit ihren Bildsymbolen viel leichter zu behalten als diese Buchstaben.

Bis zur Englischstunde war Samir schon klüger geworden, denn er weigerte sich, aus dem Textbook vorzulesen. Dann konnte ihn auch niemand auslachen. Mittlerweile gluckst en die Mädchen, sobald er aufgerufen wurde. Zwei Mädchen, drei Reihen vor ihm, trieben ihn mit ihrem Gekicher fast in den Wahnsinn. Am schlimmsten war eine Franziska, die wie ein Pferd wieherte.

Der Gong, der das Unterrichtsende einläutete, war für Samir eine Erlösung. Ohne jemanden anzusehen, packte er seine Schulsachen und wollte nur noch raus aus dem Klassenzimmer, doch da versperrte ihm Maximilian Krone den Weg:

»Ich muss mich bei dir entschuldigen«, sagte er zu Samir.

»Wenn du meinst ...« Maximilian sah nicht so aus, als hätte er sich jemals bei einem Menschen entschuldigt. Dafür war er nicht der Typ.

»Das Stipendium. Also da habe ich mich wohl getäuscht. Bei deinem Wissen kannst du hier nicht auf Stipendium sein. Das ist ja unter aller Sau.« Jetzt grinste Maximilian. Dreckig und zum Reinschlagen. Und dann ging er an ihm vorbei, mit einer Gelassenheit, die Samir schon wieder rasend machte. Sie war gepaart mit einer Gewissheit darüber, dass er sich seinen Platz in der Welt nicht würde erkämpfen müssen, weil dieser schon für ihn reserviert war. Dafür hatten die Eltern schon gesorgt. Und Samir hatte jetzt und auch in der späteren Welt dieser Kinder keinen Platz.

***

yiiiiiiiiiiipiyeeeeeaaaah! hallo cousinchen, ich glaub ich bin seeeeeeeeeeeehr verliebt. wir waren ein eis zusammen essen und morgen sind wir auch wieder verabredet. schon zum dritten Mal allein, ohne anhang! 14:20✓✓

Mensch, Jacob, Wen meinst du jetzt? Deine neue Lehrerin? *am Kopf kratz* 14:22✓✓

na Fine. sie redet wieder mit mir. 14:22✓✓

Stimmt, heute ist Freitag. Bist du schon am ersten Wochenende nach Hause gefahren? Habt ihr euch ausgesprochen? 14:23✓✓

sie ist nie ans handy gegangen und da bin ich zu ihr ins Restaurant und hab halt so mitgeholfen und dann hab ich sie gefragt, ob sie mit zu Saturn will. Und da hat sie ja gesagt. 14:24✓✓

Zu Saturn? Ernsthaft? Mensch, du musst noch viel lernen. Wo bleibt dein Sinn für Romantik!!!!!!! 14:24✓✓

hat trotzdem geklappt. Und wir haben geredet, ich hab ihr gesagt, was ich dachte und dass das ein Fehler war, wie sie allein im taxi … und dann habe ich sie noch zu einem Eis eingeladen. 14:26✓✓

Wo denn? Zum Eis an der Tankstelle? *grummel* 14:27✓✓

Nee, zu hägen dass, oder wie man das schreibt 14:27✓✓

Die Eisdiele? Wow, Respekt ;-) Aber sag mal, wie waren denn nun deine ersten Tage auf dem Schloss? 14:29✓✓

ich würde sie gern so richtig küssen. wie stelle ich das an? 14:30✓✓

seufz ... Du bist so was von verknallt. Also Mädchen frieren oft und wenn du deine Jacke ausziehst, und sie ihr um die Schultern legst, ist das schon mal ein sehr guter Anfang für einen guten Kuss. 14:30✓✓

jetzt im ernst? ich hab nie ne jacke dabei. ist noch sommer :-O 14:33✓✓

augenroll ... ich muss Schluss machen, hier wartet noch Arbeit auf mich, und dann ab in den underground. Da ist es auch immer sehr kuschelig, aber küssen darf mich da keiner! :-I ... CU 14:34✓✓

nee warte mal. kannst mir noch helfen? brauche nen wisch für die schule. besser gesagt ein neuer freund von mir braucht das. nennt sich handelsregister-auszug *ächz* ich leite dir die Nachricht mal jetzt gleich weiter: 14:34✓✓

Hi Jacob, ich brauch Infos über nen Handelsregisterauszug. Weißt du, wie ich an so etwas komme??? Kann ich da zu ner Behörde laufen und die fragen? Russmann heißt die Firma.
Samir
Und: Die werfen mich wahrscheinlich bald raus. Alle hier lachen über mich. Wie läuft's bei dir so? Ist Hameds Knöchel schon besser? Dein abf
14:36✓✓

Braucht ihr das für den Unterricht? Krass ... voll lebensnah. So etwas gibt es auch im Netz: https://www.handelsregister.de/rp_web/mask.do
Und wie kommst du mit in der Schule? Auch so schlimm wie dein Freund? Heißt der wirklich auch Samir? So wie dein Samir in Berlin? Und wer oder was ist Hamed? 14:37✓✓

neeeee, der heißt Alwin Beo Feldenstein, kurz abf, so wie er unterschrieben hat. (KA, warum da Samir und Hamed stehen???). ja, wir sollen powerpoint machen über unternehmen, soll wie echt aussehen. kannst du so nen auszug da bestellen? Für 4,50 €? die geb ich dir wieder. 14:39✓✓

Geht klar 14:39✓✓

Huhuuu? Ehrlich gesagt, das nervt, wenn du immer so abrupt weg bist ...*grummel* CU! 14:48✓✓

VII.

Zum zweiten Mal in dieser Woche saß Samir auf dem Stuhl mit der hohen Rückenlehne.

»Mit diesen Ergebnissen müsstest du in die Grundschule zurück ... deine Leistungen sind ungenügend oder besser gesagt nicht vorhanden ... schlechter als die Note sechs kann ich nicht geben ...«

Die Worte der Direktorin prallten an Samir ab, denn er war mit seinen Gedanken bei seinen Recherchen: Ein Teil der Firma Russmann gehörte Arafat. So stand es schwarz auf weiß auf diesem Auszug, den ihm Jacob geschickt hatte. Das muss etwas zu bedeuten haben … er konnte es nur nicht einordnen, da fehlten noch viele Puzzleteile. Was hatte sein Vater in der Firma für geheime Machenschaften entdeckt, dass sie ihn verschwinden ließen? Wusste dieser Polizist, der bei seiner Mutter war, mehr? Er könnte Jacob …

»Jacob! Jacob! Hörst du überhaupt zu? Ist dir der Ernst deiner Lage bewusst?« Die Direktorin schlug mit der flachen Hand auf die Schreibtischplatte.

Frau Hornhauer-Scott stand auf, ging um den Schreibtisch herum und setzte sich neben ihn. Da war er wieder, der Haarsprayduft und die tiefe Stimme, die ihn immer noch überraschte.

»Also nochmal«, fuhr sie fort, »wir können hier nicht darauf Rücksicht nehmen, dass du bisher nichts gelernt hast. Wir müssen im Stoff weitermachen.«

Samir blickte sie kalt an: Eine Woche – maximal zehn Tage bräuchte er noch den Internetzugang, dann dürfte er alles recherchiert haben. So lange würden sie ihn ja wohl noch behalten. Zehn Tage, come on!

Doch die Direktorin musterte ihn ebenso kühl und ihre Pupillen wurden so klein wie Nadelstiche. Leise sagte sie:

»Bis Dienstagabend hast du Zeit.« Dabei deutete sie auf einen Stapel Bücher, der auf dem Schreibtisch thronte. »Ich habe dir einen Lernplan gemacht. Ich will sehen, dass du arbeitest.«

Samir folgte ihrem Finger und zählte sieben Bücher, eines dicker als das andere und schüttelte den Kopf.

»Das meinen Sie jetzt nicht ernst, oder?«

»Bitterernst. Mein Lernplan ist zu schaffen, ich habe ihn

minutiös ausgearbeitet. Zwei Stunden hat mich das gekostet. Hop oder top, das werden wir dann sehen bei der Lernstandskontrolle.«

Sie stand auf und drückte ihm die Bücher in die Hand. Samir schwankte kurz unter deren Gewicht und starrte sie immer noch entgeistert an. Sie zischte ihm zu:

»Mir hast du das nicht zu verdanken. Sondern nur deiner Klassenlehrerin Frau Elsner. Sie hat gesagt, du hättest Potenzial. Und jetzt verschwinde, du hast keine Zeit zu verlieren!«

Frau Hornhauer-Scott hielt Samir die Tür auf:

»Und noch eins: Für Mathematik habe ich dir Nachhilfe besorgt. Morgen um 14 Uhr triffst du Clara Emmrich aus der 10. Klasse im Studierzimmer.«

Samir schüttelte wieder den Kopf. Auf keinen Fall würde er Nachhilfe nehmen. Er braucht keine Hilfe. Und erst recht nicht von dieser Clara, die ihn so an der Nase herumgeführt hatte.

Als die Tür zum Rektoratszimmer zufiel, lehnte Samir sich erschöpft an die Wand im Flur. Noch vor kurzem fühlte er sich an dieser Stelle wie ein König, mit dem neuen Laptop, der ihm den Zugang zu seinen Recherchen verschaffte. Heute trug er stattdessen einen Bücherstapel, der ihn in den Abgrund zog.

»Du schaffst es, Samir«, ertönte eine helle Flüsterstimme. Samir sah sich um. Er war ganz allein auf dem Flur. Auf keinen Fall würde er die Nerven verlieren. Er setzte den Bücherstapel ab und pirschte sich an das Foto heran. Es kam ihm vor, als zwinkerte ihm der Junge mit den langen Haaren zu. Doch als er dann direkt vor dem Foto stand, war alles normal. Ernst blickten die Jungen mit ihren Seitenscheiteln in die Kamera. Damals gab es kein Herumalbern für die Kamera. Samirs Blick wanderte wieder zurück zu dem Schüler mit der Flüsterstimme. Er war einer der wenigen, der einen dreiteiligen Anzug anhatte. Unter dem Jacket trug er noch eine Weste, was ihn auf den ersten Blick erwachsener machte. Aber auf Samir wirkte der Junge dadurch noch verletzlicher, als ob er unter seinen Kleidungsschichten etwas zu verbergen habe.

Samir seufzte. Mit dem langhaarigen Jungen auf dem Schwarz-Weiß-Foto hätte er sich sicher gut verstanden. Der war aus seiner Welt. Stattdessen hatte er es mit einem Maximilian zu tun, und mit wiehernden Mädchen. Samir wischte sich eine Haarsträhne aus der Stirn und jetzt hörte er wieder dieses Gekicher, hell, wie Mädchen kichern, und auf einmal mischte sich ein Wiehern darunter.

Blitzschnell drehte sich Samir um, und sein Blick traf auf Franziska und ein anderes Mädchen aus seiner Klasse, deren Namen sich Samir nicht die Mühe machte, zu merken. Sie warteten vor dem Rektorat auf Einlass, sahen immer wieder zu Samir hin und kicherten dabei.

Samir hatte nur Verachtung für diese Mädchen übrig. Ihr ganzes Leben hatten sie an Mamas Rockzipfel verbracht, und jetzt waren sie hier auf dem Schloss, dem Kokon aus Watte, der sie vor dem bösen Leben draußen beschützte. Warum sollte er sich überhaupt mit ihnen abgeben? Das ging gegen seine Ehre und er schritt hoch erhobenen Hauptes an ihnen vorbei.

Als er schon die Treppe erreicht hatte, rief ihm Franziska nach:

»Hast du nicht etwas vergessen?« Ihre Stimme kippte dabei vor Aufregung.

Samir drehte sich um, betont genervt und gelangweilt.

Franziska zeigte auf den Bücherstapel im Flur und wieherte.

VIII.

Für heute Nachmittag hatte Jacob sich fest vorgenommen, Fine alles zu erzählen. Denn bisher glaubte sie, dass ihn seine Eltern doch nicht auf Schloss Barenburg geschickt hatten. Schließlich kam er ja jeden Tag in die Schule, aber allmählich wurde sie misstrauisch, weil er keine Zeit mehr für sie hatte, und heute in der großen Pause hatte sie seine Augenringe bemerkt.

***

»So ein ausgemachter Schmarrn! Auf eine blödere Idee hättest du nicht kommen können!« Fines Augen wurden schmal und ihre breiten Wangenmuskeln spannten sich zu allen Seiten.

»Du spinnst wirklich!«, schickte sie noch hinterher und warf die Zuckerdose im Eifer vom Tisch. Mit Geschepper landete sie auf dem Boden. Fines Papa schaute zu ihnen herüber, und Jacob war die Aufmerksamkeit in dem voll besetzten Restaurant äußerst unangenehm. Fine holte einen Besen und sie fegten gemeinsam die Zuckerkristalle vom Boden.

»Ich muss in Berlin bleiben, verstehst du?«, flüsterte Jacob. »Wegen dir und ...« Jacob fühlte, dass er gerade rot anlief und sprach schnell weiter: »Und Samir musste ja auch von der Bildfläche verschwinden und außerdem ist ein Internat sowieso der Weg abwärts. Das hab ich bei vielen schon erlebt. Zuerst fängst du dort das Rauchen an, dann kommen die Drogen. Dann haste ne Matschbirne. War bei allen Kindern von Bekannten meiner Eltern so. Und das ist bei heranwachsenden Gehirnzellen irreversibel.«

Jacob mochte den letzten Satz, weil er sich nach einem starken Argument anhörte.

»Und was willst dann in Berlin machen. So allein? Im Saturn und Mediamarkt rumsandeln? So wie bisher? Dann haste auch ne Matschbirne.«

Fine hatte nun den ganzen Zucker in der Kehrichtschaufel gesammelt und ging damit zum Mülleimer. Jacob kniete immer noch am Boden, weil er überlegte, was »sandeln« bedeutete, eigentlich hörte sich das Wort schön an – nach Ostsee und Fischkutter, aber so wie Fine es aussprach, war es eher verächtlich gemeint; er kam zu keinem Ergebnis, weil ihm ein Duft von Zimt und Zucker und geschmolzener Butter in die Nase stieg und da sah er, dass Fines Vater ihnen gerade ein Riesensoufflé auf den Tisch stellte.

»Echte Salzburger Nockerln«, sagte er stolz, stemmte die Arme in die Hüften und erwartete ein Lob. Jacob mochte Valentin Wreschniok sehr, aber jetzt kam er zum falschen Zeitpunkt. Fines Papa entging die Spannung, die zwischen Fine und Jacob herrschte, nicht und er sagte:

»Süß wie die Liebe und zart wie ein Kuss sollen sie sein, die Nockerln.« Und er zwinkerte Jacob dabei verschwörerisch zu. Jacob konnte zusehen, wie unerträglich peinlich Fine das Ganze war. Sie schob sich trotzig eine Haarsträhne aus dem Gesicht und brummte:

»Papa, jetzt gehst lieber.« Und Valentin Wreschniok tat so, als salutiere er vor seiner Tochter, er schlug sich mit der Handkante an die Stirn, sagte »Jawohl« und zwinkerte Jacob noch einmal zu.

»Samir hält das doch keine Woche durch, auch wenn er meint, er könnte da prima untertauchen. Das ist nicht sein Ding mit den reichen Kids. Das packt er nicht«, sagte Fine und schaufelte sich die Eierschaumspeise auf den Teller.

»Da hast du recht, das ist der wunde Punkt in unserem Plan.« Er grinste. Kein Streit. Bloß nicht, das konnte er nicht gebrauchen.

»Das war fies von dir, ihn dahinzuschicken. Er hätte ja auch woanders untertauchen können. Hoffentlich rastet er nicht völlig aus.«

»Ja. Ein bisschen hast du damit recht. Aber seine Mama hat ihn rausgeschmissen und bei uns zu Hause hätte er nicht wohnen können. Meine Eltern halten nichts von unserer Freundschaft.«

»Von unserer doch auch nicht. Aber du solltest dir was überlegen, weil Samir das nicht durchhält. Nie und nimmer. Der ist einfach … anders. Und dann, was machst du dann?«

Jacob kratzte noch den letzten Rest der Eierschaumspeise zusammen.

»Weißt du, was ich mal gehört hab? Wenn man zwei Sprachen spricht, dann hat man auch zwei Persönlichkeiten. Und wir beide, Samir und ich, wir sprechen ja zwei Sprachen. Deutsch und Arabisch beziehungsweise Italienisch. Sozusagen zwei Herzen in einer Brust und was ich damit sagen will: Vielleicht kann er doch ganz gut in mich reinschlüpfen, weil er das Wechseln schon gewohnt ist.«

»Das kannst dir schon einreden, wenn du willst.«

Beide schwiegen eine Weile. Jacob bekam auf einmal einen Heißhunger auf die Salzburger Nockerln und schaufelte sich eine ordentliche Portion auf den Teller.

»Wie habt ihr euch eigentlich kennengelernt, du und Samir?«, fragte Fine.

»Spielplatz am Gleisdreieck.« Jacob war vollauf mit der Schüssel beschäftigt und sprach nur noch in Stichworten.

»Kenn ich ...«

»Damals: voll kaputt alles. Hängebrücke lag am Boden, Sand voll Hundekacke. Keine Mülleimer. Bänke hinüber. Und wir hatten so ein Sozialprojekt von der Schule. Samirs Schule auch. Wir haben gemeinsam eine Woche dort geschuftet und alles repariert.«

»Das schweißt zusammen«, sagte Fine spöttisch.

»Nee, die Sozialarbeiter haben uns beide ständig verwechselt. Und dann haben wir uns einen Spaß daraus gemacht, alle an der Nase herumzuführen. Weißt du, in Kunst, Geographie und Englisch bin ich ja ganz gut. Also habe ich für Samir alle Arbeiten geschrieben, in seiner Schule. Keiner seiner Lehrer hat es gemerkt und die Schüler haben dichtgehalten. Ihm hat das den Arsch gerettet, er ist ja nicht durchgeflogen. Darüber sind wir gute Freunde geworden und Samir hat mich immer mit ins Kino genommen oder ins Museum – mit ihm hat das sogar Spaß gemacht.«

Fine löffelte schweigend ihre Salzburger Nockerl. Jacob sah ihr an, dass sie nachdachte; denn Fines Augen flackerten und sie konzentrierte sich auf den Puderzucker, der auf den Nockerln lag.

»Also, was ich damit sagen will«, begann Jacob, »wir waren nicht nur bei Saturn und Co. Und auch jetzt – ich hab noch nie so viel gearbeitet wie bei Samirs Familie. Und soll ich dir was sagen? Mir macht das Spaß. Vielleicht fällt mir auch noch etwas ein, wie Marjam mehr Geld verdient. Denn das ist wirklich arschknapp.«

»Hmm ...«, brummte Fine, aber Jacob wusste, dass er schon halb gewonnen hatte. Wenn Fine etwas nicht passte, protestierte sie lautstark; in diesem Punkt war sie Samir ziemlich ähnlich. Aber jetzt war sie ganz nachdenklich.

»Vielleicht musst du wirklich mal eine Weile von zu Hause weg«, sagte sie. Jacob nickte und griff nach ihrer Hand. Hielt sie fest und streichelte sie mit dem Daumen. Fine schielte zu ihrem Vater. Der grinste und verdrückte sich in die Küche. Fine wurde trotzdem rot. Jacob zog ihre Hand an seine Brust.

»Fühlst du mein Herz?«

Fine lächelte und lief rot an.

»Guck mal, es regnet«, sagte sie schnell.

Jacob ließ ihre Hand nicht los. Er war glücklich und hier im Restaurant war es so gemütlich. Er war jetzt ein freier Mensch. Platsch, platsch, platsch trommelten die Regentropfen im schnellen Takt auf das Pflaster vor dem Alpenstüberl. Am liebsten hätte Jacob draußen im Regen getanzt. Mit Fine.

IX.

Hi Samir, meld dich heute abend bei deiner mama. Sie macht sich voll vorwürfe. hab sie aber beruhigt und gesagt dir geht's bestens.
Wie steht's?

Muss lernen. Keine Zeit für irgendetwas

:-o du lernst? achtung: mein papa kommt morgen aufs schloss. Vorschlag: Ich treff mich mit ihm im cafe um 16:00 unten im dorf. das kriegen wir hin.

so ein kack! aber ich kann dir nicht helfen. muss lernen

***

Am Samstagmorgen stand Samir um 7 Uhr auf und setzte sich in die Bibliothek. Nach einer Stunde hatte er gerade mal zwei Seiten in englischer Grammatik gelernt, aber laut Lernplan lag das Dreifache noch vor ihm. Noch bis vor kurzem war er der Überzeugung gewesen, wenn er wirklich lernen wollte, würde er das schon hinbekommen. Er war ja schließlich nicht doof. Aber jetzt – jetzt wollte er es und es klappte nicht. Es tat weh, sich das eingestehen zu müssen. Hier auf Schloss Barenburg war alles anders als er es von seiner bisherigen Schullaufbahn kannte. Letztes Schuljahr hatte er irgendwann aufgehört, regelmäßig in die Schule zu gehen und selbst das interessierte niemanden auf seiner Schule. Wedding war mit dem Berliner Kiez Neukölln die Nummer 1 in der Rangfolge der Schulschwänzer, das galt wahrscheinlich auch für ganz Deutschland. Aber hier – nur läppische 70 Kilometer weiter, schafften es die Lehrer, dass man ihnen Respekt entgegenbrachte und im Unterricht aufpasste.

Die Kurzgeschichte, die Frau Elsner heute in der ersten Stunde mit ihnen gelesen hatte, von einem Amerikaner namens Faulkner, war schon beeindruckend, selbst wenn man so wenig davon verstand wie Samir. Aber er spürte beim Lesen den Hauch von etwas Großem und vielleicht – vielleicht hatte diese andere Welt, in der er jetzt lebte, doch auch ein klein wenig zu bieten. Ihm ging das arabische Sprichwort durch den Kopf, das sein Papa ihm einmal gesagt hatte: »Ein Buch ist wie ein Garten, den man in der Tasche trägt.« Samir hatte diesen Spruch schon immer gemocht, weil er so schön auf Arabisch klang; er lag weich und süß auf der Zunge – aber das galt sicher nicht für alle Bücher und ganz bestimmt nicht für diese, die vor ihm lagen. Von wegen Garten! Diese Bücher waren der reinste Dschungel, den er selbst mit der größten Machete nicht in den Griff bekommen würde.

Aber da war noch etwas. Frau Elsner – die wollte er nicht enttäuschen. Sie hatte ihn so neugierig angeschaut, als er sie fragte, warum Faulkner die Geschichte rückwärts herum angefangen hatte. Da huschte ein Lächeln über ihr Gesicht, ein echtes, kein »Auslach-Lächeln« und sie hatte gesagt, er hätte Potenzial.

»Potenzial« – Wikipedia sagte dazu:

> Potenzial bedeutet Fähigkeit zur Entwicklung; eine noch nicht ausgeschöpfte Möglichkeit zur Kraftentfaltung.

»Kraftentfaltung« – ein schönes deutsches Wort, so barsch und direkt wie es nur die deutsche Sprache fertig brachte. Im Arabischen wäre das viel blumiger.

»Potenzial« murmelte Samir vor sich hin.

Nur leider würde er Frau Elsner enttäuschen müssen; er saß vor den Büchern und kapierte nicht einmal eine Seite. Das war eher Kraftzerknüllung.

Punkt 14 Uhr ging die Tür des Studierzimmers auf und Clara Emmrich trat ein. Die Ziege hatte er ganz vergessen! Samir blätterte eifrig in seinem Englischbuch und tat so, als ob er Clara nicht bemerkt hätte, doch es half nichts; Clara blieb bei ihm stehen. Ein großes Mädchen, selbstbewusst und ein bisschen einschüchternd, sie hatte so etwas Bestimmendes an sich. Ihre braunen Augen waren wie Suchscheinwerfer, so durchdringend. Und hübsch konnte man sie auch nennen, wenn man wollte. Wollte Samir aber nicht.

»Ich helf dir gern in Mathe«, sagte sie.

»Warum sagst du nicht gleich, dass die Direktorin dich dazu verdonnert hat? Sei nicht so scheinheilig.«

»He, komm mal runter. Ich mach das wirklich gern.«

Samir äffte sie nach: »Ich mach das wirklich gern, an einem Samstagnachmittag.«

Er wechselte in seine normale Stimmlage: »Aber keine Angst, ich komm schon allein zurecht.«

Clara lachte hell auf.

»Also, ich bin kein Schoßhund der Direktorin, wenn du das meinst«, sagte sie und setzte sich neben Samir.

»Nee, lass mal.«

Samir dachte daran, wie dieselbe Situation auf seiner Schule abgelaufen wäre, wenn seine Freunde ihn neben einem Mädchen hätten sitzen sehen. Sein Kumpel Kayan hätte sich vor Clara aufgespielt und einen Spruch abgelassen, so in der Richtung: »Hey, Schneckchen, gib auf, Samir Mathe beizubringen. Der konnte im letzten Test genau drei Dinge: Name, Klasse, Datum« und dann würde Samir wiederum kontern: »Wenn Kayan eine Gehirnzelle weniger hätte, wäre er ne Pflanze«, und so wäre dann die Nachhilfestunde ziemlich schnell rumgegangen und wär um einiges lustiger als das hier gewesen.

»Jacob! Hörst du mir jetzt mal bitte zu!« Clara rüttelte Samir am Unterarm. Er würde sich nie an den Namen gewöhnen können. Er wollte ihr gerade sagen, dass es hoffnungslos war mit ihm und Mathe, da surrte sein Handy und froh über die Unterbrechung las er:

ALARMSTUFE ROT!!! bin im café im dorf. Maximilian Krone hier. mit seinen eltern. unsere eltern kennen sich. mein papa darf ihnen nicht begegnen ... ... hilfe! sonst fliegt alles auf.

Es hatte keinen Sinn mehr. Jacobs Plan war von Anfang an bescheuert gewesen und er war auch noch drauf eingegangen, weil er untertauchen wollte. Er hätte sich doch auch einfach woanders verstecken können und jetzt würde wirklich alles auffliegen. Schade. Nur noch zwei, vielleicht drei Tage hätte er für seine Recherchen gebraucht. Und vielleicht hätte Tarek ihn bis dahin auch schon fast vergessen gehabt. Er sah Clara von der Seite an, sie hatte ihre Haare zu einem Pferdeschwanz gebunden, ein dicker Pferdeschwanz, der hin- und herwackelte, weil sie gerade eifrig für ihn irgendwelche Achsen auf Karopapier zeichnete. Da kam ihm plötzlich die Idee, wie er die Katastrophe noch aufhalten könnte. Dazu müsste er nur noch in den Pferdestall.

Wenig später ging er abseits der Landstraße nach Dorf Barenburg. Er schritt aus, als ob er gegen den Wind kämpfte. Samir hatte seinen Mut wiedergefunden. Er, Samir Wahied, würde noch ein paar Tage in diesem Schloss verbringen. Die Bücher bekäme er schon noch klein, das wäre ja gelacht. Samir war nicht allein unterwegs. Hinter ihm trabte die Stute von Maximilian Krone. Samir Wahied war ein Indianer auf dem Kriegspfad.

X.

Jacob konnte sich nicht daran erinnern, dass sein Vater jemals am Nachmittag ein Bier getrunken hatte. Jetzt jedenfalls stand vor Erwin Cloppenburg ein leeres Glas Pils. Sein Vater war nervös und die großen Hände, die das Bierglas umfassten, zitterten. Jacob war irgendwie gerührt, auch wenn er noch nicht wusste, was er mit diesem neuen Papa, der auf einmal ohne seinen erhobenen Zeigefinger auskam, anfangen sollte. Jetzt lächelte ihm sein Vater breit zu und bearbeitete mit der rechten Hand seine silberne Trillerpfeife.

Erwin Cloppenburg mühte sich ab, ein Gespräch zwischen ihnen in Gang zu bringen. Aber es lag nicht nur an ihm, dass es nicht klappte. Jacob wagte nicht, in normaler Lautstärke zu sprechen, denn die Eltern von Maximilian Krone saßen zwei Tische weiter. Jacobs ganze Aufmerksamkeit galt der Säule, die zwischen ihnen und der Krone-Familie als Sichtschutz stand.

»Du bist gewachsen. Nicht nur in der Länge, sondern auch so. Das Internat tut dir gut«, sagte Erwin Cloppenburg zu Jacob.

»Hmm. Ja«, brummte Jacob und linste zu Maximilians Vater.

»Siehst du, das war doch eine gute Idee, dich nach Barenburg zu schicken. Du siehst aus wie ein junger Mann. Du hast dich verändert in der kurzen Zeit. Weißt du, ich will einfach nicht, dass du einer von viel zu vielen bist.«

»Hmm ... Du meinst Durchschnitt?«, und Jacob fuhr entsetzt zusammen, weil Maximilians Vater auf seinem Stuhl hin- und herrutschte.

Erwin Cloppenburg nickte. »Du musst dich wirklich anstrengen. Der Arbeitsmarkt ist heutzutage riesig. China, Russland – die werden uns alle über den Tisch ziehen. Das sind richtige Arbeitstiere. Und schlau. Mir kann das ja egal sein, ich habe meine Leistung erbracht.«

»Ich weiß.« Jacob rutschte mit seinem Stuhl nach rechts.

»Ja, wirklich. Weißt du eigentlich, woher ich diese Trillerpfeife habe?«, sagte Erwin und hielt sie Jacob unter die Nase. Jacob bemerkte, dass die Hand seines Vaters ganz schwitzig war.

»Nein? Dann will ich dir es sagen«, flüsterte Erwin Cloppenburg. Jacob rutschte so nah an den Tisch, dass er fast keine Luft mehr bekam. Sein Papa sollte ruhig weiter flüstern, damit die Krones ihn nicht an seinem dröhnenden Bass erkannten.

»Die habe ich von meinem Sportlehrer bekommen, er war auch gleichzeitig unser Mathelehrer. Er hat mir zwei Aufgaben gestellt: Innerhalb von drei Monaten den Halbmarathon zu schaffen, und zweitens den ersten Preis beim Mathe-Wettbewerb für unsere Schule zu holen. Und rate mal ...« Erwin Cloppenburg machte eine Kunstpause.

»Du hast es geschafft. Beides.«

Erwin Cloppenburg nickte ergriffen und raunte: »Und weißt du wie? Durch hartes Training. Um halb sechs bin ich aufgestanden, dann gejoggt. Noch bevor die Schule anfing, habe ich Mathe geübt, nach der Schule bin ich 10 km ... Jacob, was machst du da?«, unterbrach Erwin Cloppenburg sich selbst.

Erwin Cloppenburg beugte sich unter den Tisch, und in dem Moment ging Maximilians Vater vorbei, Richtung Toilette. Den unter den Tisch gebeugten Erwin Cloppenburg hatte er nicht gesehen.

»Ich hör dir zu, du bist 10 Kilometer gelaufen«, flüsterte Jacob zu seinem Vater hinauf.

»Willst du dich nicht wieder setzen? Willst du die Geschichte überhaupt hören?«

Jacob überlegte fieberhaft. Maximilians Vater könnte in einer Minute schon wieder zurück sein. Und überhaupt, wo blieb nur Samir? Nur er konnte ihn aus dieser Situation retten.

»Hallo, Jacob?«, sagte sein Vater.

»Ich ... ich habe etwas verloren. Meinen Zimmerschlüssel«, sagte Jacob und tat so, als ob er den Boden absuche.

Erwin Cloppenburg schob seinen Stuhl zurück und bückte sich auch unter den Tisch.

Jacob war überrascht, dass sein Vater unter den Tisch kroch. Aber das war die Rettung; so waren sie beide außer Sicht. Erwin Cloppenburg krabbelte auf allen Vieren. Der Erwin Cloppenburg von früher hätte das nie gemacht. Er musste ihn unbedingt noch länger unter dem Tisch behalten.

»Und dann?«, fragte er leise. »Wie hast du den Mathepreis gewonnen?« Jetzt war er ganz nah an seinem Vater, er roch das Pils und seine schwitzigen Hände. Sein Vater ächzte, es war für ihn nicht einfach, sich auf allen Vieren zu bewegen.

»Weißt du, was mich am meisten motivierte? Dass mein Lehrer mir sagte, ich bekäme eine Trillerpfeife, damit ich nie mehr nach der Pfeife eines anderen tanzen muss. Weil ich selbst eine habe.«

»Hä?« Jacob beobachtete die Tür zur Toilette und konnte sich kaum auf die Pfeifengeschichte konzentrieren.

»Ich habe diese Lektion mein Leben lang behalten«, sagte Erwin Cloppenburg, legte seine Hand auf Jacobs Hand und sah seinen Sohn eindringlich an.

»Welche jetzt nochmal?« Jacob versuchte, dem Pils-Atem auszuweichen.

»Willst du Amboss oder Hammer sein?«

Jacob starrte weiter seinen Vater an und kapierte Null.

»Das ist von Goethe. Willst du das ganze Gedicht hören?«

Jacob nickte, denn Maximilians Vater war noch nicht zurückgekehrt. Erwin Cloppenburg war ganz ergriffen und auf allen Vieren flüsterte er so eindringlich er konnte:

»Geh'! Gehorche meinen Winken,
nutze deine jungen Tage,
lerne zeitig klüger sein.

Auf des Glückes großer Waage
steht die Zunge selten ein.
Du musst steigen oder sinken,
du musst ...«

»Ich hab ihn«, rief Jacob, als er die Schuhe von Maximilians Vater sah, die stramm den Weg zum Kaffeetisch zurückgingen.

»Was?« Erwin Cloppenburgs Stimme klang enttäuscht.

»Den Schlüssel«, Jacob klimperte mit dem Hausschlüssel der Familie Wahied.

Jacob schob sich wieder hoch und checkte sein Handy, ob es eine neue Nachricht von Samir gab. Er bemerkte gar nicht, dass sein Vater noch unter dem Tisch saß. Erst als er sich mehrmals vergewissert hatte, dass es keine neue SMS von Samir gab, fiel ihm die Stille auf.

Er linste nach unten.

»Papa?«

»Hmm«, brummte Erwin Cloppenburg.

»Ich kenne das Gedicht. Ich weiß wie es weitergeht. Wir hatten das mal in der Schule.«

»Schon gut.«

Es dauerte fast eine Minute, bis Erwin Cloppenburg sich wieder hochhievte und Platz nahm. Er bestellte ein neues Bier und sah ziemlich erledigt aus.

Jacob schielte zum Fenster und endlich tauchte ein schwarzhaariger Junge auf, der ihm ein Zeichen gab.

»Papa. Also ich hab das schon kapiert. Das mit dem Hammer.« Jacob linste zu Familie Krone hinüber.

»Schon gut. Musst ja nicht ...«, sagte Erwin Cloppenburg mit belegter Stimme. Er sah auch nicht auf, als von draußen ein Pferdewiehern zu hören war und ein Junge mit gegelten

Haaren ausrief: »Black Knight ist aus der Box getürmt«. Er hörte auch nicht auf, seine Trillerpfeife hin- und herzuwenden, als die Familie Krone hektisch das Café verließ und die verzweifelte Stimme von Maximilians Vater von draußen zu hören war: »Hier! Hierher, Black Knight, hier!«

Jacob linste nach draußen: Er konnte gerade noch einen dunklen Haarschopf erkennen, der sich an der Mauer zum Nachbarsgrundstück bewegte. Dann sah er Samir querfeldein zum Schloss Barenburg laufen, während Black Knight sich mit dem größten Vergnügen über das caféeigene Gemüsebeet hermachte, trotz allen Ziehens und Zerrens von Maximilian.

Erwin Cloppenburg saß noch immer geistesabwesend am Tisch, in sich zusammengesunken und er sah so gar nicht wie das Mathegenie aus, das in seiner Jugend Halbmarathon gelaufen war. Eher wie ein Mehlsack.

»Papa?«, fragte Jacob und stupste ihn mit der Hand an.

»Papa, was hältst du eigentlich davon, wenn wir ab Weihnachten – und da bin ich ja schon längst wieder vom Internat zurück – zusammen joggen? Vielleicht einmal die Woche?«

Erwin Cloppenburg trank sein Bier in einem Zug leer und knallte dann das Glas auf den Tisch. »So machen wir das!«, rief er aus und ein albernes Grinsen stahl sich auf sein Gesicht. War sein Vater nun komplett betrunken? Aber irgendwie begann Jacob diese Mischung aus Mehlsack und Stehaufmännchen viel lieber zu mögen als den pfeilgeraden Karrieremensch, den er bis jetzt kennengelernt hatte.

XI.

Samir sah nur den Rücken seines Zimmernachbarn, als er in sein Zimmer zurückkehrte. Felix saß am Schreibtisch und füllte mit einer krakeligen Schrift ein weißes Blatt nach dem anderen.

Samir setzte sich ebenfalls an seinen Schreibtisch und versuchte, sich auf die Englischvokabeln zu konzentrieren. Anfangs beruhigte ihn das gleichmäßige Schaben des Füllers und die konzentrierte Stille, die von Felix ausging. Doch dann hielt es Samir nicht mehr aus.

»Was schreibst du da, Felix?«

»Brief. An Alice«, sagte Felix ohne seinen Schreibfluss zu unterbrechen.

»Ach so.« Aber Felix bemerkte nicht, dass in Samirs Antwort eigentlich eine Frage steckte, nahm ein neues Papier vom Stapel und schrieb drauf los.

Samir wurde von Felix' geschäftigem Schreiben komplett abgelenkt. Er konnte sich nicht mehr auf die if-Sätze konzentrieren und fragte:

»Und wer ist Alice?«

»Meine Brieffreundin.« Felix' Füller flog über die Seiten.

»Du hast eine Brieffreundin? Wozu denn das? Hat man das heute noch?«

»Ja, meine Klasse schreibt sich mit ihrer Klasse. Seit letztem Jahr schon. Wir sollen einmal im Monat schreiben, aber ich schreib ihr einmal die Woche. Mindestens.«

»Und dann gleich so viel? Das sind mindestens fünfzehn Seiten?«

»Siebzehn. Heute werden es siebzehn, vielleicht auch achtzehn.«

Samir betrachtete den kleinen Jungen, der wie ein Besessener schrieb. Dünn war er und hatte die weißeste Haut, die man sich vorstellen konnte. Im Wedding hätte so ein Weichei keine Chance. Aber hier auch nicht. Er hatte Felix noch nie mit Freunden gesehen, immer saß er auf dem Zimmer und las in seinen Büchern.

»Und was schreibst du ihr so?«, fragte Samir.

Jetzt hielt Felix zum ersten Mal inne und sah Samir an. Ein verstohlenes Lächeln huschte über sein Gesicht.

»Sag ich nicht.«

»Komm schon, lies mir was vor. Bitte.«

Samir stand auf, zog seinen Stuhl zu Felix' Tisch und setzte sich ihm gegenüber. Er versuchte, Felix' Schrift verkehrt herum zu lesen, aber sie war einfach zu krakelig.

»Na los, ich sag es auch niemanden«, versprach Samir.

»Also gut.« Felix kicherte und begann:

»Liebe Alice! Es war wieder eine Menge los bei uns auf dem Internat. Die Woche fing ganz harmlos an. Am Montag saß ich auf meinem Lieblingsstein am See, beobachtete mein kleines Fohlen ›Schneeflocke‹«, ...

»Du hast ein Pferd?«, unterbrach ihn Samir.

Felix nickte und fuhr fort: »Da sah ich, wie ein staubiger Fiat die Landstraße zu unserem Schlossberg hochtuckerte. Zwei Männer stiegen aus und sahen sich um. Das kam mir gleich komisch vor. Sie hatten unfreundliche Gesichter und der größere eine Narbe quer über die Wange.«

»Vom See aus kannst du das doch gar nicht sehen?«, warf Samir ein, doch Felix fuhr unbekümmert fort:

»Selbst Schneeflocke hörte auf zu grasen. Sie witterte Unheil. Die Männer gingen auf die Pferdekoppel. Ganz gezielt schritten sie auf Priscilla zu, das wertvollste Pferd, das wir haben. Es gehört Leopold, dessen Vater eine Schraubenfabrik hat, und der immer mit mir befreundet sein will. Aber er ist mir ein bisschen zu einfach im Kopf, wenn du verstehst, was ich meine. Er lacht immer die Kleineren aus. Ich habe dir doch schon einmal von ihm erzählt? Jedenfalls war mir gleich klar, was diese Halunken vorhatten. Ich stieß einen Pfiff aus und Schneeflocke schoss wie ein Pfeil davon, genau auf die Männer zu. Du müsstest gesehen haben, wie die gerannt sind. In ihr Auto rein und wollten die Straße wieder hinunter. Doch ich habe mich ihnen in den Weg gestellt, habe sie angehalten und gesagt, dass ich alles mit meinem Smartphone gefilmt habe. Da wurden sie kreidebleich vor Schreck.« Felix sah Samir triumphierend an.

»Gut, oder?«, fügte er noch hinzu.

Samir schwieg. Der Junge war echt durchgeknallt, aber absolut liebenswert. Seine Wangen waren im Leseeifer ganz rot geworden und glänzten jetzt mit seinen Augen um die Wette. In dem Moment erinnerte er Samir an seinen Bruder Hamed. Mit diesem in die Ferne gestellten Blick. So wie Felix lebte auch Hamed in seiner Phantasiewelt von Spidermans, Krieg der Sterne und Aliens. Bei Felix war es eben der Meisterdetektiv. Da musste man mitspielen, um von solchen Typen überhaupt wahrgenommen zu werden. Samir räusperte sich und sagte:

»Du könntest ihr noch schreiben, dass wir beide am Sonntag zusammen mit meiner Propellermaschine geflogen sind. Über den See. Ich bin ja schon 15 und hab einen Pilotenführerschein.«

Ein Leuchten ging über Felix' Gesicht.

»Darf ich dann auch schreiben, dass du mein Freund bist?«

»Natürlich. Das bin ich ja auch.« Samirs Sehnsucht nach Hamed, Nasra und seiner Mutter wurde immer stärker.

»Im Ernst?«, jetzt strahlte Felix über das ganze Gesicht und das macht Samir so gute Laune, dass er ihm den Füller aus der Hand nahm und schrieb:

»Hallo, Alice, hier schreibt der Freund von Felix. Felix war heute wieder mutig und klug wie immer, aber das ist eine längere Geschichte, die er dir sicher bald schreiben wird.«

»Wow.« Ehrfürchtig starrte Felix auf die Zeilen, die Samir geschrieben hatte.

»Wenn du fertig bist, wollen wir dann mal raus? Bisschen Basketball spielen?«, meinte Samir freundlich.

Felix konnte nur noch nicken und Samir war froh, den Englisch-Vokabeln damit zu entkommen.

***

Hey, abf, bin wieder zurück in Berlin. ist ja alles gut gegangen! Wieher! Nasra brüllt gerade, weil immer wenn ich wäsche wasche, sehen ihre sachen anders aus. hier drei dinge von denen ich keine ahnung habe:
1. wäsche waschen
2. die richtige portion spaghetti kochen: entweder zuviel oder zu wenig.
3. eine liste mit drei punkten

Nasras und Hameds Oberteile musst du immer bei 30 Grad waschen!

kann ich die 30 gradwäsche dann auch draußen bei 20 grad aufhängen? ;-)

;-) Guck mal drei Dinge, die mir durch den kopf gehen:

1. es gibt Schüler, die nichts wissen, aber den Unterschied zwischen adidas und nike schon von weitem erkennen. das ist lustig. oder erbärmlich. oder beides
2. ich selbst weiß auch nichts, weder bei sneakers noch sonstwo
3. Fazit: ich weiß, dass ich nichts weiß

:-) muss schluss machen, Hamed will, dass ich was ordentliches koche ...

So wie ich dich kenne: Nutella-Brötchen?

***

Felix stellte sich beim Basketball gar nicht so blöd an, wie Samir gedacht hatte.

Das Dribbeln mit dem Ball hatte er noch nicht drauf, dafür waren seine Korbwürfe schon ganz brauchbar.

»Schau mal, so. Die Fußarbeit bereitet den Korbwurf vor, so geht das.« Samir dribbelte, machte einen perfekten Sprung und warf den Ball in den Korb.

Felix machte es ihm nach, und schon beim zweiten Mal traf er den Korb.

Samir klatschte ihm Beifall, und Felix plusterte sich auf vor Stolz. Er hörte gar nicht mehr auf, auf den Korb zuzudribbeln und hatte schon bald die richtige Schrittfolge heraus. Längst war Felix nicht mehr blass, sondern rosa mit knallroten Apfelbäckchen. Wieder landete er einen Treffer. Doch mit Samir klatschte noch jemand anderes Beifall. Dreimal und betont langsam: Frau Hornhauer-Scott stand am Spielfeldrand.

»So war das nicht gedacht, Jacob.«

Samir sah die Direktorin unerschrocken an. Was er hier tat, war tausendmal wichtiger als mathematische Funktionen und englisches Conditional zusammen.

»Ich habe soeben Clara getroffen«, sagte sie und hatte wieder ihre Klein-wie-Nadelstich-Pupillen.

»Blöde Petze.«

»Nein. Da bin ich schon von selbst drauf gekommen, dass du den Nachhilfeunterricht schwänzt.«

»Ja, und?« Herausfordernd und breitbeinig stand Samir da. Er ließ den Basketball dribbeln.

Frau Hornhauer-Scott sah zu Felix, der unter ihren Blicken sofort den Kopf einzog und verlegen mit seinem Turnschuh einen Kreis um sich herum zog. Als die Direktorin sah, dass er wieder zu dem kleinen blassen Jungen zusammenschrumpfte, schritt sie zu Samir und blieb dicht vor ihm stehen.

»Also gut. Es ist ja ein netter Zug von dir, dass du dich um Felix kümmerst. Aber das kann nicht auf Kosten deines Lernpensums gehen. Verstehst du? Ich will sehen, dass du lernst. Bis jetzt ist das nicht der Fall. Du kannst nichts, du weißt nichts«, herrschte sie ihn an.

Hinter der Direktorin gluckste es auf einmal. Samir sah Franziska, das wiehernde Mädchen aus seiner Klasse. Er wollte ihr den Stinkefinger zeigen, aber Frau Hornhauer-Scott kam ihm zuvor. Blitzschnell drehte sie sich zu Franziska um und fauchte:

»Das eins klar ist: Auslachen gibt's an meiner Schule nicht!« Franziska wich erschrocken zurück.

»Ich will dir mal eine Geschichte erzählen, die schon ein bisschen her ist. Du siehst doch den Musikraum dort oben?«, sagte sie und wies Franziska an, ihr ein paar Meter nach vorne zu folgen. »Hier oben wurde mal eine Siebtklässlerin ausgelacht, weil sie beim Vorsingen keine Note getroffen hat. Bis heute hat dieses Mädchen nicht mehr gesungen. Glaubst du, dass das eine gute Tat ihrer Mitschüler war?«

Franziska schüttelte heftig den Kopf. Felix sagte leise zu Samir:

»Mich lachen sie auch immer aus.«

»Ab jetzt nicht mehr. Ich bin dein Freund. Sag das deinen Leuten.« Samir legte den Arm um Felix und zog ihn wieder zum Basketballplatz.

»Komm, wir üben nochmal. Damit es auch wirklich in deinen Kopf geht.«

Aber Felix rührte sich nicht, sondern starrte immer noch auf die Direktorin, die eindringlich mit Franziska sprach.

»Und die Direktorin?«, fragte Felix mit kugelrunden Augen.

»Die ist doch beschäftigt mit dieser Zicke.«

»Und das Mädchen, das nicht mehr singt?« Samir hörte, wie Felix' Stimme kippte, als ob er vor Mitleid gleich losweinen würde.

»Die Geschichte ist schon lange, sehr lange her. Aus dem Mädchen ist inzwischen eine energische kluge Frau geworden.«

»Bist du dir sicher?«

»Ganz sicher. Glaub mir. Sie kümmert sich heute um Kinder, damit sie nicht mehr ausgelacht werden.«

Felix schielte noch einmal ängstlich zu Frau Hornhauer-Scott, dann zum Ball und meinte zögerlich:

»Also gut. Freunde spielen zusammen Basketball, stimmt das?«

»Absolut. Freunde spielen zusammen Basketball.«

Samir dribbelte Felix den Ball zu und konnte an dessen freudestrahlendem Gesicht sehen, dass jede andere Antwort ihm das Herz gebrochen hätte.

***

Die Sonne stand schon tief und schien schräg auf den Schreibtisch der Direktorin; Samir liebte die Zeit zwischen 18 und 19 Uhr, wenn die Sonne noch auf den letzten Drücker ihre Kraft entfaltete. Kraftentfaltung – Potenzial ... daraus wurde nun doch nichts. Da hatte sich Frau Elsner getäuscht. Er wusste wirklich nicht, wie er das Lernpensum schaffen sollte. Nach dem Basketballspiel hatte er es aufrichtig versucht, sein Geschichtsbuch aufgeschlagen, aber es ging nicht. Er konnte sich einfach nicht so viel auf die Schnelle merken. Er gab auf, weil er tief in seinem Inneren spürte, dass das nicht zu schaffen war. Die Hieroglyphen im Ägyptischen Museum waren um einiges leichter zu lernen als das Conditional. Es war komplett hoffnungslos. Samir lächelte. Das war zumindest eine neue Erkenntnis, die er mitnehmen würde in seine alte Welt. Dass Lernen nicht ging, selbst wenn er wollte. Er verstand auch gar nicht, warum er schon wieder hier im Rektoratszimmer saß.

»Jacob, ich denke, du verstehst den Ernst der Lage nicht!«, zischte Frau Hornhauer-Scott. Aber ihre Worte flogen an Samir vorbei.

Und noch eins nahm Samir sich vor: Einmal zum See zu gehen und das Seewasser durch die Hände gleiten zu lassen.

»Jacob?«, rief Frau Hornhauer-Scott. Samir konnte sich absolut nicht an den Namen gewöhnen und er merkte selbst, dass er wohl die Direktorin etwas blöde ansah.

»Hast du gehört, was ich gerade gesagt habe?«

»Dass das so alles nicht mehr weiter geht?«

»Nein«, seufzte die Direktorin und lehnte sich zurück. »Ich habe dich gelobt.«

»Mich gelobt? Warum das denn?«

»Weil du dich um Felix gekümmert hast.«

»Ja, er erinnert mich an meine … ach nichts.«

Samir sah die Direktorin prüfend an. Sie war anders als alle Lehrer, die er bisher gehabt hatte, und zum ersten Mal hatte er das Gefühl, dass jemand an ihn glaubte. Das war wirklich nett und er schämte sich jetzt schon dafür, dass er in ein paar Tagen bei der Lernstandskontrolle gleich zwei Menschen enttäuschen würde. Er nahm sich fest vor, schon vorher die Koffer zu packen, um dann klammheimlich und möglichst schnell zu verschwinden.

»Jacob, ich will sehen, dass du lernst. Heute noch. Verstanden?«

»Verstanden«, sagte Samir und meinte es sogar aufrichtig.

Samir blieb noch einmal im Flur stehen. Es war still und die Abendsonne tauchte ihn in goldenes Licht. Samir linste zu dem Klassenfoto und hielt den Atem an. Doch dieses Mal blieb alles ruhig. Nur die Vögel draußen in der Efeuhecke zwitscherten, als ob sie ihr letztes Konzert geben würden. Es war schön hier. Friedlich. Samir gab sich einen Ruck. Einen Abend würde er es noch probieren mit dem Lernen, einen einzigen Abend und wenn das nicht klappte, dann aufgeben. Er würde das Essen ausfallen lassen, ins Studierzimmer gehen und lernen. Der See musste noch warten.

Samir lernte den ganzen Abend. Mühsam hangelte er sich von Seite zu Seite. Nur einmal, kurz bevor das WLAN auf Schloss Barenburg abgeschaltet wurde, machte er eine Pause und schrieb eine Nachricht an Jacob, damit die Suche nach seinem Papa weiterging. Dann paukte er wieder weiter, bis ihm der Kopf schwirrte. Er wusste am Schluss selbst nicht mehr, ob er irgendetwas verstanden hatte.

XII.

Mit einem Zischen ergoss sich Wasser in das Spülbecken und Jacob schrak zusammen. Er war in Gedanken weit weg bei seinen Eltern gewesen. Und bei der Frage, ob er sich mit ihnen jemals wieder verstehen würde. Jacob sah zu, wie die Tomaten, die Marjam wusch, im Wasserstrahl tanzten. Er wurde den Gedanken nicht los, dass Marjam manchmal seiner eigenen Mutter verblüffend ähnlich war. Wie sie war Marjam hier in Deutschland nicht zu Hause. Die Sprache war es, die ihr Denken lähmte und sie hemmte. Bei allem, was damit zu tun hatte: Jede einfache Unterhaltung, selbst wenn man beim Bäcker nur ein Tüte Brötchen holte. Bei seiner Mutter hatte Jacob immer den Eindruck, dass sie enorm unter Druck stand und keine Fehler machen wollte. Die Partys in der Villa Cloppenburg bereitete sie mit minutiös ausgearbeiteten To-do-Listen vor, die sie sorgfältig abarbeitete, aber sobald ein Problem auftauchte, versteckte sie sich doch hinter seinem Vater. Auf die Elternabende musste immer sein Vater gehen. In Italien war Maria Cloppenburg ein anderer Mensch.

»Marjam? Wie war dein Leben in Syrien, bevor du nach Deutschland kamst?«

»Wunderschön. Wir hatten einen großen Garten mit Orangenbäumen. Weißt du, wie die Blüten duften? Meine

Mutter hat die Blüten immer in den Tee gemacht. Das schmeckte …« Sie suchte nach Worten, landete dann aber bei einem einfachen: »Das gibt es hier nicht.« Sie würfelte die Tomaten mit einem scharfen Messer in Quadrate so klein wie die Karos in seinem Mathe-Heft. Jacob nickte, er fühlte sich bestätigt. Sowas sagte seine Mutter auch immer: Ein wunderschöner Garten, in dem die Zitronen dufteten, und der von Jahr zu Jahr in den Erzählungen größer und größer wurde. Wahrscheinlich ist das so, wenn man weit weg von der Heimat ist, da wird sie im Nachhinein zum Paradies. Und Jacob dachte an den Zitronenbaum, für den seine Mutter eigens einen Wintergarten hatte bauen lassen, um ihn im Berliner Klima am Leben zu halten.

»Wir können nach dem Essen nochmal Deutsch zusammen lernen«, schlug er ihr vor. Doch Marjam hörte nicht. Genau wie seine Mutter, dachte Jacob. Sobald man sie in ihre Gedankenwelt nach Italien stupste, versank sie darin und man musste sie gewaltsam herausziehen.

Jacob nahm Marjam das Schneidebrett mit den gewürfelten Tomaten weg und tat alles in die Pfanne. Es zischte, das Fett war schon zu heiß, die Tomaten gaben ihr Wasser sofort frei und Marjam hob endlich den Kopf.

Jacob wiederholte seinen Vorschlag, Deutsch zu lernen, und Marjam nickte. Sie war jetzt wieder ganz da, im grauen Berlin, klatschte in die Hände und befahl ihren Kindern, den Tisch zu decken.

Nasra stand an der Küchentür und verschränkte die Arme:

»Ich hab gestern schon den Tisch gedeckt. Jetzt ist Hamed dran.«

Marjam ging auf ihre Tochter zu, sah ihr fest in die Augen und sagte:

»Wir sind eine Familie. Wir helfen.« Da ging durch Jacob

ein Ruck. Voll Wehmut sah er seine Mutter vor sich: Er hätte ihr schon längst helfen sollen. So wie er Marjam auch in Deutsch half, hätte er auch seine Mutter packen und mit ihr Deutsch üben sollen. Und sie wegholen von ihrem Online-Shopping, mit dem sie sich ein bisschen Glück erkaufen wollte. Da war etwas ziemlich schiefgelaufen mit ihm und seiner Mutter. Vielleicht ließe sich das noch kitten? Gleich heute würde er seine Mutter anrufen und fragen, wie es ihr ginge. Von seinem Handy aus. Er würde sich dazu in das Café eine Straße weiter setzen und erzählen, er sei im Aufenthaltsraum von Schloss Barenburg. Und dann würde er erzählen, dass er einen orientalischen Kochkurs belegt hätte. Kichererbsenauflauf, Salat mit Labneh-Käse und Sawda Aldajaj. Das war ja nicht einmal gelogen.

***

Nur kurz die Hand ins Wasser tauchen, dann würde er gleich wieder weiterlernen. Samir stand am Seeufer vor einem alten blauen Indianerkanu und wie im Traum packte er die Paddel; sie lagen gut in der Hand, freundlich und glatt.

»Hallo, Jacob.«

Samir zuckte zusammen, legte die Paddel schnell auf den Boden und drehte sich um. Justus stand vor ihm. Wahrscheinlich gehörte das Kanu ihm, wenn man Pferde mit auf das Schloss nehmen konnte, dann auch Kanus. Der sollte sich nur nicht aufführen, er hatte das Kanu kaum berührt. Aber Justus sagte:

»Ich würde dir gern mit Englisch helfen. Ich war mal ein Jahr auf einer Highschool in Amerika und kann das ganz gut.«

In Samir kroch die Wut hoch. Immer ließen die Bonzenkinder heraushängen, wo sie schon überall waren. Was sollte er dem entgegenhalten? Dass er schon mal in Frankfurt an der Oder über die Brücke nach Polen gegangen war?

»Meint ihr denn alle, ich kapier nicht, dass euch die Direktorin schickt? Wahrscheinlich gibt es für Nachhilfestunden extra Punkte, die ihr dann im Sekretariat eintauscht gegen i-tunes-Gutscheine? Meint ihr, ich check das nicht? Ihr könnt mich mal alle!«, und Samir gab dem Kanu einen Tritt, dass der Kies unter dem Boot knirschte. Er packte das Paddel und war drauf und dran, es in hohem Bogen in den See zu schleudern, aber Justus war schneller. Er packte Samir mit festem, unerbittlichem Griff am Handgelenk.

Samir grinste: »Siehst du, das ist schon besser. Fäuste sind eben doch ehrlicher.«

»Wolltest du Kanu fahren? Hast du das schon mal ausprobiert?«, unterbrach ihn Justus leise aber bestimmt, ohne ihn loszulassen. Sie starrten einander an. Samir war auf Hochspannung, er duckte sich und war bereit, Justus kräftig eine in die Magengegend zu geben, falls das ein mieser Trick sein sollte.

Doch Justus ließ Samirs Arm los, schob das Boot mit der Spitze in den See, packte die Paddel und stieg ein. Als er schon im Kanu saß, rief er Samir zu:

»Was jetzt, du kleiner Stänker? Willst du jetzt mit oder nicht?«

Samir zögerte. Er traute Justus nicht. Aber das Kanu war verlockend und zögerlich zog Samir seine Schuhe aus, watete durch das Wasser und stieg in das Kanu. Es schwankte bedrohlich und Justus stützte es mit den Paddeln am Seegrund ab und zog los. Rhythmisch und kräftig. Nach einer

Weile, als Samirs Herz nicht mehr so wild klopfte und er den Fahrtwind auf der Stirn spürte, konnte Samir nicht anders als die Hand in das Wasser zu tauchen. Er ließ es an sich vorbeigleiten, die rhythmischen Vorwärts-Bewegungen, das gleichmäßige Ziehen der Paddel und das Geräusch von sanftem Wasser lullten ihn ein. Und zum ersten Mal seit langem war Samir wieder glücklich. Alles fiel von ihm ab: Tarek, Arafat, die Lernstandskontrolle, sein Vater, die Tränen seiner Mutter, all das verschwand unter den Paddelschlägen und Samir wurde ruhig wie das Seewasser.

»Ich weiß ein bisschen, wie du dich fühlst. Die ersten Wochen im Internat fielen mir auch schwer.« Als Samir schwieg, erzählte Justus weiter: »Meine Eltern wollten nicht, dass ich jedes Jahr auf eine andere Schule komme. Sie sind beide Ingenieure und bauen Tunnel auf der ganzen Welt. Aber ich kam mir abgeschoben vor. Und am Anfang war ich auch noch mit einem Vollidioten auf dem Zimmer. Das war alles Mist.«

Samir nickte.

In der Mitte des Sees, dort wo das Wasser fast schwarz war, reichte ihm Justus wortlos das zweite Paar Paddel. Gemeinsam zogen sie das Boot vorwärts. Allmählich passte Samir sich den Bewegungen von Justus an und die Paddel tauchten gleichmäßig in das Wasser ein und wieder aus. Von weitem sah das Kanu aus wie ein Insekt, das auf hohen Beinen vorsichtig vorwärts stakte, um sich nicht dabei zu verheddern. Samir saß ganz vorn am Bug und genoss den Fahrtwind, die Abendsonne auf der Haut und die frische Luft, bis Justus ihn an den Test heute Abend erinnerte:

»Was lernst du gerade in Englisch?«

»Uff ... Conditional und so. Warum?«, brummte Samir.

»Ok. Hör mal, kannst du das übersetzen: Wir würden im See schwimmen, wenn es nicht schon so kalt wäre?«

Samir spürt, wie das Kanu unter ihm fortzog.

Justus übersetzte den Satz ins Englische und Samir sprach ihn nach. Bei jedem Paddelschlag gab ihm Justus einen Satz vor, den Samir nachsprach, bis sie gemeinsam den See dreimal umrundet hatten und Samir selbst if-Sätze bilden konnte.

Als Justus das Boot mit Samir an Land zog und Samir seine Handflächen rieb, an denen sich jetzt schon Blasen bildeten, kreuzten sich ihre Blicke. Samir wollte danke sagen. Warum war das nur so schwer für ihn? Weil er sich nicht abhängig machen wollte von den anderen? Oder – und schon wollte Samir nicht weiterdenken, weil er wusste, dass er der Wahrheit ziemlich nahe kam – weil er diesen Leuten nichts zurückgeben konnte. Er würde ihnen immer etwas schuldig bleiben. Was konnten sie schon von ihm lernen? Wie man auf der Polizeiwache dicht hält? Wie man prügelnden Jugendbanden ausweicht? Türen ohne Schlüssel öffnet? Schloss Barenburg war einfach nicht seine Welt. Justus klopfte ihm auf die Schulter:

»Du schaffst das schon. Dann lern deine Grammatik auf dem Kanu. Das geht viel leichter. Verstehst du?«

Samir schämte und ärgerte sich gleichzeitig, dass ihm das »Danke« nicht über die Lippen kam. Stattdessen murmelte er: »Ich vermisse meine Familie so.«

»Das tun wir alle – mehr oder weniger«, brummte Justus und strich Samir über den Rücken wie einem kleinen Kind. Als Justus sich mit einem »Bis später« verabschiedete, vergewisserte Samir sich, dass Justus weit genug weg war, bis er ihm »Danke« hinterherrief. Es kam ihm schwer über die Lippen, aber immerhin hatte er es ausgesprochen.

XIII.

Gerade als Samir einen neuen Anlauf mit Mathematik versuchte, ging die Tür auf und Clara trat ein. Samir duckte sich unter die Zahlen seines Matheheftes, dennoch spürte er Claras Blick. Er schämte sich, weil er sie einfach hatte stehen lassen, als sie ihm helfen wollte. Und überhaupt fühlte er sich unwohl neben diesem großen, selbstsicheren Mädchen. Sie war auch eine von denen, für die es selbstverständlich war, übers Wochenende nach Paris, London oder sonstwohin zu fliegen. Er wollte es nicht zulassen, aber dieser Reichtum um ihn herum schüchterte ihn ein. Wenn sie wüsste, dass er bisher im Urlaub höchstens zelten war, würde sie ihn doch sicher keines Blickes mehr würdigen.

»Glaubst du, dass eine reiche Frau einen armen Mann heiratet?«, fragte Samir, als Clara das Matheheft mit den x- und y-Achsen aufschlug.

»Also die Prinzessin von Schweden hat ihren Fitnesstrainer geheiratet.«

»Aha.«

»Und die Prinzessin von Monaco auch irgendeinen Zirkuskünstler.«

»Echt? Aber vielleicht war das keine Liebe, die wollten nur ihre Alten schocken. Und die Hofgesellschaft um sie herum.«

»Du meinst, das waren Rebellinnen im Hermelinmantel?«, lachte Clara.

»Ja, Hauptsache Widerstand.«

»Soll ich dir sagen, was ich meine?«

»Hmm?«

»Du tust alles, um kein Mathe zu lernen. Aber du musst. Widerstand zwecklos.«

Sie schob das Heft in die Mitte zwischen ihnen und rückte näher an Samir heran.

Samir roch ihren Duft, süßlich-zitronig mit einer Prise Zimt, sie roch wie der Reis, den seine Mutter machte. Clara beschriftete die Achsen.

»Fangen wir ganz von vorn an.« Und dann zeichnete sie, und schrieb und irgendwie sah das ganz folgerichtig aus, was sie hinschrieb.

Und dann arbeiteten sie, Samir konnte allmählich die Funktionen bändigen und es war nicht mehr ganz so unmöglich, das alles zu kapieren.

»Morgen solltest du das alles wiederholen. Ich bin vormittags auch wieder hier«, sagte Clara, »nachmittags nicht, da kommen meine Eltern zu Besuch.«

Samir entging nicht, wie Claras Stimme im letzten Halbsatz einen Schwung bekam.

»Wann hast du deine Eltern das letzte Mal gesehen?«

»Schon länger her. Mein Papa war lange im Krankenhaus, aber es geht ihm besser und morgen kommt er mich zum ersten Mal besuchen, mit meiner Mutter.«

Samir konnte nicht anders, als an seine Eltern zu denken. Vielleicht lag sein Papa auch irgendwo verletzt in einem Krankenhaus. Daran hatte er noch gar nicht gedacht. Bestimmt nicht in Deutschland, aber vielleicht woanders? Dort, wo ihn die Arafat-Bande hingebracht hatte? Er war wieder so in Gedanken an seinen Vater, dass er erst spät, als Clara schon an der Tür war, aufsah. Schnell rief er ihr ein »Danke, Clara« zu, gerade noch rechtzeitig. Er bemerkte, dass sie darauf gewartet hatte, denn jetzt hellte sich ihre Miene auf und sie nickte ihm zu. Sie freute sich. Ehrlich.

Samir bemerkte ihre schönen braunen Augen und hob unbeholfen die Hand, um ihr zuzuwinken. Dann fiel ihm ein, wie schwachsinnig das aussehen musste, wie so eine asiatische Winkekatze. Und er ließ lahm den Arm sinken.

XIV.

Hiiiiilfe!!! Bald ist die Lernstandskontrolle, mir ist ganz schlecht.
So eine richtige ...
SSSSSSSSCCCCHHHHHHEEEEEI
IIIISSSSSEEEEEE!
Wie geht es zu Hause?

deine mama vermisst dich voll und macht sich mega-vorwürfe. Aber sie meint, hauptsache du bist weit weg von berlin und die brüder von Arafat können dir nichts tun. denn als sie obst einkaufen gegangen ist, hat Tülay sie beiseite genommen und gesagt, dass sie gehört hat, dass sie (also Marjam) besser auf ihren kleinen schnüffler aufpassen soll. und alle glauben, dass du in düsseldorf bei verwandten bist. Unser Plan funktioniert!

dann ist also wenigstens zu Hause alles gut? *freu

Hmm ... die schneiderei könnte besser laufen. deine cousins wirtschaften sie ganz schön runter. die kümmern sich um nichts und der laden ist meistens zu. und dann sagen sie deiner mama, dass sie ihr nicht mehr geld geben können. gauner!

Ja, mein Papa hat immer auf die geschimpft. Aber sie lassen sie nicht mehr rein, weil sie ja ein paar Wochen, nachdem Baba verschwunden ist, nicht gearbeitet hat. Sie sagen immer, eine gute Muslimin mit kleinen Kindern könne keinen Laden allein führen. Das wäre nicht zu schaffen. Weiß auch nicht weiter ...

Marjam wird langsam echt sauer.

Hilft ja auch nicht.

doch. wenn Marjam sauer wird, dann ist aber was los. ich glaub, uns kommen da schon ideen. Bald ... aber wie ist es bei dir: hast du gelernt für deinen test?

so viel wie noch nie im Leben. Drück die Daumen!

toi, toi, toi. mir fällt noch ein: Marjam will dir ein paket schicken, sie hat angst, dass du immer schweinefleisch und gummibärchen essen musst. wünschst du dir was besonderes?

Cola. Ist hier verboten, Haargel auch, wenn man noch nicht 16 ist. Und Kaugummi, bitte schicken. Thx

kopfschüttel seltsame hausregeln. CU ... mein abf

***

XV.

Der Tag des großen Tests war gekommen, oder wie es Frau Hornhauer-Scott nannte: Lernstandskontrolle. Nach dem Abendessen würde es soweit sein. Noch eine Stunde, aber Samir spürte, dass sich in den Tagen, in denen er wie blöd gelernt hatte, etwas bei ihm verändert hatte. Ein Funken Hoffnung glomm in seinem Bauch auf, während er den Kartoffelbrei hinunterschlang. Sein Kopf war klar, die if-Sätze greifbar und geordnet und die Funktionen tanzten nicht mehr aus der Reihe. Auch Geschichte hatte er ganz gut hinbekommen, weil er die Jahreszahlen mit den Berliner Museen in Einklang brachte: Die Daten der frühen Menschheitsgeschichte packte er einfach in das Neue Museum, in das er Jacob wegen der Nofretete immer leicht locken konnte. Und der Rest kam in die verschiedenen Stockwerke des Historischen Museums. Wenn er sich das so innerlich vorstellte, war das für eine erste Grobeinteilung ganz brauchbar und so ähnlich wie das Aufteilen der Wäsche von Hamed, Nasra und ihm selbst im gemeinsamen Schrank. Das machte er mit links!

Als die Direktorin ihn prüfte, konnte Samir alles abrufen. Er dachte an das glitzernde Seewasser und schaute in die grauen Augen der Direktorin.

Als sie mit ihren Fragen durch war, ruhte ihr Blick lange auf Samir.

»Du hast deine Zeit nicht verschwendet.«

»Nein, Frau Hornhauer-Scott.«

»Willst du weiter hier bleiben auf Schloss Barenburg?«

»Ja.«

»Nun, dann mach weiter in dem Tempo.« Und der Direktorin entschlüpfte ein leichtes Lächeln.

Auf seinem kleinen Zimmer lief Samir hin und her, erschöpft bis zum Umfallen, aber zu aufgekratzt, um still zu sitzen. Er war ungemein erleichtert, aber dennoch pochte unter all dem Glücksgefühl die Angst. Die Angst, bei seinen Recherchen nicht weiterzukommen. Was, wenn alles umsonst war? Nie, aber auch nie würde er mit leeren Händen nach Hause zurückkehren. Dann lieber für immer wegbleiben.

»Samir? Wollen wir morgen wieder Basketball spielen?«, ertönte die kleine Piepsstimme vom Bett.

Samir setzte sich auf die Bettkante zu Felix.

»Wie hast du mich gerade genannt?«, fragte er.

Felix grinste:

»Ich wusste es! Du hörst auf Samir. Passt auch viel besser zu dir.«

Samir schwieg vorsichtshalber.

»Am ersten Tag, weißt du noch? Da hast du mir gesagt, dass du Samir heißt. Und du hörst nie, wenn dich jemand Jacob ruft. Das ist mir aufgefallen.«

»Hör mal, du Schlauberger«, sagte Samir und stopfte die Bettdecke unter Felix Körper, so wie er es auch immer bei seinen Geschwistern tat. »Freunde bewahren ihre Geheimnisse, klar?«

»Klar, Jacob. Ich hab auch ein Geheimnis, aber davon erzähl ich dir später.«

XVI.

Auf dem Weg zum Studierzimmer überlegte Samir, ob er sich nicht doch irgendwie bei Clara für die Mathenachhilfe bedanken konnte. Denn selbst heute am Samstag wollte sie mit ihm lernen. Vielleicht könnte er ihr als Dank eine Blume aus dem Garten pflücken? Die Idee verwarf er schnell wieder; sie hätte erkannt, dass die Blume aus dem Schlossgarten stammte und wahrscheinlich durfte man das nicht. Schade. Als er auf der Mitte der langen Holztreppe angelangt war, hörte er eine Stimme, die ihm seltsam bekannt vorkam. Er hatte diese Männerstimme schon einmal gehört, irgendwann in seiner alten Welt. Samir blieb stehen und lauschte. Jetzt hörte er Clara, die sagte:

»Bis später.« Dann die Männerstimme:

»Also dann gegen 14 Uhr. Und wenn dir etwas auffällt …«

»Ja, aber um mich müssen Sie sich keine Sorgen machen. Hier ist alles sicher.«

»Trotzdem. Ein Besuchstag ist nie hundertprozentig sicher.« Und als sich der Mann von Clara verabschiedete, traf ihn die Erinnerung wie ein Blitz. Das war die Stimme des Polizisten, der bei ihnen in der Wohnung war und mit seiner Mama Tee getrunken hatte. Der Typ vom LKA!

Matthias Lindner lief die Treppen hinunter, im Laufschritt nahm er zwei Stufen auf einmal. Zu spät für Samir, noch umzukehren. Er drückte sich mit aller Macht gegen das Treppengeländer, klappte ein Buch auf und tat so, als würde er mitten auf der Treppe darin etwas suchen.

Doch die Mühe war umsonst. Samir schielte zu dem Polizisten. Matthias Lindner blieb zwei Stufen entfernt von ihm stehen, sagte aber kein Wort. Samir starrte weiter in sein Buch, bis ihm die Buchstaben vor den Augen tanzten. Keine Schritte, kein Knarren und Ächzen der Holztreppe. Eisige Stille zwischen zwei Menschen, die seltsam angewurzelt auf der Treppe standen. Samir spürte, wie seine Ohren ganz heiß wurden, er hielt das Buch dicht vor das Gesicht und ging langsam nach oben. Seine Füße waren wie aus Blei.

Es schien ihm eine Ewigkeit, bis er oben angelangt war und endlich die Tür zum Studierzimmer schließen konnte. Ihm zitterten die Knie.

Kein Zweifel, Matthias Lindner musste ihn erkannt haben. Nur warum war er hier? War das gut? Nein, eher schlecht. Was hatte er mit Clara zu tun? Woher kannten die beiden sich?

Samir stieß ein lautes »Boah« aus und lehnte sich mit dem Rücken an die Tür. Er war schweißgebadet.

Doch da ertönte die messerscharfe Stimme von Maximilian Krone:

»Ruhe! Hier wird gelernt. Und wenn du noch einmal ›Boah‹ sagst, dann jage ich dich mit dem Wörterbuch durch dein Ghetto! Ich dachte immer, du wärst in Zehlendorf aufgewachsen? Du hast da wohl etwas Entscheidendes nicht begriffen. So benimmt man sich hier nicht.«

Ein paar Schüler grinsten Samir an, warteten gespannt auf seine Antwort, doch Samir blieb ganz ruhig und zeigte Maximilian den Stinkefinger.

Dieser schüttelte missbilligend den Kopf und blätterte eine Seite weiter. Samir ärgerte sich, der Stinkefinger war irgendwie nicht die coolste Reaktion gewesen. Samir beschloss, dass das Studierzimmer heute nicht der richtige Ort für Schularbeiten war.

Auf dem Weg nach unten bekam Samir von dem Schulsekretär einen Brief in die Hand gedrückt: »Von deinem Vater«, sagte Herr Rothemeier freundlich und für einen Bruchteil einer Sekunde hüpfte Samirs Herz vor Freude. Doch als er die Handschrift auf dem Kuvert sah, wurde ihm klar: Sein Vater hieß hier Erwin Cloppenburg. Er murmelte ein tonloses Danke, öffnete den Brief, um ihn am Internatskopierer einzuscannen und schickte ihn dann per Mail an Jacob.

***

Mein lieber Jacob,
ich habe viel nachgedacht über Dich. Mir ist aufgefallen, wie wenig wir uns kennen. Das Einzige, was ich weiß: Du bist nicht gut in der Schule. Aber sonst? Was macht Dich aus? Wofür interessierst Du Dich? Früher haben wir viel miteinander unternommen. Weißt Du noch, unsere Kanufahrt im Spreewald, die Fahrradtour in Jüterbog oder das Aquarium im Zoo, in dem wir so oft waren?

Warum haben wir damit aufgehört? Wohl, weil wir uns immer weniger verstanden. Ich war immer dagegen, dass Du Deine Zeit vergeudest. Schule interessiert Dich gar nicht, stattdessen treibst Du Dich im Tiergarten mit Deinem Freund aus dem Wedding herum und spielst stundenlang am Computer. Was Du alles in dieser Zeit Sinnvolles hättest machen können – ein Unternehmen gründen – ja, es gibt Kinder in Deinem Alter, die so etwas ausprobieren. Oder zumindest ein Praktikum, Fremdsprachen lernen. Englisch musst Du im Schlaf können, wenn Du in der heutigen Zeit bestehen willst, aber das Sportcamp in den USA hast Du ja auch vorzeitig abgebrochen.

Dir steht die Welt doch offen und Geld ist genug da. Andere Kinder sind viel zielstrebiger. Deine Cousine Marie beispielsweise, sie ist jetzt in London und sammelt erste Erfahrungen in der Finanzbranche. Melde Dich doch mal bei ihr. Sie würde sich sicher freuen, von Dir zu hören.

Das ist eben meine Sicht der Dinge, aber vielleicht sollte ich Dich so nehmen wie Du bist. Nur: Ich weiß nicht, wie Du bist. Vielleicht können wir mal wieder etwas zusammen unternehmen? Eine Kanufahrt?

Und mir ist auch klar, jetzt bist Du schon fünfzehn Jahre alt – da fängst Du langsam an, Deinen eigenen Weg zu gehen. Ich würde Dir gern dabei zur Seite stehen, damit Du Dich nicht verläufst.

Wie wäre es, wenn ich Samstag in einer Woche wieder auf Schloss Barenburg vorbeischaue? Nur für einen kurzen Nachmittagsbesuch, und wir reden miteinander – keine Sorge, nicht lange, solo un po'?

Ich drück Dich ganz fest, Dein Papa

XVII.

Jacob musste tief durchatmen, als er die letzte Zeile des Briefes gelesen hatte. Er war auf dem Weg in die Togostraße, mit Hamed und Nasra im Schlepptau. Jacob achtete nicht auf ihr Gezerre und Gestreite, denn er war noch ganz in Gedanken bei dem, was sein Vater geschrieben hatte. Die Worte klangen anders, viel wärmer, fast so wie früher. Er vermisste ihn, auch wenn er so krasse Sachen wie Unternehmensgründungen ernst meinte. So war er halt. Und seine Mutter fehlte ihm auch. Jacob ließ sich nun doch von Nasra und Hamed ablenken, die – solange er den Brief gelesen hatte – still geblieben waren. Aber sie wollten auf den Spielplatz. Da stieß Marjam Wahied ein arabisches Schimpfwort aus. Sie standen gegenüber der Schneiderei. Doch sie war geschlossen, das konnten sie auf den ersten Blick erkennen. Marjams Miene verfinsterte sich und trotzig ging sie über die Straße, zerrte Nasra und Hamed hinter sich her, die dem Spielplatz sehnsüchtig nachsahen. Marjam presste ihr Gesicht an die staubige Scheibe, und stieß harte, arabische Worte aus.

»Dreck, Kleiderhaufen und zwei Autoreifen liegen dort«, schilderte sie Jacob. »Wir hatten so einen schönen Laden, die Leute kamen aus ganz Wedding zu uns, Deutsche, Türken, Araber ... aber jetzt gehen sie woanders hin. Und wir zahlen immer noch die Kredite ab.«

Sie rieb mit einem Taschentuch den Taubendreck ab, der sich auf der Eingangsmatte gesammelt hatte, und sammelte den Müll ein, den die Leute vor dem verlassenen Laden hingeworfen hatten. Ihr liefen Tränen über die Wangen. »Und nun ist alles kaputt, und wir haben gar kein Geld mehr ...«

Hamed fing zu weinen an und Jacob nahm ihn auf den Arm, woraufhin Hamed sofort verstummte, aber nicht weil sich Jacob um ihn kümmerte, sondern weil ein großer athletischer Mann ihm die Tränen mit einem Taschentuch abwischte. Ein Mann mit feinen Gesichtszügen, weichen Lederslippern und akkurater Kleidung. Über dem Arm trug er einen Kleidersack und jetzt rüttelte er an der Ladentür der Schneiderei.

»Die Schneiderei ist zu – bis auf weiteres«, sagte Jacob und musterte den Anzug, der unter dem durchsichtigen Kleidersack hervorschimmerte. Ein feiner Stoff, so etwas kannte er von seinem Vater, da hätten sie wirklich ordentlich Geld verlangen können. Doch der Fremde ging nicht, sondern blickte Jacob mit einer Mischung aus Neugier und Misstrauen an.

»Wer bist du?«

»Ein Verwandter ... mütterlicherseits. Bin aber in Deutschland aufgewachsen und spreche nur ein paar Brocken Arabisch.«

Tareks dunkelbraune Augen ruhten lange auf Jacob, bis er sagte: »Ihr habt Probleme?« Marjam sagte nichts, sie zog jedoch Nasra und Hamed zu sich heran und legte ihre Arme um sie, als ob sie sie beschützen wolle. Sie wollte auch Jacob zur Seite ziehen, doch der wich ihr aus. Vielleicht konnte ihnen dieser Mann helfen? Deshalb erzählte Jacob die ganze Geschichte mit dem verschwundenen Familienoberhaupt und der Schneiderei, die die Cousins herunterwirtschafteten. Jacob fasste Zutrauen zu dem Fremden, er sah gut aus, irgendwie vornehm. Der Fremde hörte Jacob aufmerksam zu. Schließlich fragte er mit einer samtweichen Stimme:

»Es tut mir leid, das alles zu hören. Das ist schwer, besonders wenn man drei Kinder hat ... Ich werde auch bald Vater«, und in seiner Stimme schwangen Vorfreude und Stolz mit.

»Ich werde mich darum kümmern. Ihr hört von mir.« Und dann, schon im Begriff, zu gehen, warf er Marjam und Jacob noch eine Frage vor die Füße. Die Stimme war mit einem Mal nicht mehr samtweich, sondern scharf wie ein kleiner Dolch: »Wo steckt eigentlich Samir?«

Marjam zuckte zusammen und starrt den Fremden entsetzt an. Aber schon lächelte Tarek wieder und seine Miene blieb weiterhin so freundlich und aufmerksam und Jacob erzählte das, was er hier im Wedding jedem erzählte, der etwas über Samir wissen wollte. Samir sei bei Verwandten in Düsseldorf, dort wären die Schulen besser.

Der elegante Mann nickte ihnen freundlich zu und ging die Straße hinunter, leichten und federnden Schrittes. Marjam atmete auf. Und Jacob fragte sie:

»Wer war das?«

Marjam wagte immer noch nicht, ihre Stimme zu heben, aus Sorge, dass der Mann sie selbst aus der Entfernung noch hören könnte:

»Ich denke, das war Tarek, der Lieblingsbruder von Arafat. Ich glaube, wir haben zu viel erzählt.« Marjam fasste an ihren silbernen Anhänger in Form einer Hand, der vor bösen Blicken beschützte.

Arafat war Jacob ein Begriff. Vor dem hatte ihn Samir gewarnt. Er würde Samir gleich eine Nachricht schreiben. Vielleicht war es wichtig, dass sie Tarek getroffen hatten.

XVIII.

Der kleine blaue Zettel entging Jacob nicht. Er leuchtete zwischen der Wassermelone und den drei Pfund Karotten hervor, die ihm die schöne Tülay eingepackt hatte. Er lebte noch nicht einmal zwei Wochen in der orientalischen Welt Berlins, aber Jacob hatte verstanden, dass dort vieles nicht ausgesprochen, sondern nur angedeutet wurde. Er warf Tülay einen langen Blick zu, schickte die Gedanken: »Ich habe den Zettel gesehen, werde ihn zu Hause lesen und danke«, hinterher und Tülay nickte unmerklich. Doch bis zur Familie Wahied nach Hause hielt er es nicht mehr aus, schon auf der Straße griff er nach dem Zettel und war enttäuscht. Dort standen nur zwei Namen: »Hassan Abdoullah / Simmit Evi«. Den letzten Namen kannte er; so hieß ein orientalisches Frühstückscafé in der Müllerstraße.

***

Die Türglocke des Simmit Evi klingelte melodisch, als Jacob eintrat. Ein Mann mit Bart und Lachfalten um die Augen stand hinter dem Tresen und sah Jacob neugierig an. Er hatte eine große Ähnlichkeit mit dem Vater aus den Pippi-Langstrumpf-Filmen: Ebenso dick, mit Oberarmen wie Baumstämme und verschmitzter Miene. Nur trug er statt der schwarzen Kapitänsmütze ein weißes gehäkeltes Käppchen.

Lange hörte sich Hassan Abdoullah Jacobs Erzählung an. Jacob übertrieb ein bisschen. Er schilderte, dass sich der Hundekot vor der Eingangstür der Schneiderei türmte, dass sogar die Leute ihren Sperrmüll davor abstellten, weil sie immer geschlossen war. Aber er zeigte ihm auch die Unterlagen, um die er Marjam gebeten hatte: Die Auflistung der Kredite, die Maryam für die Schneiderei zahlte. Zahlen musste sie, aber die Schneiderei betreten – das verboten die Cousins. Das war so etwas von ungerecht! Als Jacob seiner Empörung Luft gemacht hatte, strich sich Hassan über seinen Bart und griff nach seinem Smartphone. Mit seinen dicken Fingern tippte er zweimal und sprach kurz auf Arabisch.

Dann sagte er zu Jacob den Satz, auf den Jacob so gehofft hatte:

»Marjam hat von jetzt wieder das Sagen in der Schneiderei. Das ist mit dem Islam vereinbar. Natürlich ist es das.«

Jacob bedankte sich mehrmals, so wie er es sich bei Marjam abgeschaut hatte. Nicht nur einmal, wie die Deutschen, sondern mehrmals und ehrfürchtig. Währenddessen wuchtete sich Hassan Abdoullah Efraim Langstrumpf aus seinem Sitzkissen hoch und zog sich eine kugelsichere Weste an:

»Ich muss weiter. Ich habe noch mehr Fälle. Viel zu tun.«

Als er bemerkte, dass Jacob ehrfürchtig seine Weste anstarrte, sagte er:

»Ich muss jetzt bei einer Erbstreitigkeit schlichten, da geht es um viel Geld, deshalb … weißt du, was man bei uns sagt?«

Um seine Augen kräuselten sich Lachfalten, als er in Jacobs erschrockenes Gesicht blickte:

»Vertraue Allah, aber binde dein Kamel an.« Er lachte und klopfte sich auf die Weste, die nun unter einer Lederjacke verschwand. Mit diesen Worten ließ er Jacob allein im Café zurück.

***

Auf dem Rückweg vom Café wollte Jacob mehr über Hassan Abdoullah wissen:

Hi Samir! wer ist Hassan Abdoullah? so etwas wie ein kalif?	
	Nee, ein Friedensrichter. Warum?
friedensrichter? Was macht der??	
	… der sorgt für Frieden, du Schnellchecker. Was denkst du denn? Jeder kennt Hassan im Wedding. Alle haben seine Telnr. Wenn es zu ner Schlägerei kommt, ruft man ihn an, damit es nicht ausartet. Er hat schon viele Menschenleben gerettet. WARUM?
hab ihm von euren cousins erzählt.	
	du warst bei ihm?? WARUM?
Tülay hat mir dazu geraten, hat mir seinen namen zugesteckt. ohne erklärung.	

??? versteh nichts mehr. Wie kommt sie darauf?

Vielleicht hat ihr dieser Tarek von den Problemen in der Schneiderei erzählt?

TAREK? Du kennst Tarek? Der Tarek, der immer so fein angezogen ist? Typ Filmstar, schöne Stimme, handgenähte Lederschuhe? Scheiße, Mann. Du weißt doch, wie gefährlich der ist!!!

Chill mal. Der wirkte gar nicht gefährlich, sondern nett. allerdings hat er nach dir gefragt.

das sagst du mir jetzt erst?

reg dich ab. das ist erst heute passiert, so um 15 uhr. ich hab ihm das übliche erzählt: dass du in dü-dorf bist bei deinen cousins.

Shit. Der ist gefährlich !!!!!!

er hat uns geholfen. Marjam hat ihm leid getan und das hat er Tülay erzählt. ich glaub gar nicht, dass der soooo gefährlich ist, wie du meinst.

Falsch. Schon vergessen, was er mit Nasra gemacht hat??? Tarek ist supergefährlich!

und dann ist da noch etwas blödes passiert:

Jacob?
Was ist passiert?
Jacob??????

Samir starrte auf sein Handy. Aber nichts geschah. Jacob schrieb nicht mehr. Was war denn bloß passiert? Und warum antwortete Jacob nicht mehr?

XIX.

Es wurde spürbar kälter. Ein nächtlicher Sturm hatte die ersten Blätter von den Ästen gepflückt und sie lagen gelb und blass am Boden. Auch der See vor dem Schloss schien dunkler geworden zu sein. Samir saß im Studierzimmer vor seinen Matheaufgaben und löste sie mit gespitztem Bleistift. Es tat gut, einen ruhigen Kopf zu haben und die Lösung in den Aufgaben zu suchen. Glatte Zahlen ohne die Kanten und Fallen, die einem das Leben stellte. Clara saß neben ihm, nickte zufrieden, als sie sah, dass er vorankam und Samir ertappte sich dabei, dass ihm flau im Magen wurde, aber schön-flau, so schmetterlingsflügel-flau. Samir lächelte ihr zu. Sie war für ein Mädchen wirklich ganz okay.

Clara flüsterte Samir zu, sie sei gleich bei ihm, um die Aufgaben zu korrigieren, aber das, was sie bis jetzt gesehen habe, sei doch schon sehr gut, nur jetzt müsse sie sich die Nase pudern und dabei grinste sie.

Samir verstand das mit dem »Nasepudern« nicht, aber er ordnete es ein unter »Mädchenwitz« und während Clara rausging, um was-auch-immer-zu machen, lag ihr Heft aufgeschlagen auf ihrem Platz neben ihm. Ihre runde Füllerschrift leuchtete ihm entgegen und zufällig erhaschte Samir einen Blick auf den ersten Satz, der oben auf der linken Seite anfing, und dann konnte er nicht anders als weiterlesen:

Im Nachhinein weiß man es immer besser: Die dunklen Haare, die orientalischen Mandelaugen, die abweisende Haltung … aber sich auf Schloss Barenburg einzuschmuggeln, war wirklich eine Meisterleistung – alle Achtung. Die Angst, entdeckt zu werden, war offensichtlich immer da. Nicht auffallen, gute Noten schreiben, war das Rezept für lange Zeit, bis

Bis was? Bis Clara ihn bei der Direktorin verraten würde? Wann würde das sein? Samir atmete tief durch. Er hätte es besser wissen müssen. Clara konnte man nicht trauen.

Aber warum hatte sie ihr Heft offengelassen, sodass er die Geschichte lesen konnte? Oder würde sie nie denken, dass er das liest, ohne sie zu fragen? Samir sah sich um, ob ihn die anderen Schüler beobachtet hatten, wie er in Claras Heft gelesen hatte. Aber niemand nahm Notiz von ihm.

Samir wartete auf Clara, er wippte mit den Füßen, stand auf, sah aus dem Fenster und konnte sich beim besten Willen nicht mehr auf Mathe konzentrieren. Dann würde er jetzt eben Clara suchen und sie zur Rede stellen. Nie und nimmer würde er zulassen, dass sie ihn fertig machte, nachdem er so viel durchgestanden hatte. Samir klappte seine Bücher zu, stapelte sie, klemmte seine Kugelschreiber dazwischen und eilte aus dem Studierzimmer.

Als Samir seinen Fuß auf die große Treppe setzte, sah er wie Maximilian gerade hochkam. Auf der Mitte müssten sie sich begegnen. Samir zögerte. Sollte er Maximilian ignorieren oder dissen? Noch drei Stufen, dann würde er mit ihm auf Augenhöhe sein. Zwei. Eine. Jetzt:

»Du gegeltes Muttersöhnchen. Glaub nur nicht, dass ich klein beigebe«, raunte er Maximilian im Vorbeigehen zu und schritt sofort hoch erhobenen Hauptes weiter.

»Jacob?«

Samir blieb stehen. Maximilians Stimme hatte nichts Beleidigendes an sich, sie klang eher normal und harmlos. Aber er war auf der Hut und drehte sich langsam zu Maximilian um. Er stand jetzt zwei Stufen unter ihm, sah sein waschpulverweißes Polohemd mit dem aufgestellten Kragen und die betongrauen Augen.

»Oder wie auch immer du heißt«, fügte Maximilian hinzu. »Jedenfalls: Du wirst nie Klasse haben, so sehr du dich auch bemühst.«

Samir spürte, wie Maximilian ihn von oben bis unten musterte und unwillkürlich folgte er seinem Blick. Er sah, wie sich sein abgekauter Kugelschreiber in die Seiten des Mathebuchs geschoben hatte und sie umknickte. Seine Sneaker, obwohl neu, waren schon ziemlich dreckig. Maximilian trug seine Bücher ordentlich gestapelt und ein Füllfederhalter mit goldener Kappe blitzte zwischen seinen Fingern hervor. Und klar: Er würde niemals Sneaker tragen, sondern quietschsaubere Herrenschuhe aus Leder.

»Aber du«, Samir schritt die zwei Stufen wieder hoch, um auf Augenhöhe zu sein, »du hast Klasse, was? Was hast du schon geleistet in deinem Leben? Deine Eltern ballern dich zu mit ihrem Geld, seit deiner Geburt bekommst du alles in den Arsch geschoben. Wenn du das ›Klasse‹ nennst, dann Glückwunsch.«

Maximilian schaute ihn ernst an und verschränkte seine Arme:

»Weißt du, was mich am meisten nervt? Wenn so einer wie du Abitur machen kann, dann ist ja mein eigenes Abitur gar nichts mehr wert.«

Das saß! Nachdem Maximilian die Treppe hochgegangen war, setze Samir sich auf die Treppenstufe und atmete tief durch. Der Kloß in seinen Lungen kroch mit jedem Atemzug höher und setzte sich in seinem Hals fest. Und dann flossen die Tränen. Er hatte so Heimweh nach seiner Mutter und seinen Geschwistern. Und wo, wo um alles in der Welt war sein Vater? Lebte er noch? Samir schloss die Augen, aber es gelang ihm nicht, das Gesicht seines Vaters heraufzubeschwören. Es verschwamm vor seinen Augen und löste sich auf. Zu lange war sein Vater schon weg. Das tat so weh, als würden tausend Piranhas an ihm nagen.

Auf einmal fühlte er eine Hand auf seiner Schulter, dann sah er zwei Sportschuhe und zwei Knie. Jemand setzte sich neben ihn und Samir schämte sich zutiefst. Niemand sollte ihn so sehen. Er wischte sich schnell übers Gesicht, um seine Tränen zu trocknen.

»Guck mal, was ich gefunden habe.«

Samir atmete auf vor Erleichterung, das war die Stimme von Felix, der ihm die Hand hinstreckte. Samir lugte durch seine Finger und machte einen Satz nach hinten.

»Was ist das? Voll eklig!«, rief Samir aus.

»Krötenlaich. Schau mal wie das glibbert.«

In der Hand von Felix waberte eine glitschige, gallertartige Masse mit schwarzen Punkten.

»Wie kannst du sowas anfassen?« Samir starrte Felix entsetzt an und rückte schnell zur Seite, weil der Schleim ihm schon von der Hand tropfte.

»Ich werde das in ein Glas mit Seewasser tun und in unser Zimmer stellen. Dann schlüpfen die irgendwann.« Felix strahlte ihn an.

Samir fehlten die Worte.

»Na?«, stellte Felix zufrieden fest, als er in Samirs Gesicht blickte, »jetzt hast du wenigstens kein Heimweh mehr. Ich hab dich abgelenkt. Ganz schön gut von mir, stimmt's?«

»Absolut. Du bist wirklich eine Nummer«, stellte Samir fest und musste dann lachen.

XX.

7,40 Euro betrug die Ausbeute des Tages. Mehr hatten sie heute in der Schneiderei nicht eingenommen. Sehr mager.

»Wir müssen uns etwas einfallen lassen«, sagte Jacob.

Marjam zuckte mit den Schultern:

»Es hat sich noch nicht herumgesprochen, dass wir wieder offen haben. Geduld.«

»Eben. Weil es sich noch nicht herumgesprochen hat, müssen wir uns etwas einfallen lassen.«

»Das braucht Zeit. Das geht hier im Wedding nur so, wenn einer es dem anderen erzählt.«

»So viel Zeit haben wir nicht. Ich sag nur: sieben Euro vierzig.«

Nasra guckte zwischen Marjam und Jacob hin und her, wie eine Zuschauerin beim Tennis. Jetzt wäre Marjam wieder an der Reihe, doch sie erwiderte nichts. Es war viel zu warm hier drin, obwohl draußen ein kühler Wind wehte. Aber das Fenster zur Straße hin wurde so oft lackiert, dass es sich nicht mehr öffnen ließ und der Ventilator an der Decke funktionierte nicht. So richtig auf Vordermann müsste man das hier bringen, dachte Jacob. Aber dazu brauchte man Geld und Jacobs Gedanken kamen wieder da an, wo sie aufgehört hatten: bei sieben Euro vierzig.

Marjam griff zum Putzlappen. Der Boden war mit irgendeiner Paste verschmiert, die die Cousins nicht weggewischt hatten, und die mittlerweile zäh wie Kaugummi war. Beim Putzen sang Marjam auf Arabisch und wunderschön, sodass es Jacob ganz warm ums Herz wurde. Damit könnte sie auch in der Oper auftreten, dachte Jacob und mit einem Schlag wusste er, was zu tun war. Er schnappte sich das Geld aus der Kasse, eine vergilbte Visitenkarte der Schneiderei und rannte zwei Straßen weiter in den Copyshop.

Als er wieder zurückkam, waren es nur noch zwei Euro achtzig, die Jacob in die Kasse legte, aber dafür hatte er jetzt einen Stapel Kopien. Den ganzen Nachmittag schnitt er Visitenkarten aus, schrieb einen Spruch darauf und befestigte an jedes Papier eine Sicherheitsnadel. Nasra half ihm dabei. Sie malte kleine Herzchen und Blümchen auf die Karten.

***

Samir, ich war gestern unterwegs und mein Akku war leer. Das Ladekabel hatte ich natürlich auch nicht dabei ... Deswegen erst jetzt meine Antwort: Ein Polizist stand gestern vor der Tür. der wollte dich sprechen, also dich, Samir Wahied. Mensch, geht's dir auch so, dass du gar nicht mehr weißt, wie du heißt?

Nee. Ich bin und heiße Samir! Reiß dich zusammen. Sag schon, was wollte der Polizist?

er hat mich so misstrauisch angeschaut, und da habe ich ihm gesagt, ich bin Samir. und dann hat er Marjam angeschleimt, weil ihm ihr tee so gut getan hat und in unserem wohnzimmer hat er dann auf unser schwarzes samtbild mit dem arabischen spruch gezeigt, weißt du? das bild, das über dem sofa hängt?

und gesagt, ich solle ihm das vorlesen. konnte ich natürlich nicht und auf die schnelle ist mir auch nichts eingefallen, da wurde ich sauer und sagte, ohne durchsuchungsbefehl dürfe er gar nicht in die wohnung. da hat er nur gelacht. dass das überhaupt erlaubt ist! mein papa hätte ihm eine ganze horde anwälte auf den hals gehetzt!

Ich weiß schon, wer das war: Matthias Lindner vom LKA, so ein Wichtigtuer-Bulle. Und dann?

Dann hat er auf seine Protzuhr geschaut, dreimal F*** gesagt, und war dann wieder weg. das war alles

Shit. Der weiß, dass ich du bin. Es dauert nicht mehr lange, bis hier alles auffliegt.

und dann noch eins: Marie kommt nach deutschland. hat ihren besuch angekündigt und ich soll sie im schloss rumführen! weiß noch nicht, was wir da machen. wir haben die schneiderei gestern den ganzen tag geputzt und aufgeräumt dort. war echt ne drecksarbeit. aber Marjam ist jetzt super glücklich. sie will, dass du am wochenende nach berlin kommst, will dich unbedingt sehen. ich muss schluss machen, ich helfe Marjam noch mit den nähmaschinen. das wird die beste und coolste schneiderei von berlin! CU

Samir wusste nicht genau, warum er ein ungutes Gefühl hatte. Klar, die Lage spitzte sich zu, weil Matthias Lindner jetzt Bescheid wusste. Aber das war nicht alles. Das schlechte Gefühl saß tiefer und nagte an ihm.

Er las noch einmal die Nachrichten von Jacob durch: »unser schwarzes samtbild ... wir haben die schneiderei wieder ... ich helfe Marjam ... die coolste schneiderei.« Jacob sollte sich zurückhalten. Es war *seine* Mama. Das Bild seiner Eltern. Die Schneiderei *seiner* Eltern. Jacob gehörte nichts davon. Samir biss sich auf die Lippen. Es tat weh. Und weh tat auch, dass Clara eine Verräterin war. Das erste Mädchen, das er nett fand und dann das.

XXI.

Noch zwei Minuten bis zum Beginn der Vorstellung. Der flauschige Teppich dämpfte die Schritte der Besucher und vereinzelte Huster verstärkten die Spannung. Endlich setzte die Musik ein und selbst Jacob, der die ersten Takte nur von außen durch die verschlossenen Saaltüren hörte, wurde davon in Bann gezogen. »Così fan tutte« von Mozart spielten sie heute. Seine Mama liebte Mozart! Jacob machte sich für seinen großen Auftritt bereit. Er musste jetzt wieder meisterhaft lügen, wenn aus der Schneiderei jemals noch etwas werden sollte.

Dort drüben, wo alle Menschen ihre Mäntel und Jacken abgegeben hatten, würde er seine Vorstellung geben. Vorhang auf!

Jacob schritt mutig auf die Garderobenfrau zu, die er schon die ganze Zeit über bei ihrer Arbeit beobachtet hatte. Sie war die Geschäftigste, Schnellste und müsste die Chefin sein, dafür hatte Jacob ein Auge. Er setzte sein artigstes Lächeln auf, aber die Garderobiere glaubte bereits zu wissen, woher der Wind wehte und ratterte ihren Spruch herunter:

»Die Saaltüren haben schon zu, junger Mann. Da müssen Sie warten bis zur Pause.« Dann wandte sie sich wieder der Abrechnung zu.

Mit Charme war dieser Frau nicht beizukommen. Eher mit einer Geschichte, die sie aufhorchen ließ. Manchmal half eben nur die Wahrheit – die halbe Wahrheit zumindest.

»Guten Tag, ich heiße Jacob. Jacob Samir Wahied.« Die Garderobenfrau hörte auf, auf ihrem Kaugummi herumzukauen.

»Und? Hab schon Schlimmeres gehört, damit lässt sich leben.« Sie blätterte eine Seite um.

»Und ich möchte jemandem helfen. Denn das Geld flutscht uns unter den Händen weg.«

»Das kenn ich«, sagte die Garderobiere und beäugte eine blaue Tasche, die aus dem Garderobenfach herauszurutschen drohte.

»Mann – det hab ich vielleicht jefressen.« Sie stand auf und bewahrte die Tasche vor dem Abrutschen.

»Die Leute sind so verrückt, gehen zuerst zu Ikea und schleppen dann ihre Einkäufe in die Oper mit.« Sie hatte Mühe, die große blaue Tasche zu stabilisieren. Sie neigte sich weiter über den Rand des Regalbrettes. Zu Jacob sagte sie: »Hier gibt's keinen Job für dich, Kleener. Tut mir leid. Die Arbeitszeiten sind erst was für Leute ab 18, es geht oft bis Mitternacht«. Sie schob eine andere Tasche zur Seite und wuchtete die Ikea-Tasche hinüber.

»Ich würde gern das hier verteilen, damit wieder etwas Geld in die Kasse kommt«, sagte Jacob und hielt ihr eine von

Nasra verzierte Visitenkarte der Schneiderei hin. Widerwillig nahm die Garderobiere die Karte und las Jacobs Krakelschrift:

> Ob Knopf, Riss oder loser Faden,
> ob bunt, getüpfelt oder kariert
> egal was Ihnen passiert,
> kommen Sie in unseren Laden.
> – alle Schneiderarbeiten auf einen Streich –
> Änderungsschneiderei Wahied, Jogostr. 35a, Berlin-Wedding

Sie grinste und Jacob sah, dass ihr Kaugummi blau war.

»Das holpert ganz schön, der Reim. Dichter darfste mal nich werden. Und was soll icke damit?«

»Na, ich könnte das den Leuten in die Tasche stecken. Jetzt gleich. Und dann finden sie das und kommen zu uns.«

»Du bist doch nicht so blöd wie dein Name. Na, komm mal rum, Kleener. Sieht ja jetzt keiner. Wir müssen schließlich zusammenhalten, wenn uns das Geld davonläuft.«

Sie hielt Jacob einen braunen Trenchcoat vor die Nase:

»Kiekste mal – der gibt nie Trinkgeld, es fehlen drei Knöpfe, er sitzt aber regelmäßig im Parkett. Weißte was da ne Karte kostet?«

Jacob hatte die Garderobiere auf seiner Seite. Zu jedem Mantel wusste sie eine Geschichte und Jacob steckte flink die Visitenkarte in die Manteltaschen.

»Oder die da«, die Garderobiere zeigte ihm eine dünne, geblümte Stoffjacke, »seitdem ich hier arbeite, ist dort dieser Riss unten im Ärmel, sonst tut sie so etepetete. Da wird der Hund in der Pfanne verrückt. Aber sie denkt, da unten sieht man das nicht. Außen hui, innen pfui, sag ich da nur.«

Auch die Blümchenjacke bekam ein Zettelchen von Jacob und dann zeigte ihm die Garderobiere noch eine Kaschmirjacke mit Laufmaschen, eine Lederjacke, an der der Knopf fehlte und schließlich brummte sie:

»Das ist jetzt knorke. Wirklich. Ist ja sonst nicht auszuhalten inmitten dieser Altkleidersammlung«.

Die Saaltüren gingen auf und die Leute strömten in die erste Pause. Jacob war stolz auf sich. Er hatte alles verteilt und der Garderobiere versprochen, morgen wieder mit einem Schwung neuer Zettel vorbeizukommen. Doch auf dem Weg zum Ausgang erstarrte er. Diese Stimme kannte er nur zu gut:

»Also das war mal wieder allererste Sahne. Ich bin ja nicht so hochgebildet wie all die anderen hier, aber dass das exzellentes Theater war, habe ich natürlich erkannt.« Jacob versteckte sich schnell hinter einer Gruppe von Jugendlichen. Nur zwei Meter vor ihm standen seine Eltern. Sein Vater redete wie immer, großspurig und viel zu laut. Jacob duckte sich und er hastete zwischen den Leuten hindurch. Schließlich war er an der großen Tür und lief los. Das tat weh. Er lief vor seinen eigenen Eltern davon. Aber Jacob wollte auf keinen Fall zurück in sein altes, nichtsnutziges, bescheuertes Leben. Er sprintete die Stufen hinunter und verschwand hinter den Bäumen des Gendarmenmarktes.

XXII.

Es war einer der letzten warmen Tage in Berlin, bevor die Stadt ein halbes Jahr in Grau und Kälte eintauchen würde. Jacob blieb auf dem Sonnenfleck stehen, der auf dem Gehsteig lag wie gemalt.

Er stand vor einem grauen Gebäudekasten in Berlin-Charlottenburg. »Russmann« prangte in roten Lettern auf der Stirnseite und davor lag ein Parkplatz auf dem die Firmenautos standen: zwei Klein-Lastwagen mit Hebebühnen und Lieferwagen. Ein Mensch in rotem Overall verlud Eimer und Wischer in einen der Kastenwagen, während vorne vier Männer Platz nahmen. Eine ganz normale Putzkolonne auf dem Weg zur Arbeit. Nichts Verdächtiges. Nichts, was er Samir melden könnte. Er rief die Nachricht, die ihm Samir gestern Abend geschickt hatte, noch einmal auf:

bitte geh zu russmann-gebäudereinigung (friedrich-olbricht-damm 35). die reinigung gehört Arafat und seinen brüdern. Bitte finde heraus, was da faul ist. Dringend!!

Für Jacob sah es aus wie ein normaler Betrieb, so ähnlich wie die Heizungsfirma seines Papas, nur kleiner. Da war nichts faul. Aber gut, er würde mal ein bisschen rumspionieren. Hauptsache Samir blieb auf Schloss Barenburg.

Jacob zog aus seinem Sportbeutel eine schwarze Männer-Geldbörse aus Kunstleder hervor und marschierte in das Gebäude. Er steuerte geradewegs auf die Treppe zu und klopfte im ersten Stock an eine Tür. In Fabrikgebäuden kannte er sich aus, das funktionierte überall gleich. Hier – bei dem Schild »Buchhaltung und Personal – Julia Schmidt« dürfte er richtig sein.

Als das »Herein« ertönte, atmete er auf. Eine jüngere Frau, Typ »ich-stemme-alles« blickte ihm entgegen. Ihr Schreibtisch war ordentlich, die Stifte standen akkurat in einem Behälter, die Papiere auf dem Schreibtisch lagen wie mit einem

Geodreieck ausgerichtet bereit und der Computer summte geschäftig. Zwei grüne Augen blickten Jacob freundlich und erwartungsvoll an. Jacob zeigte ihr die schwarze Geldbörse und spulte seine besten Benimm-Floskeln herunter:

»Guten Tag, ich heiße Jacob Cloppenburg. Ich habe – das ist schon länger her – diese Geldbörse gefunden. Ein Arbeiter in einem roten Overall hat sie drüben auf der Straße verloren. Vielleicht könnten Sie ihm die wiedergeben?«

»Steht denn ein Name drin?«, fragte Julia Schmidt.

»Ja, schauen Sie mal«, Jacob öffnet die Geldbörse, in die er zuvor ein Foto von Mohammed, einen 20-Euro-Schein und die Berlin-Familienkarte von Mohammed Wahied gesteckt hatte.

»Er heißt Mohammed Wahied«.

»Hmmm – sagt mir jetzt erst einmal nichts, aber lass mal schauen ... Er hatte einen roten Overall an, sagst du?«

»Ja, sie haben kurz an der Straße gehalten, ich habe von weitem gesehen, wie einem Mann in dem roten Overall die Geldbörse aus der Tasche fiel, aber dann waren sie schon abgedüst.«

»Ich finde nichts in dem Computer unter diesem Namen ...«

»Aber er muss von hier sein. Es war ein roter Citroën Berlingo mit der Aufschrift ›Russmann‹, genau solche wie sie hier auf dem Parkplatz stehen. Das ist allerdings schon länger her, am 5. Mai ist das passiert«, beharrte Jacob. Und sprach weiter, beharrlich und eindringlich:

»Das Blöde ist, wir sind dann in die Ferien gefahren und ich habe die Sache mit der Geldbörse vergessen. Und jetzt – immer vor dem Einschlafen – habe ich ein schlechtes Gewissen. 20 Euro sind viel Geld. Ich möchte sie nicht behalten, sie gehören mir nicht.«

Jacob war zufrieden mit sich, er hatte die Geschichte so erzählt, dass er sie schon selbst glaubte. Und prompt änderte sich das Grün in den Augen der blonden Frau und wurde zum warmen Grün in der Farbe eines Waldsees. Erwachsene fanden es immer toll, wenn Kinder ehrlich waren. Da bekamen sie sofort selbst ein schlechtes Gewissen und waren ganz gerührt.

»Warte mal«, sagt sie und griff zum Telefonhörer, »wir haben auch andere Firmen, die uns Arbeiter schicken, und dem Namen nach zu urteilen, könnte dieser Herr Wahied von Arafat kommen. Ich klär das gleich.«

Jacob nickte artig. Das ging in die richtige Richtung. Er konnte hören, wie am anderen Ende der Leitung abgehoben wurde. Eine Männerstimme meldete sich.

»Hallo? Hier Julia Schmidt von Russmann.« ... »Ich bin auf der Suche nach einem Mitarbeiter von Ihnen, den Sie mir am 5. Mai geschickt haben ... ja danke ...«

Sie lächelte Jacob aufmunternd zu. Sie hörten beide ein Tastaturklacken und der Mann meldete sich zurück:

»5. Mai, habe ich jetzt vor mir liegen.«

»Es handelt sich um Herrn ...«, Julia Schmidt las den Namen von dem Familienpass ab, »Mohammed Wahied?«

»Ja, der erscheint hier ... war am 5.5. mit euch unterwegs, für die 17-Uhr-Schicht, um bei ›Leiffhäu ...‹«, doch da unterbrach ein heftiger arabischer Wortwechsel die Männerstimme und dann ... »Tuut«. Aufgelegt.

Julia Schmidt blickte erschrocken in den Hörer, als sei er eine Wahrsagerkugel, die ihr die Fortsetzung liefern würde. Sie probierte es noch einmal. Doch niemand hob mehr ab.

»Vielleicht hat er sich heißen Kaffee auf die Hose geschüttet?«, meinte Jacob arglos. Und dann möglichst nebensächlich fragte er:

»Was ist Leiffhäu…?«

Julia Schmidts Augen hatten wieder ein normales Schultafelgrün angenommen und sie blickte auf die Uhr. Gleich würde sie ungeduldig werden, zu viel Zeit hatte sie jetzt schon vertan, E-Mails machten mit einem »Pling« auf sich aufmerksam, doch diese Frage war wichtig und Jacob hatte Glück:

»Leiffhäuser & Emmrich? Das ist einer unserer Großkunden. Eine Bank am Potsdamer Platz mit Glasfassade. Die putzen wir jede Woche.«

Sie nickte Jacob zu.

»Lass mir die Geldbörse da, ich übergebe sie dann an Arafats Truppen heute Nachmittag.«

»Ja, natürlich. Danke vielmals.« sagte Jacob und verabschiedete sich artig.

Jacob lief zur S-Bahn; er hüpfte mehr als er lief. Das war bestens gelaufen. Auch wenn es ihm leid um die 20 Euro tat. In der S-Bahn schrieb er sein Rechercheergebnis per SMS an Samir und stieg dann um in die U-Bahn zum Alpenstüberl.

***

Samir saß in der Bibliothek und starrte auf die Nachricht von Jacob. Dass sein Vater für Arafat gearbeitet hatte, machte ihn ratlos und wütend gleichzeitig. Obwohl sein Papa ihn immer vor diesen Typen gewarnt hatte, arbeitete er für sie. Die Geldnot war offenbar zu groß. Doch was hatte die Arafat-Firma zu verbergen?

Samir nahm sich fest vor, gleich weiter zu lernen.

Aber das, was er jetzt tat, duldete keinen Aufschub. Er musste denjenigen fragen, der alles auf dieser Welt wusste.

Während er ein Stoßgebet zu Allah schickte, tippte er in die Suchmaschine:

Bankhaus Gendarmenmarkt 5. Mai

XXIII.

Zur gleichen Zeit in Berlin-Wedding half Jacob Marjam beim Tragen der Einkaufstüten, die heute ungewöhnlich schwer waren.

»Ich habe euch allen etwas mitgebracht«, rief sie und ließ sich erschöpft auf den Stuhl am Küchentisch fallen, an dem Jacob seine Hausaufgaben machte. Hamed und Nasra machten sich sofort über die Tüten her, verteilten ihren Inhalt am Boden und jubelten, als sie die große Schachtel Schokoküsse entdeckten.

»Du kannst dir nicht vorstellen, Jacob: Heute kamen so viele Leute in die Schneiderei. Fünfzig Aufträge oder mehr habe ich angenommen.« Marjam strich ihren Rock glatt und sagte weiter:

»Siehst du, ich habe dir gesagt: Geduld. Und nochmal Geduld. Es spricht sich herum, dass wir wieder offen haben. So ist das bei uns im Wedding.«

»Mhm«, murmelte Jacob und schrieb weiter in sein Vokabelheft – ein Grinsen konnte er sich nicht verkneifen.

»Und ich dachte schon, ich gehe mit Tülay putzen«, fuhr sie fort. Jacob wurde hellhörig und ließ seinen Kugelschreiber sinken.

»Aber das ist zu weit. Bis zum Flughafen«, fuhr sie fort und legte die Plastiktüten zusammen.

»Flughafen?«, fragte Jacob.

»Ja, Tülay putzt abends nach dem Obstladen am Flughafen.«

»Aha.«

»Isst du heute mit uns?«

Jacob schüttelte den Kopf. »Nein, ich geh noch zu Fine ins Alpenstüberl.«

»Dann bist du um 21 Uhr spätestens wieder zu Hause?«

Jacob nickte und fragte dann beiläufig: »Aber ich kenne jemanden, der eine Putzstelle sucht. Wäre das auch über Russmann?«

Er sah, wie Marjam bei diesem Namen kurz zusammenzuckte. Sie murmelte etwas Unverständliche, wandte ihr Gesicht ab und räumte dann den Kühlschrank ein. Stolz betrachtete sie die Lebensmittel, die sie heute mit dem verdienten Geld gekauft hatte. So voll war der Kühlschrank schon lange nicht mehr gewesen.

XXIV.

Samirs Augen flackerten. Mehrmals musste er den Zeitungsartikel, den die Suchmaschine ausgespuckt hatte, durchlesen.

Brutaler Banküberfall am Gendarmenmarkt

Täter bedrohen Inhaber mit Pistole und verletzen ihn schwer

Mit einem Großaufgebot fahndete die Polizei gestern Abend nach einem Verbrecherduo, das den Inhaber des privaten Bankhauses Leiffhäuser & Emmrich erpresst und schwer verletzt hatte. Die ca. 35 Jahre alten Täter drangen kurz nach Schließung der Bank um 18 Uhr in die privaten Büroräume ein, die sich in den oberen Stockwerken des Gebäudes befinden.

Wie Zeugen später berichteten, handelte es sich um Männer südländischer Abstammung, die fälschlicherweise für »VIP-Kunden« gehalten wurden, die der Bankdirektor stets persönlich zu betreuen pflegt. In dessen Büro zwangen sie ihn mit Gewalt, eine ansehnliche Geldsumme auf ein Online-Konto zu überweisen und verletzten ihn dabei schwer. Anschließend verließen sie das Gebäude. Erst eine halbe Stunde später entdeckten Angestellte den Bewusstlosen und riefen den Notarzt.

Die Polizei leitete unmittelbar nach der Tat eine Fahndung ein und fuhr mit Lautsprecherwagen durch Berlin-Mitte, um die Passanten zu informieren und weitere Zeugen zu finden. Die Fahndung blieb bis Redaktionsschluss ohne Erfolg. Das Konto des Duos wurde wenige Minuten nach der Überweisung aufgelöst, offenbar wurde das Geld weitertransferiert. Die Videobänder der Bankfiliale werden vom zuständigen Landeskriminalamt ausgewertet, ebenso die Spuren, die die Beamten in dem Bürotrakt gesichert haben. Der Bankdirektor wurde umgehend in ein Krankenhaus gebracht, sein Zustand ist kritisch.

Selbst die Uhrzeit stimmte: Sein Papa war für die Schicht ab 17 Uhr bei Russmann eingeteilt gewesen. Was war da nur passiert? Was, bei Allah, hatte sein Vater mit dem Banküberfall zu tun?

Samir hielt es nicht mehr auf seinem Platz aus. Er ging im Zimmer auf und ab, in seinem Kopf summte es wie ein Hornissenschwarm.

Das Besucher-Wochenende war schon fast rum. Samir sah aus seinem Zimmerfenster, dass nur noch eine Handvoll Autos auf dem Parkplatz vor dem Schloss standen.

Claras schlanke Gestalt mit den dunklen Haaren entdeckte er am Rand des Parkplatzes. Samir hatte Clara seit gestern nicht mehr gesehen. Gleich nachdem ihr Besuch weg wäre, würde er sie zur Rede stellen. Er sah ihr zu, wie sie ihre Eltern begleitete, langsam, denn Claras Vater ging an Krücken. Samir erinnerte sich, dass Clara eine Operation erwähnt hatte. Je länger Samir die drei beobachtete, desto mulmiger wurde ihm zumute. So mulmig, dass seine Wut auf Clara dabei fast verrauchte. Da war etwas in der Gestalt von Claras Vater: Die Art, wie er sich bewegte, gefiel Samir nicht. Der Mann war noch nicht sehr alt, ging aber schief und offenbar mit Schmerzen. Er hatte die Schultern zu den Ohren hochgezogen. Als eine Autotür heftig zugeschlagen wurde, fuhr er zusammen und zog noch weiter den Kopf ein. Als müsse er sich vor einem Angriff ducken. Und jetzt wusste Samir plötzlich, mit wem Claras Vater Ähnlichkeit hatte. Er bewegte sich wie die Menschen, die frisch aus dem Bürgerkrieg in Syrien nach Deutschland kamen und Samirs Eltern in ihrer Schneiderei aufsuchten. Samir hatte diese Menschen gesehen. Da gab es manche, die nur noch flüsterten. Mohammed Wahied wurde oft grau vor Kummer, wenn er ihnen zuhörte. Sie weinten gemeinsam und beteten um die Toten. Die Menschen, die Schreckliches erlebt hatten und von der Vergangenheit nicht mehr loskamen, hielten sich gekrümmt, zogen sich zusammen wie Nachtfalter, die dem offenen Feuer zu nahe gekommen waren und schreckten bei jedem Geräusch, das über Vogelpiepsen hinausging, zusammen. So wie Claras Vater. Ja, Claras Vater musste etwas Schreckliches zugestoßen sein, da war sich Samir ganz sicher.

Die Familie erreichte endlich mit Trippelschritten das Auto, ein Mercedes der S-Klasse, schwarz und mit Sonderausstattung, wie Samir sogar aus der Ferne erkannte. Claras Vater brauchte ziemlich lang beim Einsteigen, Clara stützte ihn, und er musste, um sein rechtes Bein in das Auto hieven zu können, die Hände zur Hilfe zu nehmen. Sie fuhren ab, Claras Mutter am Steuer. Samir kam von dem Anblick der gekrümmten Gestalt nicht los. Als der Mercedes durch das große Schlosstor fuhr, ratterte es in Samirs Gehirn, er konnte es förmlich spüren, dass hier etwas faul war, eine Kleinigkeit, die er bisher übersehen hatte und schließlich kam die Erkenntnis mit so einer Wucht, dass sie Samir fast umgehauen hätte. Es war glasklar. Clara hieß mit Nachnamen Emmrich! Die Bank am Gendarmenmarkt ... Glasfassade ... sein Papa. Überall war Glas, über vier Stockwerke hinweg ... am Tag des Überfalls hatte sein Vater dort gearbeitet, als Fensterwischer!

Samir hastete die Treppen hinunter. Wie sollte er es anstellen, Clara nach ihrem Vater zu fragen? Und warum wollte sie ihn verraten?

Samir schritt auf Clara zu. Auf die Verräterin, die gleichzeitig diejenige war, die ihm jetzt am meisten helfen konnte. Clara hatte noch ganz gerötete Augen, aber sie lächelte Samir an.

»Ich mag keine Abschiede«, schniefte sie.

»Heulsuse«, bemerkte Samir so kühl er konnte.

»Charmebolzen!« Clara wischte sich über die Augen und sagte dann schon eine Spur fröhlicher: »Komm mal mit«, und deutete auf ein Päckchen, das sie unter der Jacke versteckte. »Das haben mir meine Eltern mitgebracht. Haribo-Mischung. Ich geb dir was ab.«

Samir grummelte etwas davon, dass er sich eher die Finger abhacken würde, als von einer Verräterin etwas zu nehmen, aber Clara hörte ihn nicht, sie war schon vorausgelaufen, die Treppe hoch, zwei Stufen auf einmal und rief:

»Kommst Du schnell mit zur Direx? Ich muss mich noch in die Anwesenheitsliste eintragen. Und dann können wir ja fernsehen oder so. Hast du Lust?«

Samir nickte. Er konnte nicht glauben, dass sie ihn jetzt bei Frau Hornhauer-Scott verpfeifen würde. So verstellen konnte sie sich nie im Leben. Oder doch?

Clara verschwand im Rektoratszimmer. Auf dem Flur war es ganz still und Samir spitzte die Ohren, aber aus dem Rektoratszimmer drang keine Silbe nach außen. Von wegen nur ein Häkchen in die Anwesenheitsliste setzen ... dazu war sie schon viel zu lange drin. Aber Samirs Wut auf Clara war weg, im Gegenteil, er fühlte sich mit ihr durch das Schicksal ihrer beider Väter verbunden. Eine tiefe Ruhe breitete sich in Samir aus, wie er dort oben im Flur stand und auf den Schlosshof hinunterblickte. Vielleicht war dieser Flur hier ein magischer Ort, ein Ort in dem man zur Ruhe kam und Fotos aus der Vergangenheit zu einem wisperten.

Als Clara endlich aus dem Rektoratszimmer kam, konnte Samir ihrer Miene nichts ablesen, höchstens dass sie gut gelaunt war.

»Komm mal, wusstest du das eigentlich?«, sagte sie und zog Samir zu dem Foto der Abschlussklasse aus dem Jahr 1972. Das war das Foto, auf dem zum ersten Mal in der Schlossgeschichte Mädchen in die Kamera lächelten.

Sie deutete auf eine junge Frau, kleiner und stämmiger als die anderen. Ernst und ruhig, fast hoheitsvoll blickte sie auf Samir. Ihr dunkles Haar war eng anliegend und zu einer Art Helm geschnitten, wie bei einer Playmobilfigur; dazu trug sie eine kanariengelbe Bluse mit blauem Rock. Ihre grauen Augen hefteten sich direkt auf Samir und innerlich ging er in Hab-Acht-Stellung.

»Unsere Direx, Frau Hornhauer-Scott«, erklärte Clara. »Siehst du, wie streng sie damals schon schaute?«

Clara blickte kurz zu Samir, dann wieder auf das Foto.

»Es waren nur drei Mädchen in dem Jahrgang, das war sicher nicht einfach für sie«, sagte Clara.

»Hmm …«, machte Samir und spürte Claras Blick auf sich. Mit ihren dunklen Augen. Samir wurde mulmig. Er wurde nervös, weil er spürte, dass er Clara gern mochte. Jetzt, in dieser Sekunde, spürte er das und schon musste er sie mit ihrem Verrat konfrontieren. Er konnte ihren Text, den sie gestern – noch dazu neben ihm – geschrieben hatte, nicht auf sich sitzen lassen.

»Was meinst du, wie die Geschichte ausgeht?«, fragte er leise.

»Welche Geschichte?«

»Na, die, die du geschrieben hast. Gestern im Studierzimmer. Du hast dein Heft liegengelassen, weil du ja gleich zurückkommen wolltest. Bist du aber nicht. Und da habe ich es gelesen.«

»Ach, das meinst du. Ich bin nicht mehr zurück, weil ich einen Anruf bekam.«

»Also? Wie geht die Geschichte aus?«, fragte er und versuchte ein Lächeln, obwohl er gleichzeitig auf das Schlimmste gefasst war.

»Na, wie die meisten Geschichten. Leider.«

»Leider?« Samir sah einen Anflug von Gewissensbissen bei ihr. Wenigstens.

»Ohne Happy End«, seufzte Clara.

»Aber du musst es ja nicht verraten?«

»Ich? Wie meinst du das?«, fragte Clara. Und als Samir nichts sagte, sondern sie nur anschaute, zog sie ihn am Handgelenk fort und stoppte vor einem Foto. Ausgerechnet sein Foto, das Foto mit dem sprechenden Jungen. Clara sah ihn mit ihren schlauen, schmalen Augen lange an.

Samir war das nicht ganz geheuer. Er flüsterte:

»Du hast geschrieben: Nicht auffallen, gute Noten schreiben, war lange Zeit das Rezept, bis ... ?« Samir blieb mit der Stimme oben und schaute Clara erwartungsvoll an. Clara nickte und ergänzte langsam:

»Bis sie verpfiffen wurde. Von ihrem Cousin.«

»Sie?«

Clara deutete auf einen Jungen. Den Jungen mit der Flüsterstimme.

»Siehst du den da?«, sagte Clara unnötigerweise, denn ihr Daumen klebte auf seinem Gesicht und hinterließ einen fettigen Fingerabdruck auf der Glasscheibe. »Das ist in Wirklichkeit ein Mädchen. Eine Jüdin, die sich unter falschem Namen auf Schloss Barenburg eingeschmuggelt hatte, damit sie weiter auf eine Schule gehen konnte. Denn 1939 war allen Menschen jüdischen Glaubens verboten, auf deutsche Schulen zu gehen. Alice wollte aber unbedingt ihr Abitur machen.«

»Und dann?«, Samirs Stimme war kaum noch zu hören.

»Und dann hat sie ihr Cousin väterlicherseits – der da«, Clara hinterließ einen Fingerabdruck auf einem kantigen Blondschopf, »verpfiffen. Sie wurde von der Polizei abgeholt, ins Gefängnis gebracht, da verliert sich ihre Spur und dann taucht ihr Name erst wieder später auf, in Theresienstadt 1942. Da ist sie gestorben – mit 21.«

»Woher weißt du das alles? Ist das sicher?«, flüsterte Samir zutiefst erschrocken.

»Ja, ich schreibe darüber gerade für unser Geschichtsprojekt. Das Ganze hat schon mal ein älterer Schüler vor zehn Jahren ausgegraben, aus den Schulakten von damals und er hatte da sogar noch Zeitzeugen fragen können, und ich guck jetzt, dass ich noch Verwandte von Alice Singer finde.«

»Alice Singer – so hieß sie?« Samir konnte seinen Blick nicht vom Foto abwenden.

»Ja, vielleicht schreibe ich mal ein Buch darüber«, meinte Clara mit einer Mischung aus Stolz und Eifer, die Samir nicht zweifeln ließ, dass er bald Claras Buch in den Händen halten würde.

»Mannomann, das habe ich glatt vergessen«, rief sie mit einem Mal aus und schlug sich mit der Hand an die Stirn. »Ich muss noch wen anrufen. Hauptkommissar ... ach, auch egal. Wieviel Uhr ist es denn? Der wartet ...«, und schon war sie die Treppe hinuntergelaufen, drehte sich noch einmal zu Samir um und rief:

»Bis später, Jacob.«

»Warte mal, ich muss dich auch noch etwas fragen!«

Aber Clara drehte sich nur kurz um, rief ihm ein »Später« zu und rannte die Treppe nach unten.

Samir stand allein im Flur und sein Herz machte kleine Hüpfer. Alles nur ein Missverständnis! Samir schämte sich mit einem Mal, dass er so schlecht über Clara gedacht hatte. Wie nett sie ihm gerade zugelächelt hatte mit ihren schönen braunen Augen. Samir schnupperte an seiner Hand, die Clara gepackt hatte, er roch ihren Zimt- und Zitronen-Duft und das tat gut. Es tat gut, hier jemanden zu haben, den man mochte. Samir war jetzt klar, warum ihn das Gesicht auf dem Foto nicht losgelassen hatte. Alice Singer hatte sich aus der Not heraus unter falschem Namen in das Internat geschlichen.

Sie war wie er.

Doch sie hatte nicht mit ihrem Cousin gerechnet. Dieser miese kleine Verräter und Samir starrte den blonden Jungen wütend an. Ja, in der Familie sitzen manchmal die schlimmsten Feinde, besonders unter den Cousins. Wieder eine Gemeinsamkeit.

»Schalom, Alice« flüsterte Samir. Er schloss die Augen, atmete tief durch und glaubte ein Wispern zu hören:

»Dein Vater lebt.«

Samir schossen Tränen in die Augen. Hoffentlich, dachte er, bilde ich mir das nicht alles ein. Bitte lass Alice die Wahrheit sagen. Bitte!

XXV.

Das Alpenstüberl brummte. Es war so voll mit Menschen, dass die Scheiben von innen beschlugen. Manche warteten an der Bar, bis ein Sitzplatz frei war. So ähnlich musste es heute in der Schneiderei bei Marjam zugegangen sein, dachte Jacob als er das Restaurant betrat und freute sich über den geglückten Coup. Auf dem Nachhauseweg heute Abend würde er noch einmal bei Peggy, der Garderobiere, vorbeischauen und ihr einen Schwung Visitenkarten dalassen. Er fühlte sich richtig wohl in seiner Haut, weil er etwas Gutes getan hatte und jetzt würde er noch Fine und ihrem Vater im Restaurant helfen. Sein Leben war zurzeit mehr als in Ordnung. Er war richtig glücklich.

Fines Wangen glühten, weil so viel los war. Sie verteilte Zuckerbeutel auf den Untertassen, die sie in einer Reihe aufgestellt hatte, damit es schneller ging, wie am Fließband, und warf Jacob einen dankbaren Blick zu, als er die

Kaffeetassen auf ein Tablett setzte. Ihm musste niemand sagen, wo er anpacken konnte. Das merkte er ganz von selbst.

»Tisch vier bekommt Cappuccino und Apfelstrudel«, warf sie ihm zu, und Jacob, der inzwischen die Tischnummern auch schon kannte, ging mit dem Tablett zu Tisch vier. Der Gast zu diesem Tisch saß gerade nicht dort, sein Jackett hing über der Stuhllehne und die Tageszeitung lag so ausgebreitet auf dem Tisch, dass klar war, hier würde sich niemand dazusetzen. Jacob schob vorsichtig Strudel und Cappuccino zwischen die Zeitungen, als der Unterteller gegen einen metallenen Gegenstand klirrte, der unter dem Zeitungshaufen verborgen war. Eine silberne Trillerpfeife blitzte zwischen den Seiten hervor. Blitzschnell wollte Jacob in Deckung gehen, da tönte auch schon eine Bass-Stimme:

»Jacob!«

Jacob drehte sich langsam um. Er atmete auf, als er nicht seinen Vater sah, sondern dessen Bruder, Onkel Werner. Jacob spürte, wie ihm ein Tropfen Schweiß das Rückgrat hinunterlief. Dass sein Onkel seinem Vater erzählen würde, Jacob hier getroffen zu haben, war ein Problem, das er sicher in den Griff bekommen würde.

»Was machst du denn hier? Ich dachte, du bist auf dem Internat?«

»Am Wochenende habe ich Ausgang.«

»Lass dich ansehen.« Onkel Erwin hielt Jacob eine Armlänge auf Abstand und fuhr fort:

»Das Internat tut dir gut! Ein richtiger Mann ist aus dir geworden.«

Jacob musste grinsen, weil er sah, dass Fine ihn und Onkel Werner beobachtete. Sollte sie ruhig hören, dass er sich verändert hatte.

»Komm setz dich. Was machst du hier?« Onkel Werner faltete die Zeitungen zusammen, nahm die silberne Trillerpfeife und steckte sie in seine Jackettasche.

»Ich wusste gar nicht, dass du auch so eine Pfeife hast, Onkel Werner?«, sagte Jacob und setzte sich.

»Na klar. Die haben dein Vater und ich geschenkt bekommen. Von unserem Sportlehrer. Weil wir die Pfeifen des Jahres waren in Sport.« Onkel Werner lachte laut los und strich sich über sein ansehnliches Bäuchlein.

»So, so …«, sagte Jacob und dann ergriff er die Gelegenheit und ließ Onkel Werner erzählen, von früher. Wie Erwin Cloppenburg als Schüler war, was er für Sport getrieben hatte, wofür er sich interessierte – von der Schul- bis zur Studienzeit seines Vaters. Da war so vieles, was Jacob nicht wusste und im Nachhinein wurde ihm so vieles klar. Die Stunden vergingen und der Apfelstrudel war längst kalt geworden. Aber immer noch saßen Neffe und Onkel zusammen und redeten.

***

hi cousinchen, bin fix und fertig. Habe mich gestern drei stunden mit deinem vater unterhalten. Onkel Werner hat mir viel über meinen vater erzählt. Ich bin sowas von sauer! 16:33✓✓

:-o mein papa war doch gestern in Berlin, nicht in Brandenburg! 16:33✓✓

ich war auch in berlin, weil – egal. Jedenfalls: mein papa hat mich ständig angelogen. Er war ne pfeife in der schule! 16:36✓✓

Hmmm … also mein papa auch. 16:38✓✓

ja, aber deiner hat dir das von anfang an so erzählt 16:38✓✓

nee, erst auf nachfrage ... ;-) 16:39✓✓

Hallo? Kannste dich mal verabschieden? DU BIST NOCH ONLINE! DAS SEH ICH! Nerv ... noch was wichtiges: Meine Eltern haben mir den Heimflug spendiert und bald besuch ich dich auf Schloss Barenburg. Bin schon ganz gespannt. Passt Dir Dienstagnachmittag?
CU 16:59✓✓

XXVI.

Samir fand Clara – so wie sie es gesagt hatte – im Fernsehzimmer, es war Montagabend und eine Handvoll Schüler sahen sich »Wer wird Millionär« an. Samir setzte sich neben Clara auf die Couch. Er wollte mit ihr allein sprechen, aber das ging auf Schloss Barenburg sowieso nicht. Nie war man hier allein, dachte Samir genervt. Alle waren sie irgendwie einsam, aber niemals allein. Die Quiz-Show hatte gerade angefangen; der Moderator saß einer 50-jährigen Frau gegenüber, die er offenbar sympathisch fand. Bei Günther Jauch merkte man sofort, ob er jemanden mochte oder nicht, dachte sich Samir. Aber die Kandidatin wusste schon bei der 50-Euro-Frage nicht weiter:

»*Wer ist im Trickfilm als Mäusepolizei unterwegs?*«

Samir sah zu, wie Günther Jauch immer verzweifelter wurde, je länger die rothaarige Frau überlegte. Während Samir kurz der Gedanke kam, dass er – wenn er weiter so viel lernen würde – auch eines Tages bei dem Quiz mitmachen könnte, machte es sich Clara gemütlich, stopfte ihr Kissen unter sich zurecht und öffnete eine Blechdose mit Erdnüssen. Es würde schwer sein, beim Fernsehen ein Gespräch mit ihr anzufangen, aber es musste sein. Samir hatte das dumpfe Gefühl, dass die Uhr tickte, wenn er jemals das Geheimnis um seinen Vater lüften wollte. Yalla!

Die Frau musste zwischen vier Antworten wählen und kapierte immer noch nichts:

A: Cap und Capper *C: Bernhard und Bianca*
B: Susi und Strolch *D: Tom und Jerry*

Jetzt wusste Samir, wie er das Gespräch mit Clara anfangen konnte. Samir wagte einen Anlauf: »Das ist wirklich der beste Walt-Disney-Film: Bernhard und Bianca.«

Clara nickte und knusperte weiter an ihren Erdnüssen. Das malmende Geräusch machte Samir ganz nervös, es war unerträglich laut, jedenfalls viel zu laut für das, worüber er mit Clara sprechen wollte.

»Apropos Polizei ...«, fing Samir leise an, »der Bulle, mit dem du kürzlich gesprochen hast, war der so ne Art Leibwächter?«

Clara blickte Samir scharf von der Seite an: »Ich darf darüber nicht sprechen. Versteh das nicht falsch, nichts gegen dich.« Und da machte sie wieder *knurps, knurps,* was gewaltig an Samirs Nerven zerrte. Aber er musste ruhig bleiben. Und als er ein paar Mal tief durchgeatmet hatte, sagte er so leise zu Clara, dass es die anderen nicht mitbekamen:

»Klar. Es ist nur ... ich weiß darüber mehr als du denkst. Über die ganze Geschichte.«

Clara regte sich nicht, als ob sie Samir nicht zugehört hätte, aber wenigstens schob sie sich keine Erdnüsse mehr in den Mund. Samir wartete ab. Doch als die nette Rothaarige endlich mit Hilfe des Telefonjokers die richtige Antwort sagte, Günther Jauch erleichtert die nächste Frage stellte (»Woraus besteht in der Regel eine Entourage?«), machte sie eine Kopfbewegung zur Tür. Und so stand Samir kurz darauf mit Clara im Flur vor dem Fernsehzimmer.

Daran, dass er nach jedem Wort rang, wurde ihm klar, dass er Clara wirklich nicht verletzen wollte. Und daran wiederum merkte er, dass er sie ganz schön gern hatte, und er stammelte nur:

»Ich weiß nicht, wie ich ...«

Clara unterbrach ihn forsch: »C: aus Freunden und Familie« und als Samir sie wie ein großes Fragezeichen ansah, grinste sie:

»Daraus besteht in der Regel eine Entourage. Aber was wolltest du mir sagen, du Freund?«

Wieder nahm sie eine Erdnuss und schob sie sich langsam in den Mund. Samir hatte große Lust, sie ihr aus der Hand zu schlagen, aber stattdessen lief er rot an und überlegte, ob er sich auch wirklich nicht verhört hatte, und was sie wohl mit »Freund« meinte. Er fand keinen besseren Anfang, als Clara von dem Zeitungsartikel zu berichten, den er im Netz gefunden hatte.

Clara blickte Samir kühl an:

»Ok. Wow. Ein Zeitungsartikel. Den du gegoogelt hast. Die Geschichte mit meinem Papa ist bekannt. Sonst noch etwas?«

Samir wusste nicht weiter. Wie sollte er ihr sagen, dass alles miteinander zusammenhing, ohne sich selbst zu verraten? Ihre Augen wurden immer schmaler, genau wie ihr Mund, und sie überlegte offenbar, was sie von diesem Stalker halten sollte, der die Geschichte mit ihrem Vater aus dem Netz gefischt hatte.

Da platzte es aus Samir heraus: »Ich kenne die Täter. Ziemlich sicher.«

Clara stellte die Erdnussdose auf das Fensterbrett und wischte sich ein paar Krümel von der Lippe.

»Wie? Was heißt das? Darüber macht man keine Witze.«

»Ich müsste nur noch kurz mit deinem Vater sprechen, das geht auch am Telefon. Aber ich bin mir jetzt schon ziemlicher sicher, also zu 99,99 Prozent. Nur noch ein Zehntel fehlt.«

»Ein Hundertstel.«

»Ja, ja, Frau Oberschlau.«

Und dann erzählte Samir seine ganze Geschichte, von Anfang an. Es sprudelte nur so aus ihm heraus, sein Rollentausch mit Jacob und sein Verdacht, was mit seinem Vater passiert war. Als er geendet hatte und die Wahrheit endlich heraus war, empfand Samir ein heftiges Glücksgefühl. Und als in Claras braunen Augen Anerkennung aufblitzte, fühlte er sich, als hätte er die Eine-Million-Euro-Frage beantwortet.

Beide saßen sie nun auf der Bank vor dem Fernsehzimmer, die Dose Erdnüsse achtlos am Boden, und als Samir die Melodie der Quiz-Show hörte, hoffte er, dass die Mitschüler weiterschalteten und bloß nicht rauskamen. Er brauchte Ruhe.

»Samir, eines weißt du noch nicht«, sagte Clara leise und fasste Samirs Hand. Samir wunderte sich selbst, dass er sie so selbstverständlich nahm, er hatte noch nie die Hand eines Mädchens gehalten. Es fühlte sich schön an.

»Weißt du, warum Hauptkommissar Lindner da war? Also hier auf Schloss Barenburg?«

Samir schüttelte den Kopf und verschränkte seine Finger mit Claras Fingern. Ganz fest und ganz warm.

»Es hat sich jemand bei ihm gemeldet. Vor kurzem. Ein Arbeitskollege deines Vaters. Ich hab mir seinen Namen gemerkt, weil er so lustig klang: Karl Rasur hieß der. Er hat der Polizei das Handy deines Vaters gegeben. Und so wie es aussieht, ist da etwas drauf, was die Polizei brauchen kann.« Sie sah ihm lange in die Augen. Und Samir dachte, wie schön es wäre, wenn sie jetzt ein anderes Gesprächsthema hätten, eines das viel besser zu ihren samtweichen Augen passen würde.

»Wir rufen jetzt mal Hauptkommissar Lindner an?«, fragte Clara.

»Nee, warte noch mal. Nur kurz. Bis morgen vielleicht. Ich muss noch etwas überprüfen.« Samir löste seine Hände und strich Clara noch über den Handrücken.

»Ich melde mich dann bei dir.« Samir lächelte Clara an.

XXVII.

Samir öffnete mit zitternden Fingern seine Zimmertür. Dass sich ein Arbeitskollege seines Vaters gemeldet hatte, wühlte ihn auf. Er musste unbedingt mit diesem Menschen sprechen. Denn eins war klar: Die Polizei hatte ein ganz anders Ziel als er; die Polizei wollte die Bankräuber dingfest machen, er aber wollte seinen Vater zurück. Er hörte sein eigenes Herz klopfen, als er sich an den Computer setzte. Aber erst jetzt bemerkte Samir, dass er nicht allein auf seinem Zimmer war. Felix kroch auf allen Vieren unter seinem Bett herum. Hatte man denn auf diesem Schloss nirgends seine Ruhe? Samir klappte mit einem Knall den Deckel seines Laptops zu und beugte sich unter das Bett:

»Felix? Alles okay mit dir?«

»Ja ...«, lachte Felix und krabbelte hervor. In der einen Hand hielt er eine Mohrrübe und biss krachend davon ab.

»Und selbst? Du bist so blass?« Noch ein Krachen und Knirschen von Felix' Zähnen. Samir brummte nur: »Stress ...« und setzte sich wieder an seinen Laptop, klappte den Deckel hoch und rief die Website der Suchmaschine auf.

»Samir? Hast du ...«

»Nenn mich nicht Samir«, fuhr Samir herum und starrte Felix an: »Das kann schiefgehen.«

»Okay«, sagte Felix friedfertig. Samir brachte es fertig, den Namen des Arbeitskollegen in die Suchmaske einzugeben: »Karl Rasur«.

Und tatsächlich erschien unter »*telefonbuch.de*« eine Telefonnummer.

»Sam ... ich meine Jacob. Weißt du, ich hab doch auch ein Geheimnis.« Samir biss sich auf die Lippen. Seine Nerven waren zum Zerreißen gespannt. Ruhe! Er brauchte unbedingt Ruhe und war nicht scharf auf Felix' Geheimnis.

»Willst du es wissen?«, fragte Felix leise. »Du darfst es aber niemandem sagen.«

»Na, erzähl schon, Kleiner«, seufzte Samir. Felix würde ja doch nicht lockerlassen. Und diesen Karl Rasur konnte er noch später anrufen.

»Guck mal«, sagte Felix mit verschwörerischer Stimme und zog unter seinem Bett etwas hervor. Ein weißes Fellknäuel mit roten Augen. Das Fellknäuel zappelte und Samir bekam große Augen.

»Mein Hase. Er heißt Dr. No. Ich hab ihn heimlich mitgenommen. Vom Bauernhof, auf dem wir Ferien gemacht haben. Jetzt bin ich nicht mehr so allein.« Felix' Gesicht glühte vor Stolz.

»Deswegen stinkt es hier immer so! Ich habe mich schon gewundert. Hör mal: So ein Zimmer ist kein Hasenstall, der braucht Auslauf und Gesellschaft.«

»Er hat ja mich«, sagte Felix und ließ den Hasen von seiner Karotte beißen. *Knurpsknurps.* Dann biss Felix wieder selbst davon ab.

Samir verzog angewidert seinen Mund.

»Willst du ihn mal streicheln? Er ist ganz weich?« Felix hielt Samir den Hasen hin.

»Später vielleicht. Ich hab noch was zu erledigen. Aber weißt du was? Hol deinem Dr. No schnell noch ein paar Salatblätter aus der Küche. Sag der Wirtschaftsfrau, dass wir die unter das Mikroskop legen wollen. Hopp hopp.«

»Okay«, sagte Felix glücklich und sprang auf.

Samir atmete auf, als die Tür ins Schloss fiel, und starrte auf die Telefonnummer, die ihm vom Laptop entgegenblinkte. Einen Versuch war es wert. Vielleicht wusste der Arbeitskollege noch etwas. Etwas, was die Polizei gar nicht gefragt hatte, weil es ihr gar nicht um Mohammed Wahied ging. Gerade als er die letzte Ziffer der langen Telefonnummer tippte, riss Felix noch einmal die Tür auf.

»Aber du hältst dicht? Wegen Dr. No?«

»Klar doch«, presste Samir zwischen zusammengebissenen Zähnen hervor.

»Dann sag ich auch nichts. Also wegen Jacob und so.«

Endlich war die Tür zu und Samir warf einen Blick auf den Hasen. Der sah irgendwie komisch aus. Er zitterte und streckte alle Viere von sich. Dann verkroch er sich wieder unter dem Bett. Egal. Für einen Hasen hatte Samir jetzt keine Zeit. Er drückte auf das Symbol für »Nummer wählen«.

Vier Tut-Zeichen, dann hob eine heisere Männerstimme ab und meldete sich mit »Rasur«.

Samir räusperte sich, ihn verließ der Mut, aber dann sagte er doch:

»Hier ist Samir Wahied, Mohammeds Sohn.« Eine Weile war es still am anderen Ende der Leitung, so still dass Samir die Überraschung knistern hörte.

»Schön, dass du anrufst. Dein Vater war ein guter Mann.« Samir schossen die Tränen in die Augen. Warum benutzte Karl Rasur die Vergangenheitsform? Und während Samir das Klicken eines Feuerzeuges hörte, sagte Karl Rasur:

»Das Handy hätte ich dir geben sollen. So hat es mir dein Vater gesagt, nachdem das alles passiert ist. Aber ging ja nicht.«

»Nachdem was passiert ist?«

»Bei der Bank. Wir haben die Fenster geputzt mit einem Hebekran. Vielmehr ...«, jetzt lachte der Mann scheppernd, »vielmehr dein Vater stand dort oben. Ich bin nicht schwindelfrei. Aber dein Vater hat mich immer gedeckt, weißt du? Er hat das ganz allein gemacht, ohne es der Firma zu sagen. Aber dann sind sie mir doch draufgekommen und jetzt bin ich nur noch Büroputzmann. Also innen. Ist viel schlechter bezahlt. Ich mein, wie stellen die sich das vor? Das, was die zahlen, das ist ...«

»Was ist passiert bei der Bank?«, unterbrach ihn Samir.

»Er putzte da oben, also von außen, war schon fast fertig, da gab er mir ein Zeichen, dass ich ihn schnell herunterfahren sollte. Hab ich gemacht, weißt du, das muss man mit Fingerspitzengefühl, da kannst du nicht ...«

»Okay, und dann?«

»Na, dann war er kreidebleich. Wirklich so weiß wie mein Zigarettenpapier. Wirklich. So hab ich ihn noch nie gesehen. Er hat mir nichts gesagt. Aber er hat mir sein Handy gegeben. Und gesagt, dass soll ich seinem Sohn geben. Niemand anderem. Seinem ältesten Sohn. Aber ging ja nicht.«

»Das schwarze Tastenhandy?«, fragte Samir und hörte, wie Karl Rasur Rauch ausstieß.

»Genau. Und dann, dann ist er weggerannt. So schnell hast du gar nicht schauen können. Aber ich wusste ja nicht, wie ich den Sohn finden sollte. Ich kannte ja von Mohammed nur seinen Vornamen. Und rat mal, wieviel Mohammeds es gibt in Berlin? Und die Firma hat mir nichts gesagt. Dürfen sie nicht, haben sie gesagt. Datenschutz. Diese Vollidioten. Diese bescheuerten Drecksäcke, diese Armleucht..«

»Und dann? Wie haben Sie dann doch unseren Namen herausgefunden?«

»Na, so ein Bursche hat vor ein paar Tagen Mohammeds Geldbeutel mit Adresse und dem Berliner Familienpass abgegeben. Bei Julia. Ich hab den da rumliegen sehen. Mit dem Foto von Mohammed. Aber die 20 Euro hab ich nicht genommen, das sage ich dir, Junge.« Karl Rasur hustete rasselnd.

»Schon gut.«

»Die hat Olaf sich gekrallt. Olaf klaut wie ein Rabe. Er hat mir auch schon mal ...«

»Herr Rasur? Vielen Dank. Sie haben mir sehr geholfen.«

»Hör mal, Junge. Dein Vater war wirklich ein guter, anständiger Mann. Da gibt es nicht viele von der Sorte. Ich wünsch euch alles Glück der Welt.«

»Danke, das können wir brauchen.«

Als Samir aufgelegt hatte, musste er sich setzen, so überwältigt war er. So wie es aussah, hatte die Arafat-Bande seinen Vater am Fenster bemerkt und an dem Tag doch noch erwischt. Und mit einem unliebsamen Zeugen ging man nicht zimperlich um, die Arafat-Bande schon gleich dreimal nicht. Wo war sein Vater nur? Oder das, was von ihm … Samir wollte den dunklen Gedanken nicht zu Ende denken. Und wie auf ein Stichwort schrie jenseits der Bäume vor seinem Fenster ein Rabe.

XXVIII.

Samir war sofort hellwach, als sein Handywecker klingelte. Gestern Abend hatte Clara Matthias Lindner kurz erreicht, er würde sich gleich in der Früh melden, hatte er versprochen. Vielleicht könnte er Clara noch vor dem Unterricht abfangen? Da sah Samir eine neue Nachricht auf seinem Handy aufblinken:

Hey, abf. wusstest du, dass man legosteine in der waschmaschine waschen kann?

ich kann jetzt nicht mehr sprechen, muss gleich los zum Frühstück

;-)das wird dich interessieren: kleine recherchen meinerseits: Tülay arbeitet am flughafen für paar stunden in der woche, über Arafats firma, also Russmann.

:-O Danke für die Info! Weißt du eigentlich, ob meine Mutter dem Polizisten was gegeben hat, als er bei uns war? Ein schwarzes Handy?

nee? aber einen wattierten umschlag, da stand karl rasur drauf. und ich hab mich noch gefragt, ob da haare drin sind? ;-) Wieso? was hat es damit auf sich?

Egal. Schon in Ordnung. Wollte es nur wissen.

rat mal, wen ich gestern im alpenstüberl getroffen habe. Meinen onkel! muss kurz schluss machen, hat gerade geklingelt (bestimmt das glupschi-tier für Nasra und eine wasserpistole für Hamed). bin gleich wieder da. Nasra flitzt gerade schon zu tür, aber verheddert sich im Ladekaaaa....;-)

Um diese Uhrzeit ein Paketbote? Egal. Samir musste los, Clara suchen.

XXIX.

Bevor Jacob aufstehen konnte, war Nasra schon an der Tür, rief vor Vorfreude: »Glupschi, Glupschi« und machte auf. Jacob sah, wie sich die Muskeln ihres kleinen Kinderkörpers spannten. Da stand kein Paketbote, sondern jemand, der Nasra Angst einjagte. Jacob sprang auf, doch zu spät: Ein Mann stand im fahlen Licht des Flurs, groß und elegant. Es dauerte einen Moment, bis Jacob sich an das schummrige Licht gewöhnt hatte, aber dann begriff er: Die schwarzen großen Augen, die so dunkel waren, dass man die Pupillen nicht erkennen konnte, hatte er schon einmal gesehen. Vor ihm stand Tarek und zeigte ihm sein samtweiches Lächeln.

Ob er hereinkommen dürfe? Und ohne eine Antwort abzuwarten, zog er seine Lederslipper mit der Geschmeidigkeit eines Panthers aus, während er gleichzeitig registrierte, dass jemand im Bad war: Marjam kam ahnungslos mit einem Wäschekorb in den Händen aus der Tür und stieß einen Schrei aus, als sie Tarek sah. Tarek bückte sich, um ihr beim Aufheben der Sachen zu helfen.

Marjam bat Tarek in die Küche und fegte hektisch mit einem Handstreich den Küchentisch frei, auf dem die Hausaufgaben von Jacob, Tesafilm, ein Postpaket, Werbeprospekte, Briefe und alles lag, was sich bei ihnen innerhalb eines Tages angesammelt hatte.

Tarek saß auf dem Küchenstuhl und plauderte mit Marjam, er versuchte es zumindest, doch Marjam war so verschreckt, dass das Gespräch nicht richtig in Gang kam und sie froh war, mit dem Aufgießen des Tees beschäftigt zu sein.

Jacob saß daneben und beobachtete die beiden. Er fand es immer noch erstaunlich, dass die Menschen aus dem Orient erst einmal Belangloses austauschten: Die Sauberkeit der Wohnung lobten, die Harmonie der Farben in der Küche und sogar die Blumen in der Vase konnten Gesprächsthema sein. Warum sagte man nicht gleich, was man wollte? Er hielt diese Spannung kaum aus.

Jacob räusperte sich ungeduldig.

Tarek musterte ihn und da war er schon wieder, dieser tiefe Blick, der in Jacobs Seele zu schauen vermochte.

»Du bist in Deutschland aufgewachsen, nicht wahr?« Tarek stellte das eher fest, als dass er fragte.

»Woher kommen deine Eltern?« Tarek entging nicht, dass Marjam kurz erstarrte und Jacob beschloss schnell, nur ein bisschen zu lügen.

»Aus vielen Ländern, aus der Türkei, aus Deutschland, aus Italien.«

»Interessant. So viele Eltern ...« Tarek warf Jacob wieder seinen Röntgenblick zu.

Dann endlich, bei der dritten Tasse Tee, war es soweit, Tarek lächelte sein Katzenlächeln und erzählte, wie froh Hassan Abdoullah gewesen war, Marjam helfen zu können. So habe er das gehört. Und weil es offensichtlich eine falsche Entscheidung war, die Cousins mit der Schneiderei zu beauftragen, gebe es aus der Gemeinde eine kleine Geldentschädigung.

»Man braucht doch ein bisschen Geld, wenn man Kinder hat – drei oder vier, je nachdem.« Und mit einem Seitenblick auf Jacob meinte er weiter: »Und aus so vielen verschiedenen Nationen.«

Jacob fasste sich ein Herz, denn bestimmt täuschte sich Samir in Tarek. Der war gar nicht gefährlich. So nett und hilfsbereit wie der war, also fragte er ihn: »Wann kommt denn Ihr Baby? Sie haben doch das letzte Mal gesagt, dass Sie bald Vater werden?«

Jacob spürte, dass das Tareks weiche Stelle war, denn seine Miene hellte sich auf und mit Stolz in der Stimme sagte er:

»Vater werde ich natürlich erst nach der Hochzeit.«

Marjam lachte auf, lauter als sonst, weil sie so nervös war.

»Die ist schon bald, in fünf bis sechs Wochen. Und dann fange ich ein ganz neues Leben an.«

»Mit einem Baby ist das auch garantiert«, sagte Marjam, immer noch mit einer Spur Vorsicht in der Stimme, aber endlich war das Eis gebrochen und Marjam erzählte:

»Aber es ist trotzdem wunderschön. Die Kinder, meine ich. Mein Mann hat mir am Tag, als Samir geboren wurde, vier Kilo gesalzene Mandeln gebraten, die Wohnung in einer Nacht gestrichen und drei Strampelanzüge genäht, weil er nicht wusste, wohin mit seiner Freude.«

Die Stimmung war gut, obwohl Jacob nach der Uhr schielte. In zehn, spätestens fünfzehn Minuten musste er los, wenn er noch Hamed im Kindergarten vorbeibringen wollte. Aber Tarek war für Samir wichtig, das spürte er und Jacob wagte sich weiter vor:

»Sie sind mit der schönen Tülay zusammen, stimmt's?« Doch diese Frage hätte er besser nicht stellen sollen. Tarek stand abrupt auf, nahm seine Geldbörse heraus und zählte Geldscheine ab: »2000 Euro als Entschädigung für den entgangenen Gewinn«, sagte er knapp. Mitten im Abzählen zögerte er einen Augenblick und Jacob verfolgte seinen Blick: Tarek hatte das Paket am Tischende wahrgenommen. Und mit Entsetzen bemerkte er, wie Tarek die Schrift auf dem Adressfeld las. Marjam hatte mit ihrer ungelenken Handschrift, der man ansah, dass sie eigentlich arabische Schriftzeichen gewohnt war, auf das Paket geschrieben:

An:
Jacob Cloppenburg
Internat Schloss Barenburg
Schlossstraße 4
18656 Barenburg

Verzweifelt hechtete Jacob an das Tischende, schubste das Paket auf den Boden und kippte dabei die Teekanne um. Die Briefe und Jacobs Hausaufgaben schwammen in einer braunen Brühe. »Verdammt«, fluchte er.

Marjam schrie entsetzt auf und eilte zum Waschbecken, um einen Lappen zu holen. Hamed brüllte, weil er einen Spritzer heißes Teewasser abbekommen hatte und Nasra lief erschrocken aus dem Zimmer. Nur Tarek stand ruhig da und lächelte. Aber seine Augen waren kalt wie das Cola-Kratzeis, das Nasra gestern zum Nachtisch gegessen hatte. Ohne ein weiteres Wort zu verlieren, ging Tarek zur Wohnungstür, öffnete sie leise und schloss sie genauso leise hinter sich wieder zu.

Während Marjam das Chaos auf dem Tisch beseitigte, schimpfte sie: »Flüche dulde ich nicht in meiner Wohnung, auch nicht auf Deutsch. Und bei uns ist es ungehörig, so direkt zu fragen. Schon gar nicht, wer mit wem zusammen ist. Verstehst du? Das geht nicht!«

Als sie sah, wie Jacob in sich zusammengesunken auf dem Stuhl saß, wurde sie etwas freundlicher:

»Außerdem ist es viel klüger, zu spüren, was der andere denkt und fühlt, anstatt ihn gleich mit Fragen zu bewerfen. Da lernt man den anderen Menschen viel besser kennen, verstehst du? Darum machen wir das so. Erst mal abwarten. Geduld.«

Sie wusch sich die Hände. Jacob saß noch immer wie erstarrt auf dem Stuhl.

»Jacob, hörst du mir überhaupt zu?«

Jacob wandte ihr sein Gesicht zu, seine Bewegungen waren wie in Zeitlupe und er deutete schwach auf das Paket, das nun unter dem Tisch lag:

»Das Paket für Samir! Cola, Kaugummi, Haargel ...«, dann erstarb seine Stimme. Er sah auch so, dass Marjam verstanden hatte. Sie hatte die Adresse riesengroß geschrieben. Ihre Gesichtsfarbe war mit einem Mal grau und fahl.

DRITTER TEIL

I.

SAMIR! ALARMSTUFE ROT: Tarek weiß, wer du bist und WO du bist. so eine sch...!!!! Ich wollte dir das schon heut früh schreiben, aber dann Schule, Kindergarten. und jetzt mache ich mir mega Sorgen!

:-O Dann warst du das auch, der eine Nachricht im Sekretariat hinterlassen hat? Dass ich heute Besuch bekomme. In einer dringenden Familienangelegenheit?

Häh? Nee??? Ich hab nichts ausrichten lassen???

Scheiße. dann war es Tarek. das heißt er kommt heute. gut so.

was? dann bist du in lebensgefahr! der ist zu allem fähig. der ist nicht so nett wie er aussieht. er weiß, dass du was weißt. was weißt du eigentlich? ich bin schon ganz durcheinander ...

ach nee. auf einmal ist der doch gefährlich.

und was machen wir jetzt? mit Tarek? und Marie? und ... Samir? und meinem Vater? hallo? der kommt heute um 18 Uhr! bist du noch da?

Haaaaaaaaaaaallllll-llllllooooooooo? Melde dichhhhhhhhh!!!!!!!!!!!!!!

Samir legte sein Handy weg. Tarek würde zu ihm kommen. Er musste sich sicher fühlen, sonst hätte er seinen Besuch auch nicht angekündigt.

Samir brauchte jetzt einen klaren Kopf, klar wie das Seewasser. Gerade als er sich die Schuhe fertig angezogen hatte, stand Felix mitten im Zimmer. Der umarmte ihn ganz unvermittelt. So schnell, dass Samir sich nicht mehr wehren konnte.

»Du bist mein Freund, Samir«, flüsterte Felix.

Und Samir strich Felix über den Kopf. Wie sensibel der kleine Junge war. Er konnte nicht wissen, dass bald alles anders sein würde, aber er spürte es irgendwie. Leise sagte Samir zu ihm: »Ist ja gut. Du bist mein Freund. Und deine Eltern haben dich auch lieb.«

»Glaubst du?«

»Ganz bestimmt. Ich hab gesehen, wie dein Vater sich über die Augen wischte am Parkplatz, am Besuchstag.«

»Hat er geweint?«

»Ja, das konntest du nicht sehen, weil du selbst geheult hast wie ein Mädchen.«

Felix sah Samir glücklich an.

»Aber darf ich was sagen?«, fügte Samir hinzu. »Deinem Hasen geht's nicht gut. Der hat mindestens ADHS. Der zuckt so.«

»Ach, das hat er immer«, sagte Felix und lugte unter sein Bett.

Samir ließ den kleinen Jungen mit seinem Hasen allein und ging zum Ufer, schnappte sich ein Kanu und ein paar Paddelschläge später war Samir in einer anderen Welt. Er lehnte sich zurück, betrachtete die Vögel und Wolken über sich und ließ sich treiben. Der See schaukelte sein Kanu wie ihn einst sein Vater in den Armen geschaukelt haben mochte.

Samir paddelte langsam zurück und machte sich bereit für den Besuch. Er blickte auf den Zettel, den ihm Herr Rothemeier mitgegeben hatte: Treffpunkt Seeufer gegenüber Schloss Barenburg. Punkt 18 Uhr, für einen Spaziergang.

Samir nickte. Klar, ein Spaziergang ohne Wiederkehr. Aber nicht mit ihm. Er war kein Kind mehr. Er würde kämpfen wie ein Mann.

Noch zwei Stunden bis 18 Uhr. Er würde sich ein frisches T-Shirt anziehen und noch viel erledigen.

Er schritt die große Treppe nach oben, die rechte Hand am Treppengeländer, das von den vielen Berührungen ganz glattpoliert war. Dunkles, warmes Holz, das sich in seine Hand schmiegte. Das war mal ein Baum, dann hatte man aus ihm vor hundert Jahren ein Geländer gemacht, das Generationen von Schülern auf dem Weg in ihr Zimmer angefasst hatten. Auch Alice Singer, damals – vor mehr als einem halben Jahrhundert. Als Samir auf dem obersten Treppenabsatz stand, sah er sich alles noch einmal an. Jetzt war seine Zeit auf Schloss Barenburg vorbei. So oder so. Er würde das Schloss vermissen, die Spitzbogenfenster, durch die er den See glitzern sah, den Geruch des alten Gemäuers und auch eine Handvoll Menschen, die gut zu ihm gewesen waren. Clara, sie war wirklich in Ordnung und ein bisschen so wie Jacob. Wenn sie ihn ganz selbstverständlich berührte, war das wunderschön und zog im Bauch … und Samir lächelte, als unten, dort wo ein Sonnenfleck auf den Steinfliesen tanzte, plötzlich Clara stand und ihm zuwinkte. Sie hielt ihr Handy ans Ohr.

Samir lief die Treppen wieder hinunter. Clara sprach mit ihrem Vater.

»Aber warte, ich geb ihn dir mal«, sagte sie und hielt Samir ihr Handy hin.

»Mein Vater«, flüsterte sie. Samir war nervös, weil er einen guten Eindruck auf Claras Vater machen wollte. Würde er ihm glauben oder war er einer von der Sorte, die Jugendlichen grundsätzlich zu viel Phantasie bescheinigten und von oben herab redeten? Clara lächelte ihm aufmunternd zu, Samir nahm ihr Handy.

»Guten Tag, Herr Emmrich. Ich habe nur eine Frage: Als Sie in Ihrem Büro überfallen wurden, haben Sie außen am Fenster jemanden bemerkt?«

Samir lauschte und Clara hing an seinen Lippen.

»Einen Schatten sagen Sie? ... Groß? ... Nein, ich glaube nicht, dass das eine Plastikplane war«, sagte Samir.

Clara griff nach Samirs linker Hand und Samir fühlte, wie er rot wurde.

»Nein, das war ein Mensch. Das war mein Vater. Er hat an dem Tag die Fenster geputzt. Und alles gesehen. Und deshalb ...« Samir versagte kurz die Stimme. »Und deshalb musste er sterben. Aber ich weiß, wie die Männer heißen, die das alles verbrochen haben.«

Clara nahm Samirs Hand und hielt sie an ihr Gesicht. Zwischen ihren Wimpern sah er Tränen glitzern. Sie funkelten wie das Seewasser und waren wunderschön.

»Ja, das wäre eine gute Idee. Rufen Sie Matthias Lindner an. Für einen Bul ... Polizisten mein ich, ist der auf Zack.« Samir stand da und hielt noch eine ganze Weile das Handy in der Hand. Er hatte das Rätsel um seinen verschwundenen Vater gelöst. Jetzt musste er sich nur noch dem Mörder stellen.

G
E
H

A
N
S

H
A
N
D
Y
melde dich ... ich flipp gleich aus

Samir reagierte nicht mehr auf Jacobs Nachrichten. Er musste erst einmal verdauen, was er erfahren hatte. Jetzt war nur noch eins wichtig: Wo hatten sie seinen Vater verscharrt? Sein Vater verdiente ein anständiges Begräbnis. Samir sah Clara ins Gesicht. Sie schluchzte und dann fiel sie ihm um den Hals.

»Es tut mir so leid«, schniefte sie. Samir nickte. Er hatte immer mit dem Schlimmsten gerechnet. Er würde schon klarkommen damit, irgendwann. Samir wunderte sich selbst, warum er nicht auf der Stelle zusammensackte vor Kummer. Das lag sicher nur daran, dass er Clara in den Armen hielt; ein tieftrauriges und zugleich wahnsinnig schönes Gefühl, da kam sein Körper wohl nicht mehr klar, schaltete auf Automatik und funktionierte einfach.

»Clara. Ich, ich muss jetzt noch was ... erledigen. Matthias Lindner wird bald da sein. Dein Papa ruft ihn jetzt an.«

»Okay«, schniefte Clara und langsam löste sie sich aus der Umarmung. »Dann bis später«, sagte sie tonlos und ging langsam zur Tür hinaus.

»Ja, bis später.«

Aber nur zwei wilde Herzschläge später eilte ihr Samir nach.

»Clara? Ich wollte noch sagen: Du bist wirklich ... gar nicht so übel.«

»Ist das jetzt ein Kompliment?«

Samir nickte. »Und danke für alles. Danke.« Er machte eine fahrige Handbewegung.

Clara lachte: »Du bist schon so ne Nummer.«

Auf seinem Zimmer riss Samir eine Seite aus seinem Collegeblock heraus und schrieb mit seiner schönsten Schrift:

> Hey, Jacob,
> wenn du das liest, ist das Treffen mit Tarek wohl schiefgegangen. Kannst Du Dich weiter um Nasra und Hamed kümmern? Sie brauchen einen großen Bruder, der sie an die Hand nimmt im Leben. Und sie sollen wissen, dass ich sie furchtbar lieb habe. Und Mama auch. Und dich auch. Und du kannst meinen uralten Gameboy haben, den mit den Steckkarten, als Erinnerung.
> Dein abf

Sein erster richtiger Brief, keine SMS. Der zweite Brief war schon schwieriger. Er hatte keine Ahnung, wie er es anstellen sollte, denn seine Gefühle fuhren Achterbahn und die konnte er nicht zu Papier bringen. Er wechselte die Stifte, nahm jetzt einen blauen Buntstift, aber Samir kam nicht über die ersten Worte hinaus. Es eilte, er musste los, also schrieb er:

Liebe Clara, irgendwie hab ich mir das anders vorgestellt. Ich wünsche Dir und Deinen Eltern alles Gute. Vergiss mich nicht.
Dein Samir

Statt des i-Punktes bei seinem Namen zeichnete er ein Herz und hoffte doch, dass Clara dieses Detail übersehen würde. Denn er fühlte, wie er jetzt schon über beide Ohren rot wurde.

Samir faltete beide Blätter, schrieb außen noch die Namen drauf und klemmte sie unter seine Schreibtischlampe. Felix würde sie bestimmt entdecken, wenn er nicht zurückkam. Und wenn doch, dann würde er sie einfach verbrennen. Jetzt war alles erledigt. Samir legte die Stifte wieder hin, rückte den Stuhl zurück und stand auf. Mit dem großen Zeh geriet er dabei in etwas Weiches, Flauschiges. Samir bückte sich und sah unter dem Tisch ein weißes Fellbündel. Samir stupste den Hasen mit dem Fuß an, aber er regte sich nicht. Noch einmal, etwas fester, aber nichts passierte. Der Hase war tot. So tot, wie Samir es vielleicht auch bald sein würde. Kein gutes Omen.

II.

»Puh, geschafft!« Jacob ließ sich auf den gepolsterten Sitz der Regionalbahn plumpsen. Sie hatten den Zug gerade noch erwischt. Er holte aus der Schultasche die Wasserflasche und hielt sie zuerst Fine hin, die ebenso verschwitzt war wie er. Sie würden zu spät kommen, das war klar. Um 17.54 würden sie in Barenburg einfahren, und selbst wenn sie liefen wie Windhunde – unter einer Viertelstunde schaffte niemand den Weg zum Schloss. Besser wäre ein Taxi, vielleicht konnte er dann doch noch Samir von einem Treffen mit Tarek abhalten? Wenn Samir wenigstens ans Handy gehen würde. Und wie durch Zauberhand läutete bei genau diesem Gedanken sein Handy, aber es war nicht Samir, wie Jacob ernüchtert feststellte. Das Rattern des Zuges zerklopfte die Worte von Marjam, Jacob hörte ihr nur zu, er sagte nichts. Wenn Marjam wütend war, dann war sie nicht mehr zu stoppen. Genau wie Samir. Die beiden konnten Feuer spucken.

»Das war Marjam«, sagte Jacob zu Fine, als er aufgelegt hatte. »Sie sitzt mit Nasra und Hamed bei Matthias Lindner im Polizeiauto. Sie sind auf dem Weg nach Barenburg.«

»Matthias Lindner? Der Polizist?«

Jacob nickte.

»Sie hat ihn angerufen. Sie hat Angst. Sie traut Tarek alles zu. Ich auch.« In Jacob kroch kalte Angst hoch. Er fasste Fine an der Hand und jetzt flüsterte er fast:

»Aber weißt du, selbst wenn jetzt alles auffliegt, ich geh nicht nach Barenburg.«

»Ich helf dir. Lass mich mal mit deinem Vater reden.«

Jacob sah ihr Gesicht, das sich neben seinem im Zugfenster spiegelte. Sie lächelte seinem Spiegelbild zu.

»Ich bin so froh, dass du dabei bist.«

»Klar«, sagte sie nur.

»Ich werd meinem Papa alles sagen. Warum ich in den letzten zwei Wochen viel mehr gelernt habe als jemals zuvor. Und dass ich mit Onkel Werner geredet habe. Wenn alles gut geht, und wir Samir noch erwischen.«

»Lass mich zuerst mit deinem Papa sprechen. Und jetzt sei einfach still.« Sie legte ihren Kopf an seine Schulter und schloss die Augen. Jacob starrte weiter aus dem Fenster. Die Apfelbäume mit roten Punkten wischten an ihm vorbei und

Menschen wurden durch die Geschwindigkeit zu Strichmännchen. Das gleichmäßige Rattern des Zuges beruhigte seine Nerven. Es würde schon alles gutgehen. Es musste. Die nächste Station war Barenburg, dann nur noch auf die Landstraße und dann ... dann würde alles wieder gut werden.

III.

Der Wald reichte bis dicht ans Ufer, im mannshohen Schilf lauerten Stechmücken und Viehbremsen. Brombeerhecken fuhren ihre dornigen Ausläufer aus wie Tentakeln. Tarek hatte den Ort gut gewählt. Heute würde sich kein Mensch dorthin verirren.

Samir hörte vom anderen Ufer die Uhr des Schlossturms schlagen; Viertel vor sechs. Etwas Zeit blieb ihm noch. Fern und entrückt klangen die Glockenschläge, wie aus einer anderen Welt. Samir lauschte. Ihm war, als hätte er ein Geräusch gehört. Eines, das sich unterschied von dem hohen Surren der Mücken und dem Rascheln des Windes. Ein leises, regelmäßiges Knacken im Unterholz, wie wenn sich jemand anschleicht. Jemand, der sich nicht so gut auskannte in der Natur mit all ihren Fallstricken.

Ein Grashüpfer mit grünem Rücken und einem fetten weißen Bauch landete auf Samirs Schuh. Samir bückte sich, um ihn auf seinen Finger krabbeln zu lassen, doch der Hüpfer zierte sich, und stakste mit seinen zarten Hinterbeinen auf Samirs Sportschuh herum. Mit einem Mal schob sich ein anderer Schuh in Samirs Sichtfeld: Ein brauner, eleganter Lederschuh setzte dicht vor ihm auf. Makellos und viel zu schade für diese Wildnis. Jetzt endlich krabbelte der Grashüpfer auf Samirs Zeigefinger.

Samir registrierte, dass Tarek in Sekundenschnelle jedes Detail seiner Umgebung aufnahm: Den Grashüpfer auf Samirs Finger, die für Samir viel zu teure Jeans, die Schwielen vom Paddeln an seinen Händen und den glitzernden See.

Samir nahm sich vor, Tarek von nun an fest in die Augen zu sehen. Tarek sollte immer an diesen Blick denken. Sein Blick sollte ihn sein Leben lang verfolgen, wenn er ihn jetzt – Samir schluckte – töten würde.

Samir hielt es nicht mehr aus, er musste etwas sagen, sonst fiel er um vor Angst.

»Mein Vater hatte euch gesehen, stimmt's? Als er von außen die Fenster wischte. Er hat gesehen, wie ihr – du und Arafat – Claras Vater geprügelt habt. Deshalb musste er ... sterben.« Samir merkte, dass seine Stimme zitterte wie das Schilf im Wind, aber das machte ihm nichts aus. Dieses Mal war es der Situation durchaus angemessen.

»Nein, stimmt nicht«, sagte Tarek leise auf Arabisch und legte seinen Zeigefinger an Samirs Zeigefinger, um den Grashüpfer rüberkrabbeln zu lassen. Doch der zögerte. Und Samirs Zeigefinger zitterte so sehr, dass es Tarek bemerkte und ein Lächeln huschte über sein Gesicht.

»Ich werde meinen Sohn auch Samir nennen. Nach dir. Ich will, dass er auch so mutig wird wie du.«

Samir wusste nicht, was er darauf sagen sollte. Ihm wurde schlecht vor Angst. Er konnte nicht mehr klar denken, weil er fühlte, wie sich ihr Gespräch immer mehr Richtung Tod bewegte. Er wollte noch nicht sterben. Noch einmal zum

See, das Wasser spüren, mit dem Kanu darauf gleiten und dabei die hohle Hand ins Wasser tauchen. Und noch einmal seine Mama sehen. Nasra, Hamed, Jacob ... und Clara.

Tarek sah ebenfalls auf den See, der zwischen dem Schilf glitzerte wie tausend Juwelen.

»Wie geht es dem Bankdirektor?«, fragte er leise und setzte nach: »Und seiner Familie. Er hat eine Tochter? Clara?«

»Naja ... also das muss wohl ziemlich schlimm für alle gewesen sein«, sagte Samir, überrascht von der Spur Mitleid, die in Tareks Stimme mitschwang.

Tarek nickte und murmelte einen arabischen Fluch, den Samir nicht verstand, in dem er aber das Wort »Arafat« heraushörte und Tarek sagte:

»Ich wollte das so nicht; ich wollte den Direktor nur erschrecken. Keine Gewalt. Aber es ist mir ... entglitten. Arafat. Es war seine Idee. Die Reinigungsfirma haben wir nur deshalb aufgezogen, um Bankgebäude auszukundschaften.« Der Grashüpfer machte einen Satz und landete auf Tareks Hemd. Tarek lächelte, blickte zu Samir als erwartete er, dass dieser auch ein bisschen grinste. Aber Samir dachte nicht daran, sie waren hier nicht bei Biene Maja und ihrem Freund Flip. Das hier war Ernst, wenn es auch zu Tareks Alltagsgeschäften gehörte, Menschen einzuschüchtern. Tareks Stimme wurde sachlicher.

»Dein Vater war ein guter Mensch. Rechtschaffen vor Gott und den Menschen. Ein guter Moslem.«

Samir nickte. Ihm stiegen Tränen in die Augen.

»Er hätte das nicht durchgehen lassen, was er dort durch die Fensterscheibe gesehen hatte. Er hätte uns ... verpfiffen.«

Samir nickte wieder. Ziemlich sicher hatte Tarek damit recht.

Tarek sprach weiter, sagte noch einmal, dass sein Bruder ihn zu Dingen zwinge, auf die er keine Lust hatte und zog aus seiner Windjacke eine Pistole, so nebensächlich, wie andere Menschen ein Taschentuch hervorholen.

Samir nickte. Für Tarek war das alles ganz logisch. Samir würde aus demselben Grund sterben wie sein Vater. Sein Blick bohrte sich in Tareks Augen. Wenigstens Gewissensbisse würde er ihm verschaffen. Hoffentlich sein Leben lang. Und hoffentlich war all das, was sein Vater gesehen hatte, auf dem Handy gebannt, das jetzt die Polizei hatte.

»Wie ähnlich du ihm siehst«, murmelte Tarek. »Mein Bruder hat mir befohlen, deinen Vater zu töten. Ich habe ihn bei Tülay gesehen, als er Obst einkaufte, in mein Auto gezwungen und dann sind wir Richtung Tegel …«

Samir nickte. Der Tegeler Wald.

»Tomaten, kein Obst«, unterbrach er ihn leise, »1200 Gramm Tomaten für 2,40 Euro.«

Tarek erzählte weiter:

»Ich weiß den Tag noch wie heute. Der fünfte Mai. 19.10 Uhr. An dem Tag hatte mich Tülay angerufen, sie kam gerade von der Frauenärztin und sagte mir, dass wir einen Sohn bekommen. Verstehst du? Mein erstes Kind – ein Junge.«

Samir fragte sich, ob Tarek wirklich glaubte, dass Samir sich für sein Familienglück interessierte. Aber Tarek fuhr fort:

»Und dann, dann habe ich beschlossen, deinen Vater zum Flughafen zu fahren. An so einem Tag darf niemand sterben. Ich hatte noch falsche Pässe im Handschuhfach, einen ganzen Packen, und habe ihn in den Flieger nach Teheran gesetzt. Dort habe er auch Familie, sagte er. Meinem Bruder Arafat habe ich eine etwas andere Geschichte erzählt. Und deinem Vater habe ich zum Abschied gesagt, dass er sich nie wieder bei euch melden darf. Arafat wäre sofort aufgefallen, wenn Marjam sich anders verhalten hätte. Er war weiterhin auf der Hut.«

Samir war wie elektrisiert. Ihm schossen Tränen in die Augen.

»Heißt das«, fragte er heiser, »... heißt das ... er lebt noch?«, doch da zerriss ein Handyton die Stille. Der Grashüpfer erschrak und sprang von Tareks Hemd.

IV.

»Na, ich fasse es nicht. Springt mir fast vors Taxi«, Marie freute sich sichtlich, Jacob zu treffen. Sie stieg aus und umarmte mitten auf der Landstraße ihren verschwitzten Cousin. »Und du musst Sabine sein«, sagte sie und umarmt Fine. »Fine«, keuchte Fine.

»Was machst du auf der Landstraße? Hast du gerade ... Fine vom Bahnhof abgeholt? Schön, dann lern ich sie auch mal kennen«, fragte Marie und ihre Zähne blitzten.

Jacob nickte. Er ahnte das Chaos, das jetzt gleich ausbrechen würde und ihm fehlten die Worte.

Marie war gutgelaunt: »Ich setz mich mal nach vorne, dann habt ihr zwei Turteltäubchen die Rückbank für euch.«

Jacob ließ Marie plappern, er schaute immer wieder auf sein Smartphone und dass er immer noch keine Nachricht von Samir hatte, machte ihn so nervös, dass seine Hände zitterten. Auch Fine sagte kein Wort.

Als das Taxi im Schlosshof hielt, krallte sich Jacob ins Sitzpolster. Er wollte nicht aussteigen. Denn nur 10 Meter weiter stand sein Vater, knetete seinen Schlüsselanhänger und seine Mutter stand hilflos daneben. In ihrem Kleid sah sie aus wie eine zarte Pusteblume im Wind. Jetzt gerade hielt sie sich die Hand vor den Mund, und starrte mit entsetzten Augen ein schlankes, großes Mädchen an, das wilde Armbewegungen vor ihnen und der Direktorin vollführte. Sie waren zu spät. Sie wussten alle Bescheid. Er hörte den Bass seines Vaters selbst im Inneren des Taxis:

»Was erzählen Sie mir da? Sie wissen nicht, wo mein Sohn ist? Und dafür zahle ich hier jeden Monat ein Heidengeld?«

Marie war inzwischen ausgestiegen, begrüßte Jacobs Eltern mit ihrem strahlenden Zahnpasta-Werbelächeln und gab der Direktorin artig die Hand.

»Die werden dich schon nicht fressen«, sagte Fine neben ihm leise.

»Ich muss Samir suchen. Das ist jetzt viel wichtiger«, antwortete Jacob.

Als er die Tür des Taxis zuschlug, flog seine Mutter schon auf ihn zu und gab ihm tausend Küsse. Es tat gut, ihre Umarmungen zu spüren und ihre Stimme zu hören.

Noch in der Umarmung mit seiner Mutter sah Jacob über die Schulter hinweg in das etwas verlegene Gesicht seines Vaters. Er würde ihn auch gleich umarmen, ganz sicher. Jacob löste sich aus der Umarmung, da schlitterte mit einem Mal ein Polizeiauto durch die Hofeinfahrt und wirbelte eine große Staubwolke auf.

Zur gleichen Zeit rief eine Jungenstimme vom Schlossgebäude:

»Clara, Clara!« Das große schlanke Mädchen, das vorhin

mit der Direktorin gesprochen hatte, drehte sich zu dem blonden Jungen um. Er winkte aufgeregt mit einem Papier in der Hand. Die linke Hand hielt er an seinen Bauch gepresst.

»Felix, was ist los?«, hörte Jacob das Mädchen sagen.

»Das ist für dich.« Felix wedelte mit einem Stück Papier, dabei rannen ihm Tränen über die Wangen. Jacob erkannte die Handschrift, unter tausenden würde er diese Krakelschrift, die keine Zwischenräume kannte, wiedererkennen. Er machte einen Satz auf Clara zu.

»Das ist von ...«

»... von Samir«, ergänzte sie. »Und du musst Jacob sein.«

»Jacob?«, schluchzte Felix. »Dann ist das da für dich«, und er gab Jacob den anderen Brief. Beide lasen die wenigen Zeilen und Clara packte Felix an der Schulter:

»Wo ist er? Was ist mit ihm? Warum weinst du?«

»Er ist tot!«, unterbrach Felix und heulte auf. Clara wurde blass. Fine nahm Jacobs Hand.

»Er ist ... tot?«, flüsterte Clara.

Felix nickte, schüttelte gleichzeitig den Kopf und heulte weiter. Clara schaute hilflos zu Jacob, doch der trat einen Schritt vor und packte ihn an den Schultern.

«Nun sag schon, was ist mit Samir? Wo hast du den Brief her?« Da Felix statt einer Antwort vor sich hin schluchzte, schüttelte er ihn noch einmal heftig. Dabei plumpste ihm aus Felix' Pullover ein weißes Fellknäuel vor die Füße.

»Siehst du? Er ist tot. Dr. No ist tot«, schniefte Felix.

Jacob atmete auf.

»Du meinst das da?«

»Das ist Dr. No. Mein Hase«, Felix' Stimme überschlug sich. Jacob wurde von Clara zur Seite geschubst.

»Ist ja gut«, sagte sie.

»Ich helf dir gleich. Wir begraben ihn später. Aber erst spreche ich noch mit diesem Mann da«, sage Clara und deutete auf Matthias Lindner. Jacob kapierte nichts. Woher kannte dieses große Mädchen den Polizisten? Und warum hatte auch sie einen Brief von Samir bekommen? Aber jetzt war nicht der richtige Zeitpunkt für diese Fragen. Alles was er jetzt brauchte, war eine Spur von Tarek. Denn die führte zu Samir. Doch auf dem Schlossparkplatz stand kein weißer Porsche, auf der Landstraße war kein Mensch zu sehen und dort, am anderen Seeufer konnte ein Typ wie Tarek unmöglich stecken. Das sah nach undurchdringlichem Gestrüpp aus. Oder doch? Jacob sah, wie ein großer dunkler Vogel sich am anderen Ufer aufschwang und krächzte. Als ob er sich über etwas beschweren wollte.

V.

Tarek zog sein klingelndes Handy aus der Tasche. Er nahm das Telefonat an, nickte immer wieder und sagte auf Arabisch:

»Ja, ich habe ihn ... Er steht jetzt vor mir ... Klar, ich erledige das ...«, und während er telefonierte, spannte er den Abzug seiner Pistole und dann ging alles so schnell, dass es Samir vor den Augen flirrte: Der glitzernde See, die Pistole. Tarek feuerte – mitten im Gespräch mit seinem Bruder – der Knall dröhnte in Samirs Ohren und vor Schreck schloss er für einen kurzen Moment die Augen.

Als er sie wieder öffnete, war Tarek verschwunden. Der See lag unbewegt im Schein der Abendsonne da. Vertraut und wunderschön. Samir hörte die Vögel, die sich von ihren

Ästen schwangen und war sich nicht sicher, ob er wirklich noch lebte oder ob das hier schon das Paradies war. Bis er ein merkwürdiges Geräusch wahrnahm, das ihn in die Wirklichkeit zurückholte. Es kam von dort, wo das Schilf ganz dicht war und das Wasser sich in eine braune Brühe verwandelte. Eine blecherne Stimme rief: »Allo, allo Tarek?«

Samir schlich sich dorthin. Ein Smartphone lag zwischen Sumpfdotterblumen wie in einem Vogelnest. Arafats Stimme kam aus dem Handy. Er fluchte, schimpfte und weinte gleichzeitig, bis es »blubb« machte und Samir das Handy mit der Fußspitze ins Wasser schubste. Diese Stimme wollte er nie mehr in seinem Leben hören. Samir blickte auf den See, kleine Wellen kräuselten sich an seiner Oberfläche und Wind kam auf. Ein lebendiger, erfrischender Wind ließ die Baumwipfel rauschen. Ganz hinten, am Ende der Bucht, in 100 Meter Entfernung, schnatterte ein Entenpärchen empört und aufgeregt. Dort hinten schlich eine Gestalt ans Ufer, aber ganz sicher war sich Samir nicht. Alles flirrte ihm vor den Augen.

***

Beim Knall des Pistolenschusses schraken alle im Schlosshof zusammen. Er zerriss die gespannte Atmosphäre und machte einem Entsetzen Platz, das Kinder und Erwachsene gleichsam überkam. Sie starrten zum Ufer auf der anderen Seite des Sees; von dort kam dieser einzige, irre, abgehackte Schuss: Matthias Lindner warf seine Polizeimütze in den Kies und schrie: »So eine verdammte …«

Marjam hielt sich erschrocken den Mund zu, und dann rollten ihr Tränen über die Wangen. Clara wurde weiß wie der Kies auf dem Schlosshof, Erwin Cloppenburg blieb der Mund offen stehen, nur Jacob schrie:

»Samir!«, und sprintete los, noch bevor Fine ihn zurückhalten konnte.

Mücken flogen Jacob ins Gesicht, Äste peitschten ihm an die Beine, aber Jacob rannte und rannte. Immer wieder brüllte er Samirs Namen. Er sah bereits das andere Ende des Kiefernwaldes und dort schimmerte durch die Bäume etwas Blaues hindurch, ein Auto oder ein Motorrad und daneben ein Mensch mit langen schwarzen Haaren; eine Frau deren Fingernägel in der Sonne blinkten. Für einen Moment verlangsamte Jacob sein Tempo, der Mensch kam ihm seltsam bekannt vor, und erst Sekunden später fiel es ihm ein: Tülay! Er hatte Tülay mit ihrem blauen Lieferwagen gesehen. Der Lieferwagen, mit dem sie immer zum Großmarkt fuhr.

Jacob stoppte. Sollte er nochmal zurück, oder lag Samir hier irgendwo verletzt und brauchte seine Hilfe? Jacob horchte und suchte mit den Augen, alle seine Sinne waren hellwach; da hörte er ihn, noch ehe er ihn sah: Samir. Samir schob gerade ein altes Ruderboot ins Wasser, das am Ufer lag, und Jacob brüllte seinen Namen, preschte auf ihn zu und fiel ihm um den Hals.

»Hallo ABF«, flüsterte ihm Samir zu. »Schön dich zu sehen.«

Ein langer Streifen Sonnenlicht fiel auf den See und mittendrin ruderten zwei Jungen, die sich auf den ersten Blick ziemlich ähnlich sahen. Nasra sah die beiden vom Ufer aus zuerst und verkündete stolz, dass das in dem Boot ihre Brüder seien. Alle beide – Jacob und Samir.

Je näher die beiden Jungen ans Ufer kamen, desto stiller wurde es in der Menge, die sich inzwischen gebildet hatte. Als sie am Ufer ankamen, war die Ähnlichkeit der beiden Jungen so verblüffend, dass jedem klar wurde, dass es offenbar zwei Versionen gab – und die Nachricht über den Identitätstausch verbreitete sich auf dem Hof wie ein Lauffeuer. Es war Justus, der als erster klatschte, und einer nach dem anderen machten mit, bis alle Schüler applaudierten; ein Applaus für die Kühnheit und die Taten der beiden und auch ein bisschen Triumph darüber, dass die zwei es geschafft hatten, die ganze Schule so an der Nase herumzuführen.

Samir stieg als erster aus, er konnte es nicht mehr erwarten, seiner Mutter in die Arme zu fallen, und als er ihren vertrauten Duft roch, ihr in die Augen sah, in denen ein kleines Licht tanzte, da entlud sich alles in einer Explosion und er schluchzte und lachte gleichzeitig, umarmte Nasra und Hamed und dann wieder alle zusammen und erzählte Marjam und Matthias Lindner die ganze Geschichte.

Fine war als erste bei Jacob, und was sie dann machte, überraschte sie beide. Sie küsste Jacob. Lange. Samir hörte, wie Marie, die neben ihm stand, leise mitzählte: »Siebenundzwanzig, achtundzwanzig, neunundzwanzig. Neun Sekunden, nicht schlecht für einen ersten richtigen Kuss.«

Fine wurde feuerrot, grinste zufrieden und ihr Pferdeschwanz hüpfte wild auf und ab. Jacob konnte nicht glauben, dass er soeben seinen ersten richtigen Kuss bekommen hatte. Er wagte es nicht, seine Lippen zu berühren, er sah nur noch Fines Augen, die waren so schön, so nah und das Vanilleshampoo …

Schließlich drehte sich Jacob um und suchte seinen Vater, doch der war schon hinter ihm, ein bisschen linkisch und verlegen. Jacob sah zu seiner grenzenlosen Überraschung eine Träne, die seinem Vater herunterkullerte, sich ihren Weg über die feiste Backe bahnte und in den Bartstoppeln hängen blieb. Und dann noch eine, und noch eine. Sein Vater weinte. Jacob hatte seinen Vater noch nie weinen sehen, und als er seinem Blick folgte, begann er zu verstehen. Es war die Umarmung zwischen Samir und Marjam, die so innig und liebevoll war, so wie zwischen ihnen früher.

Jacob bekam mit, wie Matthias Lindner Marjam sein Handy gab und Marjam eine lange Nummer eintippte. Und dann rollten auch bei Jacob die Tränen: Marjam und Samir sprachen mit Mohammed im Iran. Samir sprang auf und ab wie ein Fußballfan, er jubelte, um dann wieder sofort zu weinen. Marjam lachte und vergrub sich in den Köpfen ihrer Kinder, wenn die Tränen wieder flossen. Selbst Matthias Lindner betrachtete verlegen seine Schuhe und rieb sich die Augen.

Maximilian Krone schlenderte lässig auf Samir zu und während seine Brillengläser mit den gegelten Haare um die Wette funkelten, hielt er ihm die Hand hin und sagte:

»Das war mal klasse. Da besteht vielleicht doch noch Hoffnung. Obwohl ich es ja von Anfang an geahnt habe. Eigentlich müsste ich mir selbst gratulieren.«

Jacob stupste seinen Vater mit dem Fuß an: »Wir könnten morgen mal Kanu fahren auf der Spree.« Und als sein Vater nicht reagierte, fügte er noch hinzu: »Ich bin auch besser geworden in der Schule, es geht jetzt ganz gut und die Schneiderei …«, doch da unterbrach ihn Erwin Cloppenburg, fasste Jacobs Kopf mit beiden Händen und drückte ihn an sich und flüsterte:

»Es ist mir so scheißegal, welche Noten du hast. Ich bin auch mal sitzengeblieben. In der sechsten Klasse hatte ich vier Sechser im Zeugnis. Ich war noch viel schlechter als du.«

Erwin Cloppenburg drückte Jacob fest an sich und weinte leise weiter.

Und dann war da noch Marie, die zwar nicht alles kapierte, aber das eine schon: Nämlich, dass Jacob und Fine jetzt allein sein wollten. Sie eilte zu Erwin Cloppenburg, zog ihn von Jacob weg, verwickelte ihn in ein Gespräch.

Fine musterte Jacob, bemerkte seine noch feuchten Augen und ihr Lächeln erblühte zu einem breiten Grinsen:

»Dein Vater ist doch nicht so übel. Stimmt's, oder hab ich recht?« Jacob nahm noch einmal allen Mut dieser Welt zusammen, dachte daran, wie er sein Leben jetzt gemeistert hatte, wie glücklich seine beiden Familien jetzt waren und küsste Fine. Er spürte das weiche Flattern ihrer Lippen und sah aus den Augenwinkeln, wie Marie ihm ein »Daumen-hoch-Zeichen« gab.

VI.

hi Jacob, du bist wirklich so was von durchgeknallt, dass ich schon wieder Respekt habe. Mir geht die ganze Geschichte immer noch nicht aus dem Kopf. Sitz gerade am Flughafen. Erzähl mal, wie das alles noch weiterging 14:46✓✓

Guck mal, das stand in der zeitung: 14:46✓✓

Betrügerischer Ideenreichtum am Flughafen Tegel

Berlin – Mit mehr als 300 verlorengegangenen Ausweisen hat eine 25-jährige Reinigungskraft am Berliner Flughafen ordentlich Geld verdient. Ihr Geschäftsmodell: Sie verkaufte Reisepässe, die am Flughafen Tegel verloren wurden, an eine kriminelle Bande. Wie die BZ erfuhr, sind herrenlose Reisepässe Alltag am Berliner Flughafen:

»So ein gutes Dutzend kommt da schon am Ende eines Tages zusammen«, meint Bernd Koschke, der Chef des Bundesgrenzschutzes am Flughafen. »Sie werden vor allem auf den Toiletten liegengelassen, die die Passagiere gleich nach der Einreisekontrolle aufsuchen.«

Diese Pässe reichte die Reinigungskraft, statt sie der Polizei zu übergeben, an Kriminelle weiter. »Ein arabischer Clan, den wir schon seit Jahren beobachten, hat die Pässe dazu benutzt, Leute unter falscher Identität aus Deutschland zu schleusen – das ist hochkriminell«, erklärt Matthias Lindner vom Landeskriminalamt Berlin.

Ironie der Geschichte: »Leider haben sich die betrügerische Reinigungskraft und eine weitere Zielperson ebenfalls unter falscher Identität in die Türkei abgesetzt.« Die türkische Polizei ist bereits eingeschaltet, aber die Chancen sind nach Einschätzung von Hauptkommissar Matthias Lindner schlecht, die beiden noch zu finden. »Denn wir gehen davon aus, dass das Paar noch mit weiteren falschen Identitäten die türkischen Behörden narren wird, bis sich ihre Spur verliert.«

:-o Dieser Polizist, der da erwähnt wird, ist das derselbe, der auch auf Schloss Barenburg war? 14:59✓✓

Ja, und er hat zeitgleich einen Haftbefehl gegen den Clanchef und Tarek rausgegeben. Weil auf Mohammeds Handy das Beweisfoto war. Aber sie haben eben nur noch den Clanchef erwischt 15:00✓✓

Und Samirs Papa? Ist der wieder aufgetaucht? 15:01✓✓

ja, wir haben ihn letzte woche vom flughafen abgeholt. hab noch nie so geheult, kannste mir glauben. ... 15:03✓✓

Und du? Was passiert jetzt mit dir, deinem Papa und dem Internat? 15:03✓✓

ich bleib auf meiner alten schule und gelobe besserung. aber papa meint, meine noten sind ihm schnurzpiepegal und ich dürfte mir was wünschen, egal was. hab ich gemacht. sogar zwei wünsche. Und außerdem arbeite ich noch viel im alpenstüberl und Samirs Familie hat die schneiderei in Charlottenburg neu eröffnet. voll megacoole einrichtung. die läuft immer besser, auch dank meinen Ideen. Bin gerade in Kontakt mit einem app-Entwickler, wir basteln an einer abhol- und liefer-app für die Klamotten. 15:04✓✓

Beeindruckend. Aber was hast du dir gewünscht von Onkel Erwin? 15:04✓✓

Haaaaaaaaaalllo Jacob. Ich warne Dich ein für allemal: Wenn Du jetzt wieder einfach abgedüst bist, rede ich bis Weihnachten kein Wort mehr mit dir.
UNTERSTEH DICH ALSO! :-O
15:08✓✓

da bin ich ja schon wieder. ruhig blut.
also meine 2 wünsche: mein papa zahlt Samir das Schloss Barenburg, weil der wollte nämlich dableiben. Und: Wir machen in den Herbstferien alle Urlaub am Lago di Garda auf Cloppenburgs Kosten: Und zwar die ganze Familie, und das sind: Mama, Papa, Samir, Marjam, Mohammed, Nasra, Hamed, meine Freundin Fine und ihr Papa Valentin und dann gibt es da noch so ne Cousine ...
15:09✓✓

FREU !!! THX!
Und Samir ist wirklich auf Schloss Barenburg geblieben?
15:10✓✓

ja. weil er da zum ersten Mal in seinem leben was lernt. der wird mal genauso zielstrebig wie mein vater. aber es freut mich, dass mein papa die schule für samir zahlt. Er war so beeindruckt von ihm, da konnte er nicht nein sagen. 15:12✓✓

Du hast es also nicht bemerkt?
15:13✓✓

Was? 15:13✓✓

Na, warum dein Samir bleiben will: Da gibt's noch ne Prinzessin auf dem Schloss. Eine ganz Große mit dunklen Augen, die, die auch einen brief von Samir bekommen hat. Zu der hat er immer rübergeschaut, und dann hat er wieder geweint wegen seinem Vater, und da hat sie ihm ein Taschentuch gebracht. 15:14✓✓

:-o nee, das hab ich nicht gemerkt, dass da was läuft ... aber voll cool!. 15:14✓✓

deine Fine ist übrigens wirklich, wirklich sehr, sehr nett. Sie hat voll gezittert, als Du im Wald warst. Sie hat gesagt, dass Du und ihr Papa die Einzigen seid, die sie noch hat und wenn dir was passiert, das würd sie nicht überleben ... und überhaupt bist du ... Aber ich denke, das weißt du alles. 15:14✓✓

nee? was hat sie noch gesagt? 15:15✓✓

sie hat gesagt, dass du ... aber jetzt wird mein flug aufgerufen. 15:16✓✓

Was hat sie noch gesagt über mich?
Hallo? 15:16✓✓
Hallo Marie, was hat sie noch gesagt? Das kannst du nicht machen! Hallo? 15:18✓✓
Haaaaaaaaaaaaaallllll-
lllllloooooooooooo? 15:22✓✓

Alex Shearer

Und plötzlich schreibt das Meer zurück

ISBN 978-3-95728-042-8

Toms Vater ist von seiner letzten Schiffsreise nicht zurückgekehrt. Um mit dem Verlust umzugehen, beschließt Tom, eine Flaschenpost zu schreiben und wirft sie ins Meer. Es folgen weitere Flaschenbriefe, bis er eines Tages tatsächlich eine Antwort bekommt. Der mysteriöse Briefschreiber vom Meeresgrund glaubt – wie auch Tom selbst –, dass sein verschollener Vater noch lebt. Doch wo ist Toms Papa und wie kann er ihn finden? Eine bewegende und humorvolle Geschichte, die zeigt, dass man die Hoffnung nie aufgeben sollte.

Eric Walters

Walking Home

Der lange Weg nach Hause

ISBN 978-3-86873-926-8

Der 13-jährige Muchoki und seine jüngere Schwester Jata leben in einem kleinen kenianischen Dorf und führen ein Leben wie andere Kinder in ihrem Alter auch. Doch dann bricht plötzlich ein Bürgerkrieg aus, bei dem ihr Vater ums Leben kommt. Beide müssen ihre Heimat zusammen mit ihrer kranken Mutter verlassen und finden Zuflucht in einem überfüllten Flüchtlingslager. Getrieben von Verzweiflung und Hoffnung brechen Muchoki und Jata schließlich zu einer fast aussichtlosen Reise auf: Sie gehen hunderte Kilometer durch die Wildnis Kenias, um ihre letzten lebenden Verwandten zu finden.

Dounia Bouzar

Djihad, mon ami

ISBN 978-3-95728-041-1

Paris, November 2015. Camille und Sarah sind seit Jahren unzertrennliche Freundinnen. Doch als Camille für ein Schulreferat recherchiert, kommt sie über das Internet mit Islamisten in Kontakt. Was mit Youtube-Videos und Chats beginnt, droht Camille nach kurzer Zeit komplett zu vereinnahmen und ihrem Umfeld zu entfremden. Auch Sarah kommt nicht mehr an ihre beste Freundin ran. Als Camille schließlich sogar plant, nach Syrien zu reisen und sich dem IS anzuschließen, erschüttern die Anschläge um das Bataclan ganz Paris und bringen ihre Pläne zum Einsturz …